KB198002

춘천 사람은
파인애플을 좋아해

열린책들 한국 문학 소설선

춘천 사람은 파인애플을 좋아해

도재경

차례

그가 나무 인형이라는 진실에 대하여*

* 문학 계간지 『동리목월』 2021년 가을 호에 발표한 「나무 인형」을 개작한 소설이다.

여태껏 거짓말하는 사람을 많이 접했지만 몇 해 전 자신이 살던 나라로 돌아간 민제만큼 완벽하게 누군가를 속일 수 있는 사람을 만나 본 적은 없다.

내가 민제를 처음 만난 건 교내 외국인 학생 한국어 프로그램의 언어 도우미로 참여할 때였다. 내심 동갑내기 이방인에 대한 호기심이 없지 않았으나 오리엔테이션에서 보았던 내 파트너의 첫인상은 조금 심심했다. 국적만 달랐을 뿐 민제는 나와 같은 색 눈동자와 곱슬머리였고, 이름도 내 이름처럼 세 글자였다. 그날 민제는 카키색 롱 코트에 빈티지한 청바지 차림이었는데 캠퍼스 어디에서나 볼 수 있을 법한 우리 또래와 별반 다르지 않았다. 프로그램 담당 직원으로부터 전해 듣기로 민제는 두 살 때 브장송의 한 중산층

가정으로 입양된 이후 프랑스에서만 죽 지냈으며 한국을 찾은 건 처음이라고 했다.

우리는 형식적인 인사를 나누고, 매주 목요일 오후 5시에 학교 후문 근처 카페에서 만나 한 시간 정도 대화를 나누며 프로그램을 수행하기로 약속했다. 민제는 고등학교를 졸업할 무렵부터 한국어를 공부했는데 뒤늦게 배운 것치고는 우리말을 꽤 자유롭게 구사하는 편이었다. 더러 어순이나 맞춤법이 부정확하긴 했지만 대화를 나누기엔 아무런 문제가 없었다. 그런 탓에 수월한 학기가 될 거라 예상했다. 하지만 프로그램은 계획한 대로 흘러가지 않았다.

「나는 숨을 쉬고 싶어요.」

「네?」

민제는 내가 준비해 온 대화 프로그램 진행 노트에 적혀 있는 한 문장을 손가락으로 가리켰다. 그건 주제별 대화를 진행하기 위해 한류 드라마의 한 장면에서 뽑아낸 문장이었다.

「이 드라마 재밌어요?」

사실 제대로 본 적 없는 드라마였지만 최고죠, 라고 대답하며 나는 엄지를 치켜세웠다.

「나는 거짓말하면 코가 길어져요. 그런데 당신은

그렇지 않은가 봐요.」

민제는 그렇게 말하며 자신의 코를 손가락으로 지그시 눌렀다. 그러면서 자신의 코가 그대로인 이유는 지금 하는 얘기가 거짓말이 아니기 때문이라는 건데.

나도 모르게 코웃음이 났다. 나풀나풀 날아다니는 하얀 나비를 보며 요정이라고 상상하기엔 우린 너무 커버리지 않았나. 하물며 거짓말을 하면 코가 길어진다는 시시한 우스갯소리라니. 그런데 웬걸, 민제는 가느다란 검지로 턱을 슥슥 문지르며 엉뚱한 얘기를 덧붙였다. 그러니까 자신은 원래 나무토막에 불과했지만 손재주 좋은 부모를 만난 덕에 영혼을 얻었다며.

「웃자고 하는 얘기죠?」

「아닌데, 요.」

민제는 슬그머니 입꼬리를 올렸다. 그러더니 대뜸 높임말이 어렵다며 서로 말을 놓는 게 어떠냐며 제안했다. 동갑이니까 뭐, 나는 선뜻 동의하고선 프로그램 매뉴얼에 따라 서로 소개하는 시간을 갖자고 했다. 그러자 민제는 대뜸 자신의 어릴 적 모습이라며 휴대폰을 꺼내어 사진을 보여 주었다. 회백색 벽돌집 앞에서 환하게 웃고 있는 갈색 머리 남자는 비모 토마, 자신의 아버지라고 했다. 토마는 군청색 멜빵바지 차림의 자그마한 나무 인형을 품에 안고 있었고, 그의 발치에는 모종삽과 하얀 모래가 가득 실린 장난감 트럭이 놓여 있었다. 사진 속 그 어디에도 민제의 모습은 보이지 않았다.

「이게 나야.」

민제의 손가락은 나무 인형을 향해 있었다. 그 사진은 자신의 어머니인 클로에가 찍어 준 사진이라고 했다. 나는 멀뚱히 민제의 얼굴을 바라보았다.

「못 믿는 눈치네. 내 코를 봐, 그대로잖아.」

프랑스식 농담인가? 나는 울퉁불퉁한 나무 인형을 보며 뭐라고 대꾸해야 할지 몰라 연신 헛웃음만 지었다. 민제는 그럴 줄 알았다는 듯 엄지와 검지로 사진 속 나무 인형의 오른쪽 팔 부위를 펼쳤다. 검게 그을린 자국이 보였다. 어릴 때 불장난을 하다가 타버려서 토마가 너도밤나무를 깎아다가 붙여 주었다고 했다. 그러더니 민제는 대뜸 소매를 걷어 올렸다. 아니나 다를까 팔꿈치에 깊은 흉터와 함께 화상 자국이 도드라져 있었는데 마치 목질부처럼 보이기도 했다. 박수라도 쳐줘야 하나. 자기소개치고는 퍽 인상적이었다. 민제의 표정이 너무나 진지했던 탓에 피노키오의 국적이 프랑스였나 헷갈릴 정도였으니. 어쩐지 순탄치 않은 학기가 될 것만 같았다.

민제의 화법은 외국인 학생들이 구사하는 어설픈 우리말과는 달랐다. 비교적 발음이 정확했고 어떠한 대화에서든 맥락과 문법을 명확하게 파악하고 있었다. 누가 보더라도 그는 우리나라 사람 같았다. 프로그램 담당 부서에서도 외국인 학생이 되도록 우리말로 이야기하도록 요구했기 때문에 취지에는 부합한다고 할 수 있었다. 다만 매번 이야기가 엉뚱한 방향으로 흘러간다는 점이 문제였다.

나는 민제가 논지에서 벗어난 이야기를 할 때마다 대화의 주제를 환기해 주었지만 헛수고였다. 대화를 이끌어 가는 주체는 언제나 민제였다. 그런 탓에 나는 민제가 뱉어 낸 말도 안 되는 이야기를, 그러니까 몇 해 전 공중 부양술을 터득한 어느 아랍인이 카스피해 상공을 날아다니다가 전투기와 부딪쳐 실종되었다거나 아프리카 어느 부족의 피에는 휘발 성분이 있어서 불이 잘 붙는다는 얼토당토않은 이야기를 도우미 일지에 그대로 적을 수가 없어서 매번 나누지도 않는 대화 내용을 부랴부랴 꾸며 내야만 했다. 일테면 어느 날은 한류 문화 산업의 전망에 대해, 또 어느 날은 우리나라 역사와 지형학적 특수성을, 그리고 교육

제도나 산업 구조, 양극화와 주거 문화 등 우리가 나누지 않은 수많은 이야기를, 나아가 민제가 어떠한 주제든 성실하고 적극적인 자세로 참여하고 있다는 거짓말까지 덧붙여 꼬박꼬박 일지를 작성했다. 물론 민제도 내가 없는 이야기를 지어내 일지의 내용을 채운다는 사실을 알고 있었고, 그때마다 내 코가 더 길어진 것 같다며 킥킥거렸다.

1학기가 끝나 갈 무렵 우리의 대화 프로그램은 예정대로 종료되었다. 도우미 일지를 프로그램 담당 직원에게 넘길 때 콧등이 근질거리긴 했지만 다행히 별일은 생기지 않았다. 민제와 공적인 만남은 그걸로 끝이었다.

「뭔가 아쉬운걸.」

민제의 표정을 보니 빈말 같진 않았다.

「그럼 이제부터 네가 내 이야기를 들어 주면 되겠네.」

더 이상 의무적으로 대화를 나눌 필요가 없어서 홀가분했던가. 이럴 땐 뒤풀이란 걸 해야 한다며 나는 민제를 후문 근처의 주점으로 이끌었다. 그러자 민제는 뒤풀이가 무슨 뜻이냐며 되물었다.

「쫑파티. 뭐 그런 의미지?」

「쫑?」

「정말 몰라서 묻는 거야?」

민제는 어깨를 으쓱거리더니 손가락으로 자신의 코끝을 가리켰다. 늘 그랬듯 민제가 내 설명을 듣고 단어의 의미를 이해하는 데 오래 걸리지 않았다. 그날 저녁 민제는 얼마나 많이 쫑, 을 외쳤는지. 막걸리를 한 병씩 비울 때마다 쫑, 잔의 바닥이 보여도 쫑, 화장실에 다녀올 때도 쫑, 마치 어린아이가 말장난하듯 깔깔거렸다. 그게 그렇게 재미난 말이었나. 별것도 아닌데 새삼스레 웃음이 터져 나왔다.

그날 이후로도 우리는 이따금 캠퍼스를 산책하거나 카페에서 커피를 마시며 이런저런 여담을 나누곤 했다. 물론 민제는 틈틈이 시시풍덩한 이야기를 빼먹지 않았다. 그런 민제에 대해 호기심이 없진 않았다. 민제는 그때껏 내가 만나 온 사람 중에 다른 나라 국적을 가진 유일한 친구였다. 솔직히 말하자면 이참에 프랑스어 좀 배워 볼까, 그런 생각도 들었다. 내 의중을 알아채기라도 한 듯 녹음이 짙은 어느 날 오후 민제는 오래된 프랑스 영화를 상영해 주는 곳을 찾았다며 나를 대학로에 있는 한 극장으로 이끌었다.

그날 우리는 장뤼크 고다르 감독의 「네 멋대로 해라」를 본 후 극장 뒤편에 있는 아담한 펍을 찾았는데,

민제는 어둑한 조명 아래에서 주인공 역을 맡은 진 세버그가 잠들어 있는 몽파르나스 묘지에서 찍은 사진을 내게 보여 주었다. 묘비 앞에는 한 아름 꽃이 놓여 있었다. 민제는 병맥주를 홀짝이며 진 세버그라는 사람에 대해 이런저런 설명을 늘어놓았고, 그 얘기가 마냥 생소해서 나는 탁자 위의 작은 촛불이 가느다랗게 흔들리는 모습을 보며 그렇구나, 그런 일이 있었구나, 대꾸하며 가만히 얘기를 듣고만 있었다. 그날따라 민제는 내가 알아들을 수 없는 프랑스어를 여느 때보다 많이 사용했고, 그 때문인지 몰라도 낯선 배우의 사연은 그저 먼 옛날, 먼 나라의 일처럼 들렸다. 진 세버그가 흑인 인권 운동에 적극적으로 가담했던 일과 한때 연인이었던 로맹 가리라는 작가와의 인연도 알게 되었지만 내겐 무의미한 누군가의 개인사에 지나지 않았다. 그런데 민제는 그런 영화를 보고 이야기를 나누다 보면 향수병이 조금 잦아든다나.

「가리는 프랑스인의 피가 한 방울도 섞이지 않았지만 누구보다 진정한 프랑스인이었어.」

민제는 맥주 한 병을 다 비우고 또 한 병의 맥주를 주문하며 말했다.

그때 느낀 묘한 이질감은 대체 뭐였을까. 내 이방

인 친구의 까만 눈동자 속에선 빨간 불꽃이 이글이글 타오르는 것처럼 보였다. 그런가 하면 민제의 첫인상이 워낙 독특한 기억으로 남았던 탓에 그가 하는 어떤 이야기는 거짓말이 아닐까 싶어 슬쩍슬쩍 인터넷을 검색해 보기도 했다. 물론 그때껏 민제의 코가 길어진 모습을 단 한 번도 본 적이 없었다.

그로부터 두어 달 지났을 무렵, 나는 민제가 사는 곳에 초대를 받았는데 서늘한 바람이 불던 그 저녁만큼은 민제의 코가 어쩐지 평소와 다르게 보였다.

민제가 사는 곳은 학교 앞에서 버스를 타고 삼사십 분 정도 거리에 있는 주택가에 위치해 있었다. 나는 버스에서 내려 민제가 알려 준 주소를 확인하며 담쟁이넝쿨로 뒤덮인 담장을 따라 걸었다. 그곳은 재개발 예정 지역이어서 초입부터 어수선했다. 골목은 점점 더 좁아졌고, 느닷없이 막다른 길을 만나 다시 돌아 나오기도 했다. 모퉁이마다 지린내가 풍겨 콧등이 절로 찌푸려졌다. 군데군데 시멘트로 덧바른 바닥은 깨져 있었으며, 살던 사람이 이미 떠났는지 담장이 무너져 있거나 창이 깨진 집도 더러 보였다. 좁은 골목이 더 좁은 골목으로 이어지길 서너 차례, 오르막길 끝에 민제의 옥탑방이 있었다. 민제가 기숙사나 학교

부근의 깔끔한 신축 원룸을 두고 그곳에 둥지를 튼 이유는 단순했다.

「싸니까.」

언젠가 민제는 각박한 서울살이에 완벽하게 적응한 듯 툭 내뱉었다. 하지만 철제 계단을 올라가자 그곳에 방을 구한 진짜 이유를 알 것 같았다.

사방이 탁 트인 옥상은 의외로 전망이 좋았는데 멀리 한강까지 내다보였다. 옥상 한쪽에 나란히 놓인 하얀 플라스틱 통에는 바질, 토마토, 가지 따위가 옹기종기 자라고 있었고, 그 옆 화분에는 만발한 코스모스가 하늘거렸다.

「나의 정원에 온 걸 환영해.」

민제는 그늘막 아래 설치한 탁자로 나를 안내하며 말했다. 그러고는 직접 요리한 코코뱅, 감자그라탱, 라타투유, 그리고 와인을 내왔다. 모락모락 김이 피어오르는 그 요리들은 요리사인 아버지에게 배웠다고 했는데 꽤 먹음직스러워 보였다. 빈손이면 민망할 것 같아 과일을 사 오길 잘했다는 생각이 들었다. 하지만 언제부턴가 나는 와인으로 목을 축이며 내가 사온 자두며 참외만 축내고 있었다. 사실 민제의 요리는 입에 맞지 않았다. 간장 찜닭처럼 생긴 코코뱅의

맛은 너무나 생경했고, 감자그라탱과 라타투유는 느끼한 탓에 자주 손이 가질 않았다. 모르긴 몰라도 손님에게 접대하기 위해 오랜 시간 요리했을 텐데 식어 가는 음식을 보고 있자니 슬며시 미안한 마음이 들었다.

「음식만큼 고향을 생각나게 하는 것도 없지. 너도 그런 음식이 있지 않아?」

민제는 내게 와인을 따라 주며 물었다.

「글쎄, 뭐가 있을까?」 나는 잠깐 머뭇거리다가 라면, 하고 짧게 덧붙였다. 사실 그건 당장 생각나는 음식이었다.

「라면은 정말 최고지.」

민제는 엄지를 치켜세우며 맞장구쳤다.

적당히 오른 술기운 때문인지 모르겠지만 민제의 말투가 어쩐지 어눌하게 늘어졌다. 문득 민제가 저만치 물러난 것처럼 작아 보였다. 그동안 민제와 이런 저런 이야기를 많이 나눴고 나름 가까워졌다고는 하지만 이따금 가늠하기 힘든 거리가 느껴졌다. 그건 어쩌면 우리가 살아온 환경이 다른 데에서 비롯된 이질감인지도 모르겠다. 그런 까닭에 민제의 어눌한 말투엔 어딘지 모를 날이 서 있는 것처럼 들리기도 했다. 그건 뭐랄까, 우리는 태생적으로 다르잖아, 마치 그렇게 말하려는 것 같았다. 민제가 태어난 곳은 프랑스의 어느 낯선 도시가 아니라 바로 여기, 한국이었다. 그런데도 그 사실을 부정하는 것처럼 보이는 이유는 뭘까. 민제는 서울 어느 거리에서 볼 수 있는 내 또래의 대학생처럼 보였고 실제로도 우리나라에서 오래 살았던 사람처럼 우리의 문화나 정서를 잘 이해했다. 그럼에도 불구하고 민제는 수시로 자신의 주위에 끊임없이 경계선을 긋는 듯했고, 그로 인해 스스로의 정체성을 거듭 확인하려는 것처럼 보였다. 물론 우리나라에서 태어났을 뿐 줄곧 프랑스에서 살았으니 그럴 수밖에 없겠지만 한편으로는 안타까운 마음이 든 것도 사실이었다. 모름지기 생부모에 대한 배신감이나 적개심 따위가 없지 않으리라. 그래서 그러는 거라고 여겼다. 민제의 가슴 한구석엔 아물지 않은 상처가 있을지 모른다고, 우리말을 배우고 우리나라를 찾아온 것도 아마 그런 이유 때문일 거라고.

「맛이 없어?」

좀체 요리에 손을 대지 않는 내 모습을 의식한 듯 민제는 내게 물었다.

「아니. 맛있어.」

「넌 정말 거짓말에 소질이 없구나.」

그 순간 내 표정은 어땠을까. 아니나 다를까 민제는 아무래도 메뉴를 잘못 선택한 것 같다며 주방으로 들어가 냉장고를 뒤적거렸다. 하지만 결국 그가 들고 나온 건 비닐 랩에 싸인 염소 치즈와 참치 통조림이 전부였다.

「이거뿐이야?」

내가 포크를 내려놓자 민제는 빙그레 미소를 지으며 어깨를 으쓱거렸다.

하늘이 어슴푸레해질 무렵 와인병은 바닥을 보였고, 민제는 또 한 병의 와인을 개봉해 내 잔에 따라 주었다. 골목 곳곳엔 주홍색 가로등 불빛이 켜졌는데 어쩐지 아늑해 보이기도 했다. 취기 때문이었을까. 오래 알고 지낸 사이처럼 민제의 속마음을 알 것 같기도 했고, 주제넘게 민제를, 그리고 민제가 살아온 시간을 조금은 더 이해할 수 있을 거란 생각도 들었다.

「혹시, 생부모님은 찾아봤어?」

그러자 민제는 잠깐만, 친구, 그러더니 막 따라 준 와인의 상표를 내게 보여 주며 딴 얘기를 했다.

「이건 발이야 부르고뉴산이야. 어릴 때 살던 동네에 이 와인 양조장이 있었거든.」

「그럼 귀한 거네.」

「아니, 흔해졌단 얘기지. 서울에서도 파니까.」

민제는 빙글빙글 잔을 돌리더니 한 모금 마시고는 화제를 원점으로 되돌렸다.

「생부모? 그러니까 나를 낳아 준 사람들 말하는 거지?」

나는 민제의 표정을 살피며 고개를 끄덕였다.

「찾긴 했지.」

민제는 미소를 흘리며 덧붙였다.

「근데 나만 찾으면 뭐해. 그 사람들이 나를 찾아야지. 내가 갑자기 나타나면 유령이라고 생각할지도 모르잖아.」

민제는 무표정한 얼굴로 어둑한 밤하늘을 올려다보며 혼잣말을 하듯 중얼거리더니 화제를 돌렸다.

「골목 입구에 있던 치킨집 있잖아.」

거기에 치킨집이 있었던가. 담쟁이넝쿨로 둘러싸인 담장만 생각날 뿐 기억나지 않았다. 민제는 포크로 그라탱 그릇 가장자리에 들러붙어 있는 치즈를 떼어 먹으며 대수롭지 않은 듯 말을 이었다.

「양념치킨 맛있던데 이따 같이 가볼래?」

「배부르지 않아?」

「널 위해서야.」

민제는 피식거리며 내 옆구리를 콕 찔렀다.

「어디에서도 찾아보기 힘든 맛이거든.」

까만 하늘엔 눈썹 모양의 달이 떠 있었다. 결국, 우리는 포도주를 반쯤 남겨 놓고 골목을 내려갔다.

머리가 희끗희끗한 남자는 기름때로 얼룩진 탁자 앞에 앉아 텔레비전을 보고 있었는데 우리가 들어서자 어기적거리며 주방으로 들어갔다. 주방 입구에는 남자가 입고 있는 파란색 유니폼에 그려진 엠블럼과 똑같은 모양의 조기 축구회 휘장이 걸려 있었고, 바로 옆 선반 위에는 트로피 두 개와 해병대 마크를 용 그림과 패치로 장식한 액자가 나란히 놓여 있었다. 하지만 그보다 더 내 시선을 끈 건 남자의 오른손에 달린 갈고리였다. 그는 우리가 메뉴판을 펼치기도 전에 민제를 향해 양념? 하고 묻고선 갈고리로 생닭 한 마리를 찍어 기름 솥 안에 집어넣었다.

「아주머니는 어디 가셨어요?」

민제는 주방 쪽으로 가서 생맥주를 받아 오며 물었다.

「몸살이 나서 일찍 들어갔어.」

남자는 심드렁하게 대답하며 마른안주를 접시에

담았다. 대화를 주고받는 모양새로 봐서 민제는 치킨집을 한두 번 들락거린 것 같지 않았다.

잠시 후 남자는 치킨을 우리 앞에 내놓고 텔레비전 앞으로 가서 앉았다. 텔레비전에는 몇 해 전 있었던 월드컵 경기 하이라이트 장면이 나오고 있었는데 남자는 이따금 갈고리 달린 손을 치켜들고선 다시 봐도 명승부라며 환호성을 지르곤 했고, 그때마다 나도 모르게 화면에 시선을 빼앗겼다.

「어떻게 이런 맛을 낼 수 있지? 여긴 나중에 너무 생각날 것 같아.」

배부를 법도 한데 민제는 양념치킨만 먹기 위해 찾아온 사람처럼 쉴 새 없이 포크를 움직였다. 하지만 내 입맛엔 그저 그랬다. 어디에서나 맛볼 수 있는 흔한 음식이기도 했거니와 솔직히 너무 달고 짰다. 그래서 어쩌면 민제가 애써 태연한 척 연기를 하고 있는 건지도 모른다고 생각했다. 나는 맥주를 한 모금 마시며 남자의 옆모습을 넌지시 바라보았다. 덥수룩한 곱슬머리와 눈매가 어딘지 모르게 민제와 비슷한 분위기를 풍기는 것도 같았다.

남자는 배달 주문을 받고선 다시 주방으로 들어갔고, 이십여 분 후 헬멧을 쓴 배달원이 들어와 포장된

치킨을 받아 갔다. 잠시 후 양념치킨을 포장해 가기 위해 아이의 손을 잡고 매장으로 들어선 한 여자가 카드를 내밀었을 때 남자의 휴대폰이 울렸다.

「아들!」

허겁지겁 단말기에 카드를 긁고 주방으로 들어가는 남자의 얼굴은 우리가 매장에 들어온 이후 처음으로 활짝 펴졌다. 엿들으려고 한 건 아니었으나 남자의 목소리가 기름 속에서 닭이 지글거리며 튀겨지는 소리까지 집어삼킬 정도로 쩌렁쩌렁했던 탓에 전화를 걸어온 상대가 누군지 모를 수 없었다. 남자의 아들은 전방의 어느 부대에서 복무 중인 듯했다. 민제는 아랑곳하지 않은 듯 맥주잔을 들었고, 나도 덩달아 잔을 들었다.

서너 잔의 맥주를 더 마시고 헤어질 무렵 밤하늘엔 구부러진 달이 떠 있었는데 느닷없이 소나기가 내렸고, 거리의 사람들은 허둥지둥 발걸음을 재촉했다. 우리는 타일이 듬성듬성 떨어져 있는 오래된 상가의 차양 막 아래에서 비가 그치길 기다렸다. 자동차가 지나간 도로 위에는 자잘한 거품이 일었다가 사라졌다.

「이런 걸 스콜이라고 하나?」

「아마, 아닐걸.」

일순간 하늘이 번쩍거렸다. 나도 모르게 시선이 민제의 코끝을 향했다. 어쩐지 민제의 코가 조금 길어진 것처럼 보이기도 했다.

그 이후로도 우리는 함께 밥을 먹거나 맥주를 마시기도 했지만 이전처럼 자주 만날 수는 없었다. 나는 자격증 시험 준비를 하거나 과제를 하느라 도서관에 틀어박혀 지내기 일쑤였고, 민제 역시 분주한 나날을 보냈다. 민제는 제주도나 경주와 같은 관광지는 물론이며 전국의 유명 사찰이나 지방의 명소까지 구석구석 찾아다녔다. 이따금 그가 보낸 사진을 보며 함께 여행을 하자고 약속하긴 했지만 늦은 가을에 전철을 타고 두물머리에 한 번 다녀온 게 고작이었다.

우리가 서울에서 마지막으로 만난 건 민제가 자신이 살던 나라로 되돌아가기 하루 전날이었다.

파란 하늘 군데군데 진회색 구름이 뭉쳐 있던 오후, 우리는 저무는 해를 등지고 학교 광장을 천천히 가로질렀다. 나는 민제에게 치킨집 주인과도 작별 인사를 나눴냐고 물었다. 민제는 고개를 끄덕였다.

「또 오라고 하던데.」

「그게 전부야?」

민제는 뚱한 표정으로 나를 바라보더니 아! 하고선 외투 안주머니에서 반듯하게 접힌 종이 한 장을 꺼내었다.

「비법을 전수하긴 했지.」

종이에는 양념치킨 레시피가 삐뚤빼뚤한 필체로 적혀 있었다.

「브장송으로 돌아가면 만들어 보려고.」

눈송이 하나가 민제의 콧등 위에 떨어졌고 이내 스르르 녹아내렸다.

「그런데 그 아저씨 말이야.」

나는 내내 궁금했던 질문 하나를 건넸다.

「어쩌다가 다친 거래?」

「글쎄? 사고를 당했겠지. 다 그런 거 아닌가.」

민제는 종이를 접어 안주머니에 넣으며 대수롭지 않은 듯 말했다.

나는 길게 늘어진 민제의 그림자를 무심코 바라보았다. 비둘기 한 마리가 그림자 주위를 맴돌며 바닥을 쪼았다. 잠시 후 서너 마리의 참새들도 모여들었다. 일순간 눈발이 거세지는가 싶더니 무슨 마법에 걸리기라도 한 듯 새들이 일제히 날아올라 민제의 어깨 위로 내려앉았다. 어어, 하며 나는 새들을 내쫓기 위해 팔을 휘젓자 민제는 도리어 내 팔목을 붙들었다.

「애들은 나를 딱 알아보잖아.」

그러고선 자신의 콧등을 손가락으로 톡톡 두드렸다.

「어련하겠어.」

나는 어깨를 으쓱거리며 피식 웃음을 흘렸다. 그러자 민제는 외투 주머니에서 무언가를 조심스레 꺼내어 내 손에 옮겨 주었다. 손을 펴자 참새 한 마리가 호로록 날아올랐다.

「뭐야?」

나는 놀란 가슴을 다독이며 참새가 날아간 허공을 올려다보았다.

「추워서 호주머니 속으로 들어왔나 봐.」

민제는 하얀 입김을 내뿜으며 말했다.

「말도 안 돼. 어떻게 한 거야?」

나는 중얼거리며 민제의 코끝을 멍하니 쳐다보았다.

「정말이야. 아무것도 안 했어.」

대체 무슨 마법이라도 부린 걸까. 민제의 작별 인사는 도저히 흉내 낼 수 없을 것 같았다. 멀리 보이는 도시의 건물들은 석양으로 붉게 물들고, 눈발은 점점 굵어졌다. 하지만 민제의 코는 끝끝내 길어지지 않았다.

돌이켜 보면 민제만큼 능청스러운 거짓말쟁이도 없던 것 같다. 그날 민제가 내게 어떤 속임수를 썼는지 알 수 없다. 아무것도 안 했다고? 정말? 백 번을 되물어도 민제는 똑같은 대답을 할 게 뻔했다. 나는 살면서 단 한 번도 거짓말을 해본 적 없는 사람을 만나보지 못했다. 어느 곳에서든 사람들은 적당한 거짓말로 자기 자신을 꾸미곤 하지 않나. 거짓말은 생존을 위한 필수품이니까. 자기 마음대로 거짓말을 주무를 수 있다면 자기만의 진실도 가질 수 있다. 자신이 사는 세상을 어루만지거나 유지하는 것도 얼마든지 가능하다. 심지어 거짓말은 동화 속에서나 가능한 환상적인 힘도 주지 않는가.

누구나 그러하듯 나는 동화 같은 일들은 어린아이들에게나 어울린다고 생각했다. 그런데 이따금 민제와 함께한 시간을 돌이켜 보면 꼭 그런 것만은 아니라는 생각이 들곤 한다. 민제에게 진실을 기대하지 않았다면 민제의 거짓말도 존재할 수 없었을 것이다. 그런데 이제 와 생각해 보면 솔직히, 잘 모르겠다. 아마 그게 정확한 표현일 것이다. 어쩌면 나는 그동안 진실을 거짓으로 착각하고, 거짓을 진실이라고 여겼던 건지도 모르겠다.

민제를 다시 만난 건 지난겨울, 브장송에서였다.

졸업 후 건설 장비 회사에 취직한 나는 리옹으로 출장을 갔다가 일정을 마치고 귀국하기 전에 브장송에 들렀다. 민제는 부모로부터 레스토랑을 물려받아 운영하고 있었는데 마중을 못 나가 미안하다며 주소를 알려 주었다. 오래된 건물이 잘 보존된 그 도시는 인적이 드물었으며 눈이 내린 탓인지 고즈넉한 분위기를 풍겼다. 나는 민제가 알려 준 주소 앞에서 발걸음을 멈췄다.

레스토랑 창가에는 크고 작은 나무 인형들이 놓여 있었는데 빨간색 조끼에 흰 앞치마를 두른 장년의 남자가 진열장에 놓인 인형 하나를 바로 세우고 있었다. 뜻밖에도 남자의 한 손엔 갈고리가 달려 있었다. 나와 눈이 마주친 그는 출입문을 열고 나오더니 인사를 건네고는 내가 누군지 안다는 듯 미소로 반기며 레스토랑 안으로 안내했다. 그는 민제의 아버지, 토마였다. 그는 민제가 시장에 갔는데 곧 돌아올 거라고, 프랑스어와 영어를 섞어 가며 내게 말했다. 그러고는 벽면에 크리스마스트리를 장식하고 있던 여자를 불렀다. 민제의 어머니, 클로에였다. 그들 부부는 나에 대한 이야기를 민제로부터 많이 들었다며, 민제의 친구가 되어 줘서 고맙다고 말했다.

나는 그들이 내어 준 커피와 쿠키를 먹으며 벽에 걸린 사진들을 보았다. 그 사진들은 대를 이어 온 레스토랑의 역사를 보여 주고 있었다. 레스토랑 입구에 나란히 서 있는 노부부의 흑백 사진도 있었는데, 토마는 그들이 민제의 조부모라고 알려 주었다. 그 얘기를 듣자 조금 어리둥절한 기분이 들었다. 그중 낯익은 사진 하나가 눈에 띄었다. 군청색 멜빵바지 차림의 자그마한 나무 인형. 언젠가 민제가 내게 보여 준 사진이었다. 이번에는 클로에가 다가오더니 민제의 어릴 때 모습이라며, 눈 녹은 어느 봄날 집 앞에서 찍은 사진이라고 설명했다. 나는 무언가에 단단히 홀린 듯한 기분을 느꼈다. 토마의 품에 안겨 있는 건 민제가 아니라 나무 인형이었다. 무심코 클로에의 코끝에 시선이 가닿았다. 하지만 클로에는 연신 미소만 짓고 있었다.

나는 다시 한번 그 사진을 보았다. 나무 인형은 먼 곳을 바라보고 있었다. 한두 걸음 옮겨 다른 각도에서 봐도 나는 나무 인형의 시선과 결코 마주할 수 없었다. 나무 인형은 내 어깨 너머의 무언가를 보고 있었다. 나는 그 시선을 좇아 뒤돌아섰다. 나와 눈이 마주친 노부부가 빙긋 웃었다. 그들은 어스름이 깔린 창밖 거리를 가리켰다. 커다란 중절모를 쓴 사람이 점화용 막대기로 가스등을 밝히는 중이었다. 문득 어렸을 적 읽은 동화 속 세계에 들어온 것 같다는 생각이 들었다. 이윽고 문이 열렸고, 나는 나를 향해 뚜벅뚜벅 걸어오며 손을 흔드는 나무 인형을 넋 놓은 채 바라보았다. 이제 내가 거짓말을 할 차례였다.

춘천 사람은 파인애플을 좋아해

언제든 한번 다녀가라고 했다.

장인은 누군가로부터 내가 재혼할 거란 소식을 들은 모양이었다.

「먼저 말씀을 드리려고 했는데 이렇게 되어 버렸네요.」

「그래서 하는 얘기 아닌가.」 장인은 완고한 어조였다. 「그래야 새 출발하는 자네 마음도 조금은 홀가분해질 테고.」

장인과의 통화는 그게 끝이었다. 구태여 숨길 생각은 아니었지만 막상 장인의 목소리를 듣고 나자 이른 아침부터 눅진한 피로가 몰려드는 것 같았다. 현관을 나서던 지윤 씨는 내 옷깃에 묻은 머리카락을 떼어 내며 나를 빤히 올려다보았다. 괜스레 찜찜했다. 무엇

하나 숨길 것 없는 사이라고는 하나 결혼식을 앞두고 전처의 아버지를 만나고 오겠다고 하면 그다지 달가워하지 않을 것 같았다. 어렵게 결혼을 결정한 만큼 서로에게 조심스러웠다. 그런데 의외로 지윤 씨는 덤덤했다.

「적어도 한 번은 찾아뵙고 인사드려야 하지 않겠어요?」

지윤 씨는 엘리베이터를 기다리는 동안 내게 말했다. 나는 지윤 씨의 표정을 살폈다. 허투루 하는 얘기 같진 않았다.

일가친지만 초대해 조촐하게 결혼식을 올리기로 했지만 의외로 이것저것 준비할 것들이 많았다. 그 무렵 지윤 씨는 대학에서 강의를 다시 시작했고, 나는 새로운 프로젝트를 맡아 야근과 출장을 반복했다. 심지어 지윤 씨와도 고작해야 일주일에 한두 번 정도 저녁 식사를 함께할 수 있을 정도였다. 서로의 시간을 쪼개어 가며 하나하나 준비해도 버거울 지경이었다. 그런 사정을 장인에게 설명 안 한 것도 아닌데 거두절미하고 다녀가라는 건 무슨 심보인지. 게다가 장인의 집은 행정 구역상 춘천이라고는 하나 산 중턱에 자리한 외딴곳이었다. 그곳까지 다녀오자면 적어도 한나절은 허비될 게 뻔했다. 도무지 속내를 짐작하기 힘든 노인네였다. 장인에게 미안한 마음은 없진 않았지만 아무래도 신혼여행을 다녀온 후에 따로 시간을 내어야 할 성싶었다. 그러나 성질 급한 노인네는 결혼식을 보름 정도 앞둔 어느 날 아침 다시 한번 전화를 걸어왔다.

만약 그날 춘천 지점에 출장이 없었다면 장인과의 만남은 이런저런 핑계를 만들어 계속 미루었을지도 모르겠다. 사실 장인을 만나는 게 그다지 편치는 않았다. 장인이 유별난 데도 있었지만 내 발걸음을 붙든 이유는 따로 있었다. 장인을 만나게 되면 어쩔 수 없이 민아에 대한 얘기가 나올 텐데. 까마득한 공허함이 밀려들었다. 그렇지만 결국 한 번은 부딪쳐야 할 일이었다. 그건 장인의 서운한 마음을 달래기 위해서라기보단 그래야만 내 마음의 짐을 어느 정도 내려놓을 수 있을 것 같았기 때문이다. 나는 망설인 끝에 통화 버튼을 눌렀다.

「잘됐네. 일 보고 들르게.」

장인의 목소리를 듣고 나자 순식간에 온몸이 께느른해졌다. 내심 장인이 춘천 시내에 볼일이 있지 않을까 바랐지만 어림도 없었다. 나도 모르게 한숨이 새어 나왔다. 트렁크 어딘가에 얼마 전 거래처에서 받은 와인을 비롯해 새해 달력과 접이식 우산 따위의 판촉물이 있을 것이다. 마지못한 인사치레라곤 하나 빈손으로 찾아가는 것보단 나을 듯했다.

귀신 같은 노인네. 내가 춘천에 일이 있다는 건 어떻게 알았을까. 정말 외계인에게 뭘 주워듣기라도 하는 건가.

완연한 봄이 온 듯싶었지만 춘천에 다다르자 난데없이 눈이 흩날리기 시작했다.

장인의 집엔 민아와 함께 딱 한 번 가본 적이 있었다. 생뚱맞게도 그건 내가 민아에게 졸라서 이루어진 일이었다. 그 얘기를 하자면 아무래도 칠 년 전 장인을 처음 만났던 때로 거슬러 올라가야 할 것 같은데.

그해 여름은 유난히 무더웠던 것으로 기억한다.

나는 민아와 함께 동서울터미널에서 아이스크림을 먹으며 장인을 기다렸다. 민아로부터 장인이 꽤 오랜 기간 군복을 입고 있었다는 얘기를 들었던 터라 나는 각지고 꼬장꼬장한 중년 남성이 버스에서 내릴 거라 예상했다. 하지만 내 예상은 완전히 빗나갔다. 버스에서 내린 장인은 어설픈 히피를 연상케 했다. 어깨에 닿아 있는 구불구불한 머리카락은 녹색이었고, 그 위로 커다란 헤드폰을 끼고 있었다. 장인은 헤드폰을 목에 걸며 우리 쪽을 향해, 정확하게는 민아를 향해 손을 흔들고선 머리를 쓸어 넘겼다. 두 귀에서는 피어싱이 빛났다.

「우리 민아와 사이가 좋다고?」

장인은 그렇게 말하며 손을 내밀었다. 나는 얼결에 장인과 악수를 나눴다. 장인의 팔에는 형이상학적 문양의 타투가 새겨져 있었다. 나는 장차 장인이 될 어르신에게 코스 요리를 대접하고자 강남의 한 유명 한정식집을 예약해 둔 터였다. 하지만 장인을 만난 지 십 분도 채 되지 않아 예약을 취소해야 했다. 장인은 날도 더운데 시원한 맥주나 한잔하러 가세, 그러더니 어딘가로 앞장섰다. 장인이 문을 연 곳은 터미널 뒤편에 있는 배달 전문 치킨집이었다. 장인은 주문한 프라이드치킨이 채 나오기도 전에 연거푸 맥주 석 잔을 들이켜고선, 단번에 우리의 결혼을 승낙했다.

「그거 때문에 이 먼 곳까지 나를 오라고 한 게 아닌가?」

나는 장인의 시원시원한 태도가 마음에 들었다. 그런데 민아는 어떤 표정을 짓고 있었던 걸까. 이상하게도 그때의 민아에 대한 기억이 거의 없다. 심지어

옷차림이나 헤어스타일도 좀체 떠오르지 않았다. 과연 내 곁에 있었나 싶을 정도로 민아는 한마디도 하지 않았던 것이다. 단 하나, 무더운 날씨임에도 불구하고 민아의 손이 유난히 차가웠던 것만은 기억난다.

아니나 다를까 우리의 결혼식 때 누구보다 시선을 끈 이는 장인이었다. 장인의 옆자리엔 접시 모양의 작은 안테나가 삐져나온 가방이 덩그러니 놓여 있었다. 그걸 챙겨 온 이유야 나름대로 있겠지만 장모의 부재가 유독 도드라져 보일 수밖에 없었다. 민아의 손을 내게 넘겨 준 장인은 자신의 자리로 돌아가 고개를 끄덕이며 주례사를 들었다. 그런 장인의 모습을 힐끗거리던 민아의 눈동자가 어느새 붉어져 있는 것처럼 보였다. 그래서 나는 그 물건이 부녀에게 어떤 사연이 있는 유품일 거라고 막연히 생각했다. 그도 그럴 것이 민아는 자신의 어머니 얼굴을 사진으로만 기억했다. 목소리도 몰랐고, 함께한 기억도 없었다.

나는 승진 시험을 준비하느라, 서양화를 전공한 민아는 전시회를 앞두고 있던 탓에 신혼여행을 미룰 수밖에 없었다. 그건 그렇다고 쳐도 양가 어른들에게 인사는 드려야 하지 않나. 그런데 민아는 춘천에 절대 가지 않겠다며 엄포를 놓았다. 장인 때문에 마음이 상해 그러려니 했지만 내 입장에서는 그럴 수가 없었다. 그래도 결혼하고 첫인사인데. 그러자 민아는 너무 멀다는 이유를 덧붙였다. 나는 아등바등 민아를 설득했다. 그런데 민아가 그렇게 말한 데에는 그만한 사정이 있었다.

먼긴 멀었다. 춘천 시내를 벗어나 구불구불한 고갯길을 따라 사십 분쯤 달리면 작은 마을이 나왔다. 마을 입구에 주차를 하고, 거기서부터는 산속 오솔길을 따라 삼사십 분쯤 더 걸어야 했다. 고개 하나를 넘고 자그마한 계곡 두 개를 건너자 볕이 잘 드는 작은 평지 위에 세워진 삼각지붕 주택 한 채와 돔형 창고가 보였다. 장인의 집, 그러니까 당시의 내 처가였다. 공기가 좋았다. 집 뒤편으론 수풀이 무성했고, 앞으론 전망이 탁 트여 있어 산림욕을 하기엔 제격일 듯했다.

저녁 식사를 한 후 장인은 앞마당에 모닥불을 피워 놓고는 천체 망원경을 설치했다. 그때만 해도 나는 장인이 꽤 낭만적인 취미를 갖고 있구나, 생각했다. 민아가 뾰로통한 얼굴을 하고선 모닥불 앞에서 불을 쬐고 있는 동안 나는 천체 망원경으로 밤하늘을 바라보았다. 마치 사탕가루를 뿌려 놓은 듯한 황홀한 풍경이었다. 「정말 아름다워, 민아야. 너도 좀 봐.」 나는 민아의 손을 끌어당겼다. 하지만 민아의 시선은 다른 곳에 가 있었다. 장인은 어느새 창고에서 접시 모양의 안테나와 두루마리 종이를 들고 나오는 중이었다.

「이건 일종의 별자리 지도 같은 건데…….」

장인은 두루마리를 펼쳐 자신의 팔뚝에 새겨 넣은 문양과 비교해 가며 내게 설명했다. 두루마리에는 의미를 알 수 없는 수학 공식과 도형들이 그려져 있었다. 나는 점점 미궁에 빠져드는 것 같았다.

장인은 다른 존재를 찾고 있었다. 그러니까 외계의 존재들 말이다. 장인의 말로는 몇 차례 교신에도 성공했으며, 머지않아 그들이 찾아올 거라고 했다. 장인은 시종일관 엉뚱했다. 장인이 이야기를 풀어놓을수록 나는 어리둥절할 수밖에 없었고, 급기야 민아는 목소리를 높였다.

「아빠!」

민아는 장인의 손목을 붙잡았다. 검은 숲에서 야생동물의 기이한 울음소리가 들렸다.

「그만해……. 그만 좀 하라고.」

나는 화장실에 다녀오겠다며 슬그머니 자리를 피했다. 내가 모르는 사연이 있나 보다, 그런 생각이 들었다. 그나저나 외계인은 무슨 이유로 이렇게 외딴

산골을 찾아온다는 건지.

그날 밤 장인은 안테나를 비롯한 온갖 장비를 챙겨 어두운 수풀 속으로 들어가더니 나오지 않았다. 그래도 괜찮을까, 걱정되었지만 민아는 전혀 개의치 않았다.

「넌 우리 아빠를 이해할 수 없을 거야.」

민아는 꼬챙이로 모닥불을 들쑤셨다. 타다닥 소리와 함께 불길이 솟구치며 민아의 얼굴이 주홍빛으로 일렁거렸다.

「아빤 언제나 저런 식이야.」 민아는 별빛 반짝이는 밤하늘을 올려다보며 덧붙였다. 「대체 어디에 뭐가 있다는 거야. 설사 저 위에 외계인이든 뭐든 있다고 쳐. 무슨 수로 여기까지 올 수 있겠어. 걔네 역시 우리와 다를 바 없는 외톨이일 뿐이야.」

「우리가 왜 외톨이야. 이렇게 함께 있는데.」

나는 에둘러 말하며 민아의 옆구리를 콕 찔렀다. 그러자 민아는 밉지 않게 입술을 삐죽 내밀었다.

「모든 게 아빠 때문이야.」

민아는 엄마의 죽음조차도 아빠 탓으로 돌렸다. 아닐 거야, 다른 사정이 있으셨겠지, 입이 달싹거렸지만 민아 앞에서 그렇게 말할 순 없었다. 민아가 살아온 날들을 모르지 않았다. 장모는 민아를 낳은 이듬해 돌연 세상을 떠났다. 안타깝게도 중환자실에 누워 있는 장모의 마지막 숨소리를 들은 이가 아무도 없었다는 것인데.

장인이 삐걱거리기 시작한 건 서울 올림픽이 있던 해부터였다고 한다. 어린 민아를 춘천 시내에 있는 처가에 맡기고 전방의 한 방공 포대에서 근무하던 시절이었다. 장인은 야간 근무 중 하늘을 떠도는 미상 물체를 발견했던 모양이다. 올림픽을 앞두고 경계가 삼엄하던 시기였다. 장인은 적기가 출현한 줄 알고 즉시 발포 명령을 내렸다. 하늘은 섬광으로 뒤덮였다가 깜깜해졌다. 곧바로 그 일대를 수색했다. 그런데 어찌 된 일인지 아무것도 발견되지 않았다. 상급 부대에서 조사한 결과도 마찬가지였다. 그날 밤 지상의 그 어떤 감시 장비에도 포착된 물체는 없었다. 미상의 비행 물체를 목격한 이는 장인뿐이었던 것이다. 장인으로선 어처구니없는 노릇이었다. 하지만 얼마 안 가 미상 물체는 도깨비불처럼 장인 앞에 다시 나타났는데. 장인이 믿는 건 교전 규칙뿐, 또 한 번 후줄근해지도록 갈겨 댔다. 그 일로 인해 장인은 징계 위원회에 회부되어 후방 지역으로 전근 조치되었다가, 몇 년 후 결국 군복을 벗었다.

「왜 그러셨던 거래?」

「엄마 때문이었대.」

「그거랑 어머님이랑 무슨 상관이야?」

「더 이상 엄마가 이 세상에 없었으니까.」

그 얘기를 들었을 때만 해도 나는 아, 하고선 고개를 끄덕이긴 했지만 그게 무슨 연관이 있다는 건지 이해할 수 없었다. 장인은 하늘에 대고 분풀이라도 했던 걸까? 아니면 외계인이 장모를 데려갔다고 믿기라도 한 걸까? 혹시나 싶어 그런 일이 있었는지 지난 뉴스를 검색해 본 적이 있다. 하지만 그해 미상 물체가 출현했다는 뉴스는 어디에서도 찾아볼 수 없었다. 그날 장인이 본 건 대체 뭐였을까.

「근데 참 이상해. 엄마에 대한 기억이 하나도 없는데 가끔 엄마가 나오는 꿈을 꿔. 나를 안아 주기도 하고 도란도란 옛날이야기를 들려주기도 하는데, 엄마의 목소리, 엄마의 냄새 그런 게 전혀 낯설지가 않은 거야. 마치 정말 그런 일이 있었던 것처럼 말이야.」

민아의 목소리는 어느덧 가라앉아 있었다. 나는 민아 곁으로 다가가 손을 잡으며 어깨를 내어 주었다. 숲속에서 잔잔한 바람이 불어왔고, 민아의 머리카락이 내 얼굴을 간지럽혔다. 민아는 내 어깨에 머리를 기댄 채 대뜸 다르하드에 한번 가보고 싶다고 했다.

「거기가 어딘데?」

그동안 신혼여행지로 따뜻한 섬을 물색하고 있던 터라 처음엔 민아가 말한 곳이 동남아의 어느 휴양지인 줄 알았다.

「산과 초원, 호수와 강이 있고, 사람들과 야생 동물들이 함께 살아가는 곳. 거기 가면 신도 만날 수 있대. 아마 여기보다 별도 훨씬 많을걸.」

그곳은 마치 민아가 그린 그림 속 세계 같았다. 그러면 뭐 어때, 민아와 함께라면 어디든 좋았다. 멀리서 부엉이 우는 소리가 들렸다. 민아는 미소를 머금은 채 콧노래를 흥얼거렸다. 귀에 익은 노래였다. 나는 민아의 콧노래를 따라 불렀다. 민아와는 무얼 해도 즐거웠다. 만나는 동안 늘 좋은 일만 생겼고, 앞으로도 그럴 거라 믿었다. 그날 밤 우리는 두 손을 꼭 붙잡고 별빛 가득한 밤하늘을 오래오래 바라보았다.

장인은 다음 날 우리가 떠날 무렵이 되어서야 숲에서 나왔다. 그러고는 아무 일도 없었다는 듯 민아의 가방에 밤과 대추를 한가득 담아 주었고, 내 손엔 김치를 담은 플라스틱 통을 쥐어주었다. 민아는 장인과

포옹했고, 장인은 민아의 어깨를 두드렸다. 부녀지간이 다 그렇지 뭐. 나는 두 사람을 흐뭇하게 바라보았다. 그렇지만 애석하게도 우리가 함께한 시간은 그게 마지막이었다.

지점에서 일을 마치고 나오자 그늘진 곳에 눈이 조금 쌓여 있을 뿐 언제 그랬냐는 듯 구름 사이로 드러난 하늘은 짙푸른 빛을 띠었다.

「미리 얘기를 해줬어야죠.」

지윤 씨에게 장인을 만나고 돌아가겠다고 하자 며칠 전과 달리 서운해하는 눈치였다.

「미안해요. 그리 늦진 않을 거예요.」

지윤 씨는 그럼 저녁을 같이 먹을 수 있느냐고 물었다. 장인이 마을 공터까지만이라도 내려와 주면 좋으련만. 섣부른 기대는 접어 두고 장인의 집에서 머뭇거리지만 않는다면 가능할 성싶었다. 나는 제시간에 맞춰서 가겠다고 대답했다. 하지만 눈이 녹아 질척거리는 고갯길에 접어들자 지윤 씨와 괜한 약속을 했나 싶었다. 괜스레 무언가에 쫓기는 듯한 기분이 들었다.

나는 마을 입구에 주차를 하고선 트렁크에서 운동

화를 꺼내 갈아 신었다. 와인 두 병과 판촉물도 쇼핑백에 챙겨 넣었다. 발걸음을 재촉했다. 그렇지만 오솔길로 들어서자마자 이내 숨이 벅찼고 다리가 무거워졌다. 고집불통 노인네가 야속하기만 했다. 이 길이 이렇게 멀었나. 이마에서 연신 땀이 흘러내렸다. 발이 미끄러질 때마다 걸음을 되돌리고 싶었다. 나는 잠시 멈춰 서서 숨을 고르며 땀을 닦았다. 여기저기에서 작은 새소리가 들렸다.

같이 가.

어디선가 민아가 소리치는 것 같았다. 문득 뒤돌아보니 민아가 볼멘 표정을 하고선 발을 구르고 있었다. 나는 숨을 몰아쉬며 민아를 기다렸다. 하지만 민아는 한 발짝도 움직이지 않고 그 자리에 버티고 서 있었다. 하는 수 없이 나는 되돌아가 민아에게 손을 내밀었다.

거봐 내가 뭐랬어, 힘들 거라고 했잖아.

민아는 내 손을 잡으며 투덜거렸다. 머쓱해진 나는 손수건을 꺼내 땀에 젖은 민아의 얼굴을 닦아 주었다. 그러자 민아의 두 볼에 보조개가 피었다.

따뜻하고 보드라운 손, 그리고 단내 나는 숨결, 그런 것들은 이제 어디에 있을까.

수풀에서 새들이 푸드득 날아올랐다. 쌕쌕거리는 민아의 숨소리가 귓가에 맴돌다가 아득히 멀어졌다. 나는 한 걸음, 한 걸음 발을 내딛었다. 걸어온 길을 몇 번이나 되돌아봤을까. 발걸음은 어느덧 장인의 집 앞에 다다라 있었다.

다시 만난 장인은 여전했다.

「빈손으로 왔나?」

장인은 머리에 쓰고 있던 헤드폰을 목에 걸며 물었다. 나는 쇼핑백을 건네고는 물 한 잔을 부탁했다. 장인은 껄껄거리며 나를 거실로 안내했다. 거실 벽면엔 희미한 빛이나 검푸른 하늘을 담은 사진들이 빼곡히 붙어 있었다. 그중에 어떤 사진은 초점이 맞지 않아서 희부연했는데 기이한 형상을 담은 것 같기도 했다. 장인은 컵을 주며 개수대를 가리켰다.

「목 좀 축이고 기다리게.」

장인은 금속 조각 하나를 이로 꾹꾹 씹더니 라디오 같이 생긴 물건에 그것을 끼어 넣고선 나사를 박았다. 나는 물을 마시며 거실을 둘러보았다. 바닥엔 분해된 컴퓨터를 비롯해 인두, 전선, 니퍼 등 온갖 잡동사니가 널브러져 있었고, 벽과 벽이 만나는 모서리에는 먼지 쌓인 과학 잡지가 층을 이루고 있었다. 나는 물을 한 잔 더 받아 마시고는 창가 쪽에 놓여 있는 나무 의자에 앉았다. 창 너머 멀리 눈 덮인 산들이 보였고, 구름 한 점 없는 하늘은 더할 나위 없이 청명했다. 민아와 함께 밤하늘을 바라보았던 마당에는 진흙이 덕지덕지 묻은 통나무가 어지러이 널려 있었다. 나는 시계를 보았다. 적어도 한두 시간 후쯤엔 출발해야 여유 있게 서울에 도착할 수 있을 듯했다. 장인은 헤드폰을 쓴 채 갓 조립을 마친 물건을 들고 창가로 다가왔다. 그것은 휴대용 전파 송수신기였다. 장인의 말로는 그랬다.

「한번 들어 보겠나?」

나는 장인이 건넨 헤드폰을 머리에 꼈다. 장인은 볼륨 장치를 살짝 돌리곤 믹스커피 두 잔을 만들어 왔다. 나는 멍하니 헤드폰을 끼고 있다가 벗었다.

「어떤가?」

「파도 부서지는 소리밖에 안 들리는데요.」

「그게 바로 우주의 소리지.」

만약 민아가 있었다면 뭐라고 했을지…….

거의 사 년 만에 만나는 거였지만 장인은 태연했다. 하긴 그날도 그랬다. 민아가 우리의 행성을 여행한 기간은 고작 서른 해도 채 되지 못했다. 민아가 떠나던 날, 장인은 눈물 한 방울 흘리지 않았다. 자식이 떠났는데 어떻게 그럴 수 있을까. 나로서는 이해할 수 없는 일이었다.

「진작 찾아뵈려고 했는데 많이 늦었네요.」

「늦긴 뭘.」 장인은 휴대용 전파 송수신기에서 삐져나온 전선을 만지작거리며 덧붙였다. 「때마침 잘 왔어. 이따 다른 손님도 올지 모르거든.」

하마터면 커피를 쏟을 뻔했다. 다른 손님이라고 하면 누군지 뻔했다. 나는 장인의 얼굴을 우두커니 바라보았다. 장인은 대체 왜 그렇게 외계인을 쫓아다니는 걸까. 내가 보기에 외계인은 너무나 가까이 있었다. 그건 다름 아닌 장인이었다.

「자네가 무슨 생각을 하는지 아네. 하지만 난 멀쩡해.」 장인은 두 손을 털며 자리에서 일어섰다. 「내가 거짓말을 하는지 아닌지는 두고 보면 알 게 아닌가.」

장인은 이러고 있을 때가 아니라며 나를 돔형 창고로 이끌었다. 유에프오 플랫폼을 보수해야 한다는 것이다.

장인이 공구함에서 망치, 나사못, 전동 드릴, 용접봉 등을 꺼내는 동안 나는 창고 내부를 둘러보았다. 여러 대의 모니터에선 푸른 실선의 파동이 제각각 일렁였고, 스피커에선 치직거리는 잡음이 흘러나왔다. 벽 한쪽으로 밀어 둔 화이트보드에는 큼지막한 별자리 지도가 여러 장 붙어 있었으며, 선반 위에는 크고 작은 천체 망원경을 비롯해 광학 장비, 영상 장비 등 한눈에 봐도 고가의 물건들이 진열되어 있었다. 그곳은 장인만의 우주 항공 센터였다.

「아버님.」

장인은 선반 하단에서 산소 용접기를 꺼내며 나를 힐끗 보았다.

「정말 믿으시는 거예요?」

「뭐를?」

「그거요…….」 나는 주저하다가 덧붙였다. 「유에프오.」

막상 묻고 보니 내가 우스꽝스럽게 느껴졌다.

「그 정도야 인터넷만 뚝딱거려 봐도 알 수 있잖은가.」

그렇긴 했다. 도처에 널려 있는 그들의 흔적과 정보들. 동굴 벽화나 이집트 상형 문자, 심지어 조선왕조실록에도 유에프오가 출현했다는 기록이 있지 않은가. 1940년대 물리학자 페르미도 계산기를 두드려 보더니 지구에 이미 외계 생명체가 와 있을 거라고 했다. 그걸 증명이라도 하듯 휴전선이 그어지던 해 철원에서는 세 차례에 걸쳐 유에프오가 나타났고, 1980년 팀 스피릿 훈련 중 전투기 조종사들이 유에프오를 목격한 사례도 있었는데. 장인은 어느새 또 그런 이야기를 늘어놓고 있었다.

「유에프오라는 말은 지극히 인간적인 관점에서나 하는 얘기지. 그들 입장에서는 흔하디흔한 자동차일 뿐이야. 아무튼 외계에서 온 반중력 비행체를 보았다는 증거는 차고 넘치거든.」

그래서 어떻게 된다는 건가. 어쩌자고 장인은 허구한 날 외계인의 뒤꽁무니만 쫓아다니는지. 그렇게 텅 빈 하늘만 바라보다가 그들을 만났다고 치자. 그래 봤자 달라질 게 뭐가 있단 말인가. 문득 그날 밤 모닥불을 앞에 두고 장인과 실랑이를 하던 민아의 모습이 떠올랐다. 하지만 장인의 이야기를 중재할 사람은 더 이상 없었다.

「그런데 안타까운 게 뭔지 아나?」

장인은 선반 뒤쪽으로 발걸음을 옮겼다. 그곳엔 커다란 철제 캐비닛이 놓여 있었다. 장인은 캐비닛 하단에서 플라스틱 상자 하나를 꺼내어 뜯었다. 상자 안에는 알루미늄 재질로 보이는 조각들과 먼지 쌓인

회로들, 그리고 동강 난 금속 구조물 따위가 가득했다. 장인은 그것들이 전국 각지를 돌며 수집한 유에프오의 잔해라고 했다. 하지만 내가 보기에 그것들은 고물 더미로밖엔 보이지 않았다. 정작 내 눈길을 끄는 건 따로 있었다. 캐비닛 상단에는 스티커가 부착된 플로피 디스크와 카세트테이프가 가지런히 정돈되어 있었는데 그 옆에 부서진 오르골 하나가 눈에 띄었다. 설마 저것도 유에프오의 잔해라고 하진 않겠지. 아니면 외계 존재를 만나면 음악이라도 들려주려고 했던 걸까. 나는 무심결에 오르골을 들어 보았다. 태엽이 풀리면서 두어 마디 멜로디가 흘러나오다가 멎었다. 장인은 나를 빤히 쳐다보았다. 무르춤해진 나는 그것을 제자리에 놓았다.

「도처에 이런 증거들이 즐비한데도 유에프오 헌터나 채널러들을 미치광이 취급한다는 거야. 언론에서 마저도 우리 같은 사람들을 조롱거리로 만들어 더 이상 의문을 갖지 못하도록 만들어 버리지. 그러니 어느 누가 나서서 그들에 대해 이야기를 하겠느냔 말이야.」

장인은 어느새 열을 올리고 있었다. 어쩌면 몇 해 전 그 일 때문일지도 몰랐다. 어느 날 장인은 방송에 출연하게 되었다며 연락해 온 적이 있었다. 장인의 목소리는 한껏 달떠 있었다. 그 무렵 장인은 자신의 카메라로 여러 개의 섬광을 포착한 모양이었다. 장인은 방송사에 영상을 제보하고 인터뷰에도 응할 거라고 했다. 그런데 그 영상에 담긴 섬광은 분명 유성우나 항공기의 불빛으로 보이지 않는다는 것이다. 전문가의 분석 결과 그 빛은 인근 부대에서 훈련 중에 쏘아 올린 조명탄으로 밝혀졌다. 하지만 장인은 인정하지 않았다. 장인의 계획은 엉뚱하게 실현되었다. 뜻밖에도 섭외 요청이 들어온 곳은 자연 속에서 홀로 사는 이들을 찾아다니는 교양 프로그램이었다.

「이래 봬도 내가 방공 포대에서 근무한 사람이에요. 그걸 혼동하겠어요? 궤적을 보면 이건 외계에서 온 반중력 비행체가 분명해요.」

장인은 촬영하는 내내 피디와 스태프들에게 자신이 본 섬광의 궤적을 떠들어 댔다. 모르긴 몰라도 그뿐이었을까. 방송을 본 민아는 결국 장인과 또 한 번 크게 다퉜다. 세간에 웃음거리가 되었다면서.

「잠깐 도와주겠나?」

장인은 손수레에 연장통을 실으며 말했다. 나는 장인을 거들었다. 안테나, 전파 송수신기, 카메라 등 온갖 장비가 손수레에 차곡차곡 채워졌다.

「저한테 많이 서운하시죠?」

「그렇지 뭐.」

장인은 허리를 펴고 손목에 있던 고무줄로 머리를 동여맸다.

「고기라도 한두 근 사서 왔으면 얼마나 좋아.」

장인은 선반에 걸어 두었던 작업모를 쓰고 창고를 나섰다. 딱히 대꾸할 말을 찾지 못한 나는 장인을 대신해 손수레를 끌었다.

우거진 수풀을 벗어나자 깨끗하게 정돈되어 있는 꽤 넓은 공터가 나왔다. 공터 입구에는 서낭당에서나 볼 법한 돌무지 여러 개가 쌓여 있었고, 조금 더 안쪽으로 들어가자 널찍한 바위가 펼쳐져 있었다.

이런 데가 있었나? 민아로부터 들은 적도 없거니와 처음 와본 장소였다. 그곳은 장인의 집보다 훨씬 전망이 좋았다. 너른 바위에는 특이하게도 한가운데가 오목하게 패인 채 검게 그을린 자국이 남아 있었다. 바위 가장자리로 구조물이 듬성듬성 박혀 있었다. 그건 바로 유에프오가 언제든지 이착륙할 수 있는 플랫폼이었다. 조악한 그 구조물 너머엔 나무 벤치와 녹슨 시소, 미끄럼틀, 그리고 그네가 나란히 자리하고 있었다. 장인은 벤치 앞에 전파 송수신기와 카메라를 설치했다. 그러는 사이 나는 페인트칠이 벗겨진 그네를 만져 보았다. 차가웠다.

장인은 구조물에 나사못을 조이고 너덜거리는 이음새를 용접하기 시작했다. 나는 장인이 시키는 대로 덜컹거리는 구조물을 들어 주었고, 나사못이나 전동드릴을 가져다주기도 했다. 용접을 끝낸 장인은 구조물을 돌며 망치질을 시작했다. 작업은 대체로 간단한 것들이었다. 그리고, 무의미해 보였다. 그런 장인의 모습을 보자 알 수 없는 답답함이 밀려들었다. 대체 여기서 뭘 하는 걸까. 그런 생각만 머릿속에 맴돌았다. 바람이 불 때마다 그네가 삐걱이며 흔들거렸고 자꾸만 시선이 그쪽에 가닿았다.

「저기 저 나무 이름이 뭔지 아나?」

「네?」

「저 나무 말이야.」

장인은 망치를 거꾸로 쳐들고 비탈진 바위틈에 뿌리내리고 있는 소나무 한 그루를 가리켰다.

「…….」

「파인 갭, 이라네.」 장인은 허리를 펴고선 덧붙였다. 「여기엔 나무 한 그루, 풀 한 포기에도 이름이 다

있지.」

그게 무슨 뜻이냐고, 물어보려다가 관두었다. 장인은 또 엉뚱한 이야기를 늘어놓을 게 뻔했다. 사실 그때껏 장인의 이야기를 한 귀로 듣고 한 귀로 흘렸다. 장인과 함께 시간을 나눈 것 자체만으로도 어느 정도 성의를 내비쳤다고 생각했다. 그래서 적당한 때를 봐서 일어서려고 했다.

「자네 얼굴을 보니 불만이 가득하군.」

장인은 망치를 내려놓더니 느닷없이 나를 벤치 쪽으로 이끌었다. 그러곤 미끄럼틀 뒤쪽으로 돌아가더니 무언가를 들고 나왔다. 고구마였다. 그곳에 작은 광을 마련해 둔 모양이었다.

「배고플 때도 됐지.」

장인은 폐식용유 통을 가지고 와선 땔감을 넣고 불을 지폈다.

「여기에 집을 지을까 생각했었어. 그런데 그럴 수 없었지.」

나는 까칠까칠한 수염이 뒤덮고 있는 깡마른 장인의 옆얼굴을 보았다. 몇 해 사이 더 늙어 보였다.

「민아가 한 살, 한 살 먹으면서 제 엄마를 찾는 거야.」

장인은 검게 그을린 석쇠 위에 고구마를 올려놓으

며 말했다. 불현듯 장인의 입에서 민아의 얘기가 나오자 가슴이 철렁 내려앉았다.

「초등학교 삼 학년 때던가, 아마 그랬지. 춘천에서 제 외삼촌 차를 타고 여길 온 적이 있었어. 그래서 여기에 있으면 엄마를 만날 수 있을 거라 얘기해 줬어. 그런데 그 뒤로 여길 떠나려 하질 않는 거야. 학교에도 가야 하는데 말이야. 애 좀 먹었지.」

언젠가 민아는 엄마라며 내게 사진을 보여 준 적이 있었다. 눈매와 콧날이 민아와 비슷한 분위기를 풍겼던 것 같았다.

「그땐 민아도 알고 있었어. 내 말이 사실이란 걸 말이야. 그런데 말이야, 이제 와서 생각해 보면 그러지 말았어야 했단 후회가 들어.」

장인은 가만히 불길을 내려다보더니 연기가 매운지 손등으로 눈을 비볐다. 민아를 떠나보낼 때 눈물 한번 내비치지 않던 장인이었다. 그런데 이제 와 무얼 후회한다는 걸까. 혹시 장인은 민아에게 어떤 환상이라도 심어 줬던 걸까. 나는 장인이 어린아이를 무어라 구슬렸을지 도무지 종잡을 수가 없었다.

「어떤 분이셨어요?」

「글쎄?」

장인은 긴 한숨을 내쉬곤 생각에 잠긴 듯, 한 손에 턱을 괴었다.

「파인애플을 좋아했지. 민아를 가졌을 때 화천의 한 관사에서 살림을 꾸렸었어. 그런데 어느 겨울밤에 아내가 느닷없이 파인애플이 먹고 싶다는 거야. 그때만 해도 파인애플이 엄청 귀했거든. 게다가 한겨울에 그걸 어디서 구하겠나. 화천 읍내를 다 돌아다녀 봐도 파인애플은커녕 바나나 한 묶음 구하기 힘들었지.」

불길 속에서 타닥타닥 소리가 났다. 장인은 고구마가 타지 않도록 조심스럽게 석쇠의 모서리를 붙잡고 앞뒤로 흔들었다.

「그래서 어떻게 하셨어요?」

「별수 있나, 춘천 시내까지 내달렸지. 그래도 거긴 도시니까 있을 거라고 생각했거든. 깜깜하긴 마찬가지더군. 구멍가게까지 죄다 들쑤시고 다니지 않았겠어. 맨손으로 돌아갈 순 없었지. 그런데 웬 깡통 하나가 발에 차이는 게 아니겠어. 저거다 싶었지. 파인애플 통조림을 사자마자 부리나케 밟았어. 자네가 알지 모르겠지만 이 동네가 시내만 벗어나면 밤길이 엄청 컴컴해요. 그래도 숱하게 다녀 본 고갯길이라 보지 않아도 훤했지. 그런데 참 희한한 게 말이야, 그날따라 아내에게 돌아가는 그 길이 어찌나 멀게 느껴지던지.」

장인은 파인 갭, 이라고 말한 나무를 우두커니 바라보았다. 언제 날아왔는지 멧비둘기 두 마리가 나뭇가지 위에 앉아 깃털을 고르고 있었다.

「맛있게 드시던가요?」

「오물오물 먹는 모습이 얼마나 예쁜지 몰라. 보고만 있어도 배가 부른데 내게도 먹어 보라고 권하지 않겠어.」

한겨울 밤에 두 사람이 먹었던 파인애플은 어떤 맛이었을까. 갑자기 파인애플의 시큼한 맛이 떠올라 나도 모르게 침이 고였다. 그런데 장인은 나와 다르게 감각했던 모양이었다.

「달았지……. 정말 달더라고.」

장인은 일렁이는 불꽃을 바라보며 혼잣말하듯 중얼거렸다. 그러고는 말없이 석쇠 위의 고구마를 뒤적거리더니 꼬챙이로 하나를 찍어서 내게 건네었다. 뜨거운 기운이 손끝에 전해졌다. 장인은 석쇠를 들어 조심스럽게 바닥에 내려놓고는 검게 탄 고구마 하나를 집어 껍질을 벗겼다. 모락모락 김이 피어오르는 고구마를 후후 불고 있는 장인의 모습을 보자 별안간 울적한 기분이 들었다. 나는 고구마를 한 입 베어 먹다 말고 석쇠 위에 내려놓았다. 목이 막혔다. 나는 물을 찾는 척 주위를 두리번거리며 손목시계를 힐끗 보았다. 슬슬 일어설 때가 된 것 같았다. 그 정도면 장인의 이야기를 충분히 들어 줬다고 생각했다. 하지만 장인은 아랑곳하지 않고 폐식용유 통에 땔감을 더 집어넣더니 호주머니에서 체리만 한 크기의 공을 꺼내어 내게 건넸다.

「이게 뭐예요?」

형광 빛이 감도는 그 공은 말랑말랑하고 부드러웠다.

「일종의 접속 단자 같은 거지.」

장인의 말로는 그건 외계 존재가 지구를 탐색하기 위해 사용하는 물체로 상호 간에 인식 체계를 교환할 수 있도록 도와준다고 했다. 대체로 공 모양이지만 원통이나 도넛 모양도 있다는데. 어쨌든, 쉽게 말해서 그걸 쥐고 있으면 다른 존재와 대화를 주고받을 수 있다는 얘기였다. 어쩐지 아마추어 심령술사의 이야기를 듣고 있는 것 같았다.

「받아 둬. 쓸모 있을 거야.」

나는 마지못해 그 공을 받아 호주머니에 넣고선 자리에서 일어났다.

「아버님.」 나는 바지에 손을 문지르며 말했다. 「이제 그만 가봐야 할 것 같아요.」

하지만 웬걸. 능구렁이 같은 노인네는 들은 척도 않더니 전파 송수신기를 자기 앞으로 끌어 놓고선 안테나를 고쳐 세우고 볼륨을 높이는 게 아닌가.

「아버님.」

「조금만.」 장인은 헛기침을 두어 번 하더니 덧붙였다. 「조금만 기다려 보게.」

나는 투박하기 그지없는 전파 송수신기 앞에서 골몰해 있는 장인의 얼굴을 보았다. 여러 갈래로 흘러내린 주름이 어쩐지 쓸쓸하게 느껴졌다. 어깨도 유난히 굽어 보였다. 얄궂게도 마음이 편치 않았다. 어쩌면 한동안 장인을 만날 일이 없을 텐데. 그래서였는지 모르겠다. 조금만 더 있자, 조금만 더 듣자, 그런 생각이 들었다. 그래야, 뒤돌아보지 않고 내 길을 갈 수 있을 것 같았다. 어느덧 저 멀리 산릉선에 해가 닿을 듯 내려앉아 있었다.

그렇게 오랫동안 하늘을 바라본 적이 있었을까. 새가 날아가고, 구름은 보랏빛으로 물들고, 하나둘씩 별빛이 깜빡였다. 나는 올지 안 올지도 모를 장인의 손님을 기다리며 이런저런 이야기를 들었다. 더할 나위 없이 진지했지만 때로는 어딘지 모르게 허술해 보이는 얘기들. 일테면 그들은 지금 이 순간에도 지평선 끝과 끝을 순식간에 오가고 있지만 너무 빠른 탓에 우리의 눈엔 보이지 않을 뿐이라며.

「개나 짐승들이 아무것도 보이지 않는 허공에 대고 왜 짖어 대겠어, 다 그런 거라니까.」

그런 얘기들까지도.

어찌 됐든 장인이 조금은 서둘러 이야기를 마무리 지어 주길 바랐다. 지금쯤 지윤 씨는 강의를 마쳤을 텐데. 슬그머니 조바심이 일었다. 하지만 장인은 아랑곳하지 않고 일장 연설을 이어 갔다.

「우리의 기술이 아무리 발달했다고 해도 우주의 관점에서 보면 우린 뭐랄까, 작은 유리구슬 안에 들어 있는 것만도 못해. 그래, 우린 정말 미숙한 존재지. 하지만 언젠가 그 유리구슬에서 벗어날 수 있을 거야. 외계 존재들에게서 수집한 기술은 이미 확보되어 있거든. 우리는 그들과 같은 비행체를 충분히 만들어 낼 수 있어. 암, 그렇고말고. 문제는 우리의 신체가 그런 비행을 견뎌 내지 못한다는 거지. 만약 견뎌 낼 수만 있다면 다른 세계로 여행을 할 수도 있을 텐데 말이야.」

「만약에 그렇게 된다면요, 그럼 어딜 가시고 싶은데요?」

장인은 멀뚱히 나를 바라봤다. 차라리 장인이 어슴푸레한 밤하늘에 빛나는 별 하나라도 가리켰다면 어땠을까. 하지만 장인의 대답은 나를 암담하게 만들었다.

「없어.」

「그럼 뭣 하러 이런 걸 다 만드신 거예요?」

「걔네가 자꾸 오잖아.」

장인이 고개를 들고선 먼 하늘을 바라보았다.

「사실 오지 않는 날이 많아. 대개는 그렇지. 그럼 뭐 어때? 이렇게 하늘을 바라보고 있는 게 헛되단 생각은 안 들어. 오늘 안 오면 다음 날을 기다리면 되고, 다음 날이 아니면 그다음 날, 뭐 그러다가 언젠가 오겠지. 어쩌면 그중 일부는 이미 와서 우리와 같이 숨 쉬고 있을지도 모르고.」

「그럼 좀 나아져요?」

「뭐가?」

「그렇게 기다리기만 하면요.」

「물론이지. 이 세상에 나 혼자만 있구나, 그런 생각이 안 들거든. 밤하늘엔 수많은 이야기가 들어 있어. 저길 한번 보게.」

장인은 동쪽 하늘을 가리켰다. 그러고는 손가락으로 별자리를 잇기 시작했다.

「저게 큰곰을 쫓고 있는 목동이라네. 마치 우리를 지켜보고 있는 것 같지 않나? 그리고 저기 가장 빛나는 별이 아르크투루스야. 우리나라에서 볼 수 있는 별들 중 두 번째로 밝아. 발해가 멸망할 무렵 저 별의 기운이 유독 쇠약했다지 아마.」

장인은 오래전 민아에게도 이런 이야기를 해주었을까. 만약 민아가 곁에 있었다면 뭐라고 했을까. 어디선가 민아의 볼멘소리가 들리는 듯했다. 장인의 이야기를 듣다 보니 누군가 까만 밤하늘 어딘가에서 우리를 내려다보고 있을 것 같은 기분이 들기도 했다. 그곳은 여기보다 별이 더 많다고 그랬던가. 문득 다르하드에 가보고 싶다던 민아의 얘기가 떠올랐다. 그곳엔 산과 초원, 호수와 강, 심지어 바위와 작은 풀에도 신이 깃들어 있고, 그곳 사람들은 누구든 영적 기운을 지녀 무엇과도 교감할 수 있다는데. 그 얘기를 처음 들었을 때만 하더라도 난 그곳이 막연히 환상의 세계일 거라고만 생각했다. 그러나 그게 아니었다. 뜻밖에도 그곳은 러시아 국경에 인접해 있는 몽골 홉스굴 인근의 초원 지대였다. 양들이 새끼를 낳는 봄이 오면 유목민들의 일손은 쉴 틈이 없다. 양이나 염소들에게 풀을 먹어야 하며, 길 잃은 새끼의 어미도 찾아 줘야 한다. 별을 보고 길을 찾는다는 그 사람들은 좀체 길을 헤매는 법이 없다고 했다. 그때까지만 해도 민아의 얘기가 조금은 낭만적으로 들렸다.

「그들은 일 년 중 절반 이상은 눈보라가 몰아치는 길 위에서 산대.」

그날 민아는 내 어깨에 머리를 기댄 채 말했다.

「눈보라 때문에 가족 같은 양과 염소를 곧잘 잃기도 해. 하지만 눈보라를 원망하진 않는다는 거야. 어쩔 수 없는 일이니까 말이야.」

「어쩐지 매정한 사람들 같은걸.」

「하지만 그래야 다시 떠날 수 있겠지.」

꼭 그래야 하나. 나는 이상하게도 그들이 사는 방식이 내키지 않았다. 그런데 돌이켜 보니 나는 민아의 얘기를 오해한 것 같기도 하다. 어쩔 수 없는 일이란 게 민아에겐 어떤 의미였던 걸까. 문득 부녀가 함께 있는 한 장면이 머릿속에 스쳤다. 어쩌면 장인이 어린 민아를 앉혀 두고 밤하늘을 바라보며 별자리 지도 같은 걸 그려 주진 않았을까.

그때였다. 무언가 눈앞을 환히 비추었다. 처음에 나는 헛것을 보고 있는 거라 생각했다. 내 옆, 그러니까 벤치 위쪽에서 희붐한 스펙트럼이 아른거렸다. 나도 모르게 자리에서 벌떡 일어났다. 희미한 형상 하나가 나를 향해 미소 짓고 있는 것 같았다. 이어서 머리 위에서 금빛 불꽃이 터지면서 하늘을 밝혔다. 너무나 눈부셔 바위 틈새까지 다 보일 정도였다. 하나였던 불빛은 두 개로 늘어났고, 이어서 세 개, 네 개로 늘어나더니 제자리에서 빙글빙글 돌기 시작했다. 머리털이 곤두서는 듯했다. 나는 입을 다물 수 없었다.

「저, 저게 뭐예요?」

「드디어 기다리던 손님이 오셨군. 자넨 역시 운이 좋아.」

장인은 재빨리 헤드폰을 착용했다.

나는 도대체 무슨 일이 벌어지고 있는 건지 정신을 차릴 수가 없었다. 장인은 안테나 위치를 조정하고는 분주하게 전파 송수신기 채널을 돌렸다. 장인의 표정은 그 어느 때보다 진지했다. 장인은 알아들을 수 없는 대화를 한동안 이어 나갔다.

「자네도 인사 나누게.」

장인은 내 손에 자신의 형광색 공을 쥐여 주며 헤드폰을 건넸다. 나는 헤드폰을 낀 채 넋을 놓고 하늘을 올려다보았다. 저편에서 웅얼거리는 소리가 들렸다. 어디선가 잡음이 뒤섞인 멜로디가 흘러나오는 것 같기도 했다. 설마 장인이 내게 짓궂은 장난을 치고 있는 건 아니겠지. 나는 곁눈질로 주위를 살폈다. 그러는 동안 불빛은 이내 흔적 없이 사라져 버렸다. 나는 헤드폰을 벗었다.

「뭐라고 하던가?」

장인은 달뜬 목소리로 물었다. 나는 알 수 없는 무언가에 단단히 홀린 것 같았다.

「어떻게 된 거죠? 정말 지금 기다리고 있는 그게 온 거예요?」

「그럼 아니라고 생각하나?」

대체 무슨 일이 벌어진 거지. 내가 모르는 자연 현상인가. 아니면 무슨 속임수일까. 혼란스러웠다.

「모르겠어요.」

「그럴 리 없는데. 분명 무슨 얘기를 했을 텐데.」

그랬나? 내 안에서 알 수 없는 동요가 일었다. 언제부턴가 귓가에 낯익은 멜로디만 맴돌 뿐이었다.

「보고 싶어서 그러니까, 보고 싶어서 왔대요.」

나는 얼렁뚱땅 얼버무렸다. 장인은 신이 난 듯 웃음을 터뜨렸다. 그러고는 텅 빈 하늘을 향해 작별 인사라도 하듯 두 팔을 흔들었다. 그런데 대체 그 형상은 뭐였을까.

장인의 말로는 그 형상은 그들 세계의 자장과 우리 세계의 자장이 겹칠 때 나타난다는 것인데.

「텔레파시나 심령 현상도 그와 같은 거지. 그렇다고 너무 겁먹거나 걱정할 건 없네. 다른 존재를 봤다고 해서 자넬 정신병자 취급할 권리는 어느 누구에게도 없으니까. 다만 자네가 누굴 만났다는 게 중요하지. 안 그런가?」

내가 누굴 만났다고? 나는 마지못해 고개를 끄덕이긴 했지만 뭔가 개운치가 않았다. 장인은 랜턴을 밝히고 주섬주섬 장비를 꾸리기 시작했다. 그런데 희한하게도 시간이 지나도 내 곁을 떠나지 않는 게 하나 있었다. 나는 귀를 후볐다. 언제부턴가 낯익은 멜로디가 귓가에 맴돌았다. 나는 장인이 라디오를 작게 틀어 놓았나 싶어 주위를 두리번거렸다. 하지만 소리 나는 물건은 보이지 않았다. 문득 떠오르는 게 하나 있었다.

「캐비닛에 있던 오르골이요.」

장인은 고개를 갸웃거렸다.

「혹시 그거, 민아 건가요?」

장인은 끙, 하며 가느다란 신음을 내뱉더니 발끝으로 애꿎은 바닥을 비비적거렸다.

「우리 민아가 어렸을 때 〈오즈의 마법사〉를 무지 좋아했지. 원래 도로시가 춤추고 있었거든. 그런데 부서졌어.」

그래서였구나. 그제야 민아와 함께 불렀던 콧노래가 떠올랐다.

「아버님 그거, 제가 가져가도 될까요?」

장인은 대답 대신 작업모를 벗고는 손등으로 이마를 닦더니 긴 한숨을 내쉬었다.

「중학교를 졸업할 무렵이던가, 아마 그럴 거야. 녀석이 날 그렇게 원망하고 있는 줄은 몰랐어. 날더러 거짓말쟁이라고 하더니 그걸 내게 집어 던지지 않겠어. 그렇게 서운할 수가 없었지. 하지만 언젠가는 날 이해해 줄 거라 믿었지. 그럴 줄 알았어. 그런데 정작 민아가 무슨 생각을 하며, 어떻게 커가는지 몰랐던 거야. 너무 놀랐어. 바보같이 평생 눈에 보이지 않는 것들만 좇으며 살아왔으니. 멀뚱멀뚱 하늘만 바라볼

게 아니라 주위를 둘러봤어야 했는데…….」

가만 생각해 보니 장인의 마음을 이해할 것도 같았다. 그러니까 장인이 왜 외계인 뒤꽁무니만 쫓아다니는지, 왜 그토록 하늘에 집착하는지. 어쩌면 장인은 나를 통해 민아를 다시 한번 감각하고 싶었던 건 아니었을까. 어떤 기억은 너무나 선명한데 민아의 얼굴이 도무지 떠오르지 않을 때가 있다. 그럴 때면 깊은 수렁에 빠진 것처럼 암담해지곤 한다. 혹시 장인도 그랬던 게 아닐까. 그런 장인이 내 마음을 모를 리 없을 텐데. 그래서 다시 한번 부탁했다. 하지만 장인은 못 들은 척 손수레에 장비를 싣기 시작했다.

「아버님.」

「그럴 수 없네.」

그때만큼 장인의 목소리가 차갑게 들린 적이 있었던가. 장인은 여느 때와 달리 단호했다.

「아무래도 자네가 내 말을 제대로 이해하지 못한 것 같군.」

숲속에서 스산한 바람이 불어왔다. 끼익 끼익 그네가 흔들렸다. 장인은 입을 앙다문 채 손수레를 끌기 시작했다. 장인의 굽은 어깨가 어쩐지 희끄무레해 보였다.

그날 저녁, 한사코 손사래를 쳐도 장인은 마을 입구까지 바래다주겠다며 손전등을 비추며 앞장섰다. 나는 하는 수 없이 장인의 등을 바라보며 깜깜한 숲길을 걸어 내려왔다.

「환상적인 에어쇼를 본 소감이 어떤가?」

장인은 마을에 이르러서 내게 물었다. 뭔가 속은 느낌이 든다고 하자 장인은 껄껄 웃었다.

「나는 처음부터 자네가 마음에 들었어.」

장인은 천진난만하게 말했다.

「솔직히 말해 보게. 자네 그동안 내 연락을 기다리고 있었던 건 아닌가?」

나는 슬며시 미소를 지어 보였다. 장인은 외로이 마을 입구를 밝히고 있는 가로등 아래에서 검은 봉지를 내게 건넸다.

「챙겨 줄 게 이거밖에 없네. 그리고 말이야.」

장인은 어두운 숲속을 바라보며 비스듬히 돌아섰다.

「다시는 오지 말게. 이 말을 하려고 했어. 그러려면 한 번은 만나야 할 것 같아서.」

나는 망연히 장인의 얼굴을 바라보았다. 장인은 내 시선을 피했다. 순식간에 가슴 한구석이 서늘해졌다.

그제야 알 것 같았다. 그날부로 모든 게 끝났다는 사실을…….

나는 자동차 리모컨을 눌렀다. 삐, 소리가 나며 비상등이 깜빡였다. 나는 장인의 시선이 머물러 있는 숲길을 되돌아보았다. 마치 긴긴 어둠을 통과해 나온 것만 같았다.

「혹시 그때 기억하세요?」

나는 차에 오르려다 말고 동서울터미널에서 장인을 처음 만났던 얘기를 꺼냈다.

「그럼, 기억하지.」

장인은 슬그머니 나를 돌아보았다.

「서운하실 수도 있겠지만 그날이 잘 떠오르지 않아요. 아버님이 어땠는지는 또렷이 기억나거든요. 우리 결혼을 승낙해 주셨으니까. 그런데 이상하게도 유독 민아에 대한 것만 기억나질 않아요. 그날 민아가 무슨 옷을 입고 있었는지, 웃고 있었는지, 아니면 무뚝뚝한 표정이었는지……. 그런 것들 말이에요.」

「뭐 그럴 수도 있지.」

「정말 기억하세요?」

「기억하고말고. 고약한 기분이었지. 내가 왜 연거푸 맥주를 마셔 댔겠나. 둘이서 손을 꼭 붙잡고선 나를 거들떠보기는커녕 서로의 얼굴만 바라보고 있었잖은가.」

그랬구나, 그랬었구나. 나는 속으로 되뇌었다.

나는 호주머니에 있던 공을 꺼내어 장인에게 돌려주었다. 장인은 무슨 의미인지 알겠다는 듯 미소를 지어 보였다. 그러고는 한 걸음 다가와 내 어깨를 두드려 주었다.

「조심히 가게.」

차 유리와 사이드미러에는 자잘한 물방울이 맺혀 있었다. 나는 장인을 향해 고개를 꾸벅 숙이고는 천천히 도로로 나섰다. 모퉁이를 돌기 전 사이드미러를 보니 손을 흔들고 있던 장인의 모습은 이미 어둠 속에 묻혀 있었다.

완만한 경사로에 접어들 때쯤 휴대폰이 울렸다. 나는 갓길에 차를 세웠다. 지윤 씨는 왜 이렇게 통화가 안 되느냐고 물었다.

「미안해요.」

「인사는 잘 드렸어요?」

「네.」

「별일 없죠?」

나는 잠시 망설이다가 덧붙였다.

「시골이라 그런지 밤하늘이 깨끗하더라고요.」

나는 전화를 끊고 휴대폰을 확인했다. 어찌 된 영문인지 부재중 통화나 수신된 메시지가 없었다. 장인의 집이 수신 불가 지역이었나. 그런데 장인은 무슨 수로 내게 전화를 한 걸까. 홀로 어두운 숲길을 걷고 있을 장인의 뒷모습이 눈앞에 아른거렸다. 나는 조수석에 둔 검은 봉지를 열어 보았다. 파인애플 통조림 하나가 들어 있었다. 민아가 파인애플을 좋아했던가. 불현듯 입속에 감돌던 시큼한 기운이 코끝에 전해졌다.

나는 핸들을 잡았다. 먼 하늘에 유난히 반짝이는 별 하나가 보였다. 잠시 후 이정표가 나왔다. 춘천을 지나는 중이었다.

마인드 컨트롤

1

일주일째 진화 작업에 투입되었던 서보인 팀장은 조사관실에 들어오자마자 이런 상황은 처음이라며 한숨을 내쉬었다.

진화는 완료된 거예요?

생각보다 쉽지 않네요. 보고 난 후에 얘기하죠.

서보인 팀장은 내게 새끼손톱 크기의 메모리 칩을 건네며 말했다. 그 안엔 윤광노 씨의 뇌신경 접속 포트를 통해 복사한 내면 레이어가 담겨 있었다. 통상, 센터에 내원한 사람들 경우 한두 시간 이내에 마음속 불은 진화되었고, 발화원 또한 어렵지 않게 찾을 수 있었다. 하지만 윤광노 씨의 내면은 여느 상황과 달리 수많은 진화대원이 투입되었으나 좀체 불길을 잡을 수 없었다. 서보인 팀장은 손가락을 모아 관자놀이 쪽에 붙였다 떼고선 조금 쉬고 돌아오겠다며 발걸음을 옮겼다.

이너 사이드 안전 센터의 내로라하는 진화 팀장조차 두 손을 들 정도라니.

나는 머리를 동여 묶고 홀로그램 영사기에 메모리 칩을 꽂았다. 영상이 재생되자마자 펑 하는 폭발음에 나도 모르게 한 걸음 물러났다. 영상이라고는 하나 거대한 열기가 고스란히 전해지는 듯했다.

윤광노 씨의 내면은 특이하게도 어느 중세 도시의 풍경이었는데 아무래도 그가 설계해 온 버추얼 타운의 영향인 듯했다. 뭉게뭉게 피어오르는 연기로 가득 찬 도시의 하늘은 검붉은 빛깔을 띠었다. 성벽 내부의 좁고 구불구불한 골목에는 아담한 목조 건물이 다닥다닥 붙어 있는 탓에 마치 장작더미를 쌓아 놓고 불을 지른 듯했다. 나는 화재 조사 프로그램을 가동해 피해 현황을 확인했다. 마흔 개소 이상의 공공시설이 피해를 입었으며 2만 5천 채가 넘는 집들이 전소된 상태였다. 도시 면적의 약 70퍼센트가 불길에 휩싸여 폐허로 변했고, 성벽 바깥의 키 작은 집들에도 불길이 번지고 있었다. 불길이 가장 거센 시가지 중심부 온도는 1천 도에 육박하기도 했다. 목조 건물의 경우 가연물이 다 타버려 감쇄되기까지 화재 지속 시간이 그리 길지는 않았다. 그렇지만 이따금 돌풍이 불어닥칠 때마다 하늘에서 불티가 비처럼 쏟아져 내려 건물과 강 위에 떠 있는 배들은 물론이며 선착장에 쌓여 있는 석탄과 모직 더미에도 불길이 옮겨붙었다. 게다가 도시 곳곳에 불이 붙기 쉬운 기름을 비롯해 유황이나 화약 따위를 저장한 창고들이 많은 탓에 여기저기에서 폭발과 함께 불기둥이 치솟았다.

어떻게 이럴 수가 있지?

혼수상태에 빠진 늙은이의 내면이라고 하기엔 화염이 너무나 맹렬했다. 마음속에 제아무리 응어리가 많이 맺혀 있는 사람이라고 해도 대개 건물 한두 채 정도가 전소되는 수준이었고, 내면 레이어의 면적이 넓지 않아 발화원을 어렵지 않게 추적할 수 있었다. 드물게 개활지나 산악지에서 화재가 발생하기도 했지만 그런 경우에는 발화원이 한정되어 더 손쉽게 추적할 수 있었다. 하지만 윤광노 씨의 내면에선 무척이나 복합적인 양상으로 불길이 번지고 있었다. 도시 곳곳에 진화대원들이 투입되어 수동식 소화전을 이용해 물을 뿌리고 있었지만 어림도 없었다. 특히 중세라는 내면 환경은 화재를 최악의 상황으로 몰고 갔다. 그 시대에는 화재를 진화하는 데 도움이 될 만한 장비가 거의 없었다. 아무리 뇌공학 기술이 발전했다고 하나 현실에 있는 최첨단 진화 장비나 진화 로봇을 내면 화재 현장에 그대로 가져다 쓸 수 없었다. 발화 당사자의 내면 환경과 맞지 않는 장비를 사용할 경우 인지 부조화로 인해 당사자는 물론 진화대원도 신체적 위험에 처할 수 있었다. 진화대원에게 자기 보호용 소화탄이 지급되긴 했지만 두 개로 제한되었고, 방화복이나 그 밖의 진화 장비도 당사자의 내면 환경에서 벌충해야 했다. 그런 탓에 일찍이 윤광노 씨의 내면에 진화 캠프를 구축했음에도 불구하고 기껏해야 방화벽을 세우고 구닥다리 펌프나 양동이 따위를 이용해 불을 꺼야 했으니 진화 속도는 더딜 수밖에 없었다.

그의 마음속은 왜 그 모양일까.

나는 영상을 중지시키고 눈을 감은 채 손가락으로 콧등을 지그시 눌렀다. 이글거리는 붉은 불꽃의 잔영이 좀체 사라지지 않았다. 여러 정황으로 볼 때 윤광노 씨의 내면엔 인위적인 착화 흔적이 곳곳에 분포했다.

부드러운 아침 햇살이 내려앉은 윤광노 씨의 머리엔 거즈가 감겨 있었고, 입술을 덮고 있는 호흡기에는 옅은 입김이 맺혔다가 사라지길 반복했다. 모니터에선 푸른색 그래프가 쉬지 않고 깜빡였다. 몸에 부착된 수많은 튜브는 덩굴처럼 얽혀 있었고, 구불구불한 전선이 연결된 의료 장비들은 규칙적인 기계음을 내며 작동하고 있었다.

얼마 전 구급대원에 의해 센터에 이송되었을 때 꾀죄죄한 차림새의 노인네를 알아본 이는 아무도 없었다. 그는 교통사고를 당해 머리가 깨지고 늑골과 척추가 부러진 상태였고, 오른쪽 넙다리뼈는 칼로 깊숙이 도려낸 듯 벌어져 있었다. 다행히 의료팀에서 신속하게 응급 처치를 한 덕에 고비를 넘겼으나 의식은 여전히 돌아오지 않았다. 진화팀을 비롯해 조사관인 내가 소집된 건 그의 신원이 밝혀졌을 때였다. 그는 오래전 내가 보았던 윤광노 씨와는 너무나도 다른 모습이었다.

세간에 알려진 윤광노 씨의 행보는 여러모로 일관성이 없었다. 어린 시절 농부가 꿈이었던 그는 바람과 달리 화성 탐사선 하역장에서 삽역부로 일을 하다가 뒤늦게 대학에 입학해 식물학을 공부했는데 졸업을 앞두고 느닷없이 뇌공학으로 전공을 바꿔 학위를 받고선 졸업 이후엔 버추얼 세계를 만들겠다며 사업에 뛰어들었다. 제아무리 정갈하게 장식된 실내나 아름답게 조경된 정원일지라도 윤광노 씨가 설립한 매직시티사에서 만들어 낸 버추얼 타운에는 비할 바가 못 되었다. 사업은 순조로웠다. 손톱만 한 칩 하나를 뇌신경 접속 포트에 연결하면 사방이 하얗게 페인트칠해진 다락방에서도 최고급 호텔의 스위트룸에 사는 듯한 체험을 할 수 있었으니 사람들은 환상적인 세계로 여행을 하기 위해 기꺼이 지갑을 열었다.

그렇지만 성공한 사업가였던 그는 십여 년 전 감쪽같이 종적을 감췄다. 한동안 그의 행방을 아는 이는 아무도 없었다. 내 기억에 연중 따뜻한 바람이 부는 인도양의 어느 섬에 별장을 지어 놓고 지낸다는 소문을 들은 것도 같았다. 그런데 행려병자나 다름없는 몰골로 나타나다니.

뜻밖에도 그의 재킷 안주머니에는 대리인의 연락처와 함께 자신이 가진 전 재산을 센터에 기증하겠다는 서약서가 들어 있었는데 거기엔 내면 양도 각서도 포함되어 있었다. 구급대원이 윤광노 씨를 일반 병원이 아닌 센터로 이송한 건 그 때문인 듯했다. 센터에

의탁해 지내는 노인이 한둘은 아니었기에 행정적 절차에 어려울 건 없었다. 그런데 한때 연인이기도 했던 신은진 박사가 그 사실을 알았다면 과연 뭐라고 했을지. 누구나 그러하듯 그에게도 명암이 없진 않았다.

2

인류는 오래전부터 불을 다스리는 방법을 알았고, 그로 인해 이 작은 행성 구석구석에 찬란한 문명을 꽃피웠지만 마음속의 불을 다스릴 필요성이 대두된 건 비교적 근래의 일이었다.

신은진 박사가 밝혀낸 바에 따르면 인간 내면에서 자연 발화란 있을 수 없는 일이었다. 다시 말해 어떠한 내면 풍경이든 그 상태에 이르게 한 인위적인 원인이 있다는 얘기였다. 물론 우리 뇌에 잔잔한 도파민의 강이 흐를 땐 그다지 문제될 게 없다. 크리스마스 아침 선물 상자를 안고 있는 아이나 고대하던 합격 소식을 들은 취업 준비생의 기분은 어떨까. 기쁨이 깃들 때 아늑한 마음속 어딘가에선 꽃이 만발하고 향기로운 바람이 불지도 모른다. 그런 순간은 구태여 그 마음속을 들여다보지 않더라도 알 수 있다. 행복한 감정은 얼굴에 그대로 드러나기 마련이니까. 문제는 그 반대의 경우였다.

신은진 박사는 피실험자의 뇌신경 접속 포트를 이용해 추출한 내면 레이어에 불쾌한 감정을 불러일으킬 수 있는 소스를 입력했을 때 마음속에 불꽃이 튄다는 사실을 발견했다. 이러한 실험 결과를 토대로 〈발화, 또는 재발화〉라는 제하의 인간 내면 발화의 원인에 대한 메커니즘을 밝혀낸 짧은 논문을 네이처에 발표했다. 아니나 다를까 사람들은 어리둥절했다.

우리 마음속에 불이 있다고?

사람들은 그 논문에 적혀 있는 문장이 일종의 은유일 거라고 착각했다. 하지만 심리적인 변화에 따라 내면에서 화재가 발생한다는 사실을 증명한 다양한 결과를 보자 세상은 술렁였다.

내면 발화 원인은 이루 말할 수 없이 다양했다. 감수성이 예민하거나 사소한 말 한마디에도 상처를 잘 받는 사람의 경우 마음속에 발화는 비교적 쉽게 일어났다. 누군가로부터 오해를 받아 내면에 불길이 치솟기도 했다. 어느 정도 경제력을 갖추고 있거나 행복지수가 높은 국가에 사는 사람들일지라도 예외는 아니었다. 심지어 그리스 메테오라 수도원에서 생활하고 있는 늙은 수도사나 티베트에서 한평생 오체투지로 단련된 수행자의 마음속에서도 때때로 마음속에 불기둥이 솟구쳤다가 사그라들곤 했다.

화를 비롯한 부정적인 감정을 품었을 때 내면에 불꽃이 날름거리는 것은 지극히 정상적인 광경이다. 누구든 그 마음속엔 땔감이 가득하니까. 그러나 대부분은 내면에 불똥이 튀더라도 각자 구비해 놓은 소화기로 진화해 스스로 마음을 다독인다. 골칫거리는 소화기로 제압할 수 있는 수준을 넘어서는 화재였다.

알다시피 인간의 내면은 우주와 같아서 온전히 파악할 수 없을뿐더러 본인 스스로도 어디에 있는 무엇이 인화되어 불길이 번지는지 모르는 경우가 허다했다. 문제가 있는 내면 레이어만 추출하여 진화하더라도 어느 순간 다른 지점에서 다시 불길이 번지기도 했고, 뜻밖의 가연성 소재로 인해 급속도로 연소되기도 했다. 당연한 얘기지만 폭설이나 폭우가 내리는 궂은 날씨에도 마음속 불은 전혀 영향을 받지 않는다. 일반적으로 내면 발화는 대인 관계에서 비롯되었는데 그 원인이 셀 수 없을 정도로 다양했다. 가령 누군가 자신을 험담했다는 사실을 알았다고 치자. 그 사람의 마음은 십중팔구 검게 그을려 있을 것이다. 누군가와 다투거나 모멸을 당했을 때도 마찬가지다. 그런 사람의 마음속엔 거대한 화마가 휩쓸고 있을 가능성이 높았다. 심지어 까만 잿더미만 남은 척박한 마음속에 기름을 들이부은 듯 재발화가 발생한 사례도 보고된 바 있었다. 그 사람은 일평생 모은 재산을 누구보다 믿었던 친구에게 사기당했는데 사 년 남짓 마음속을 검게 태우다가 더 이상 탈 게 없는 상태가 되자 결국 암으로 세상을 떠났다.

설사 마음속에 통제할 수 없는 불길이 치솟더라도 조기에 발견해 물을 뿌린다면 복구 작업은 한층 수월했다. 반면 제때 진화하지 못해 검게 타버린 잿더미만 남는다면 회복하는 데에 오랜 시간이 소요됐다. 그와 같은 마음에는 묘목을 심고 질 좋은 거름과 물을 주더라도 제대로 자라지 않았다. 사람마다 차이가 있긴 했지만 화가 나거나 누군가를 증오할 때 내면에서 발화한 화염의 온도는 대체로 4백 도에서 1천4백 도 사이를 오갔다. 하지만 어떠한 인화 물질이 주위에 있느냐에 따라서 온도는 큰 격차를 보이기도 했다.

실험에 참여했던 상트페테르부르크 출신의 삼십대 후반의 한 회사원은 머리카락을 셀 수 있을 정도로 탈모가 심각했는데 아니나 다를까 오랜 기간 직장 상사와 갈등을 겪고 있었다. 스트레스가 오죽했으면 십 년 가까이 근무한 회사를 관둘 생각을 하고 있었다. 그의 내면 깊숙한 곳에 자리한 사무실 책상 위에는 보고서가 산더미로 쌓여 있었는데 모락모락 연기가 피어오르는가 싶더니 일순간 2천 도를 상회하는 불기둥이 치솟았다. 물론 방화의 주범은 그의 상사였다.

그런가 하면 서울 남부의 한 고등학교 학생들 내면에서 발생한 다발적인 화재 사례도 보고된 바 있었다. 실제로 일부 학생이 자살이나 자해를 시도한 적이 있던 탓에 많은 연구 인력이 투입되었다. 특이하게도 피해 학생들 내면에서는 비슷한 형태의 폭발을 겪은 후 급속도로 불이 번지는 양상을 보였는데, 발화 원인을 조사한 결과 학생들 마음속엔 미사일을 맞은 것처럼 커다란 탄흔이 뚫려 있었다. 얼마 안 가 발사 버튼을 누른 장본인은 같은 학교에 재학 중인 한 학생으로 밝혀졌다. 방화를 저지른 당사자는 자기애가 무척 높았으며 어느 자리에서건 주인공처럼 대접받길 바랐다. 그렇지만 조금이라도 자기 마음에 내키지 않으면 주위 사람들에게 거친 말들을 마구 쏟아 내어 면박을 주거나 독선적인 태도로 모욕감을 안겨 주었다. 그 학생은 상대방을 기만하고 불쾌하게 만드는 묘한 재주를 가지고 있었는데 시종일관 교묘한 논리로 자기 자신을 합리화했다. 한사코 스스로를 학생들 사이의 중재자라고 여겼으며 이간질도 서슴지 않았다. 정작 자신의 감정을 존중받길 바랐지만 누군가의 마음속에 얼마나 많은 불을 내고 다녔는지에 대해서는 무관심했다. 뜻밖에도 문제를 일으킨 당사자 내면에는 어떠한 불꽃도 일렁이지 않았다. 보고서에 따르면 그 학생의 내면 핵심부엔 매캐한 가스로 가득 차 있는 삭막한 황무지였는데, 도덕적으로 무감한 부류의 내면에서 볼 수 있는 풍경과 비슷했다.

그런데 윤광노 씨의 내면은 어떤가.

지금껏 보고된 사례와는 딴판이었다. 규모 자체가 광범위할 뿐만 아니라 인화성이 강한 연료가 끊임없이 유입되고 있었다.

신참일 때 나는 몇 차례 윤광노 씨를 본 적이 있었다. 말끔하게 차려입은 그 중년의 신사는 이따금 선물 꾸러미를 들고 센터를 찾곤 했었다. 선임 조사관으로부터 듣기로 윤광노 씨와 신은진 박사는 대학 시절부터 연인 사이였다고 한다. 졸업을 앞둔 윤광노가 신입생이던 신은진과 우연히 마주쳐 한눈에 반해 전공까지 바꾸어 재입학했던 일화는 어쩐지 낭만적으로 들렸다. 신은진 박사가 연구를 지속해서 이어 갈 수 있었던 배경엔 윤광노 씨의 지원도 분명 한몫한 듯했다. 하지만 둘 사이가 한결같은 건 아니었던 모양이다.

오늘날엔 내면 화재를 조기에 진화하면 스스로의 마음을 다스릴 수 있는 데 도움이 된다는 사실을 누구나 알고 있지만 신은진 박사가 내면 화재 진화의 필요성을 처음 언급했을 때만 하더라도 고유한 인간성을 인위적으로 통제하여 정신적 자유를 침해할 수 있다는 윤리적인 문제가 제기되곤 했다. 반면 암세포의 인체 공격을 방어하기 위해 여러 과학 기술이 사용되는 것과 마찬가지로 내면 화재 역시 진화해야 한다는 여론도 만만치 않았다. 게다가 내면 화재 진화는 약물로 심리 상태를 조절하던 기존의 치료 기술에 반해 인체에 미치는 부작용 또한 미약했다.

구태여 마음에 불을 안고 살 필요가 있을까.

마음속 불은 조기에 진화하는 게 최선이었다. 그건 신은진 박사의 지론이기도 했다.

초대 센터장으로 취임한 신은진 박사는 내면 화재를 손쉽게 진화할 수 있도록 스프링클러 시스템을 개발했다. 그로 인해 내면에서 발생한 불꽃이 열 감지 센서에 포착되면 전기적 신호를 주입해 곧바로 불을 잡을 수 있었다. 뿐만 아니라 내면 화재에 일사불란하게 대응할 수 있도록 진화팀, 구조팀, 의료팀, 조사팀 등 조직을 구성해 진화 역량을 향상시켰다. 하지만 여기에는 한 가지 문제가 있었다. 팀원의 안전과도 직결되는 내면 접속 기술이 불안정하다는 점이었다.

누가 위험을 무릅쓰고 불을 끄러 갈 것인가.

불구경을 하는 것과 불을 끄기 위해 현장에 뛰어드는 건 차원이 다른 문제였다. 당시만 해도 내면 화재를 진화하기 위해 기존에 구축되어 있는 뇌신경 접속 시스템을 이용했는데, 일테면 버추얼 게임 등에 사용되는 메모리 칩을 이용자의 뇌신경 포트에 접속하는 방식을 따랐다. 그런데 내면 발화 당사자에게 추출한 메모리 칩을 진화대원 뇌신경 포트에 접속할 때 시각 자극에 따른 전정 기관의 정보 수용 불균형으로 인해 메스꺼움과 같은 부작용이 나타났으며, 심한 경우 쇼크를 일으키기도 했다. 아무리 체력 조건이 뛰어나고 훈련이 잘되어 있는 대원들일지라도 부작용을 극복하는 데 애를 먹었다. 그런 탓에 센터의 내면 화재 진화율은 37퍼센트 수준에 머물렀다. 이를 해결하기 위해 운동 신경 보정 장치가 필요했지만 개발 비용이 막대한 탓에 시스템 개선을 엄두조차 못 내고 있는 실정이었다.

학창 시절부터 신은진 박사를 위해서라면 만사를 제쳐 두고 소매부터 걷어붙였던 윤광노 씨가 그런 사정을 모를 리 없었다. 하지만 두 사람 사이에 갈등이 깊어진 건 전혀 예상치 못한 사건에서 비롯되었다.

매직시티사가 거금을 투자해 개발한 내면 접속 캡슐을 센터에 기술 이전하기 위해 협약한 건 신은진 박사가 초대 센터장으로 취임한 지 사 년쯤 지난 어느 날이었다. 시뮬레이션을 돌려 본 결과 보정 장치가 탑재된 그 장비를 사용할 때 내면 화재 진화율은 80퍼센트 수준을 웃돌았다. 그런데 기술 이전이 완료된 후 뜻밖의 문제가 생긴 것이다. 센터 내의 정보 일부를 매직시티사에서 빼갔다는 소문이 돌았는데 심지어 센터장에 대한 책임론까지 불거졌다. 윤광노 씨는 기술 이전을 위해 협약서에 명시되어 있는 필수적인 데이터만 사용했으며 그 외 정보에는 접근조차 하지 않았다고 해명했다. 그러나 조사 결과 일부 정보가 매직시티사로 흘러 들어간 사실이 밝혀졌다. 차라리 그때 윤광노 씨가 자신의 실수를 깨끗하게 시인했더라면 둘 사이는 어떻게 되었을까.

안타깝게도 윤광노 씨의 실수는 거기서 끝나지 않았다. 오해를 풀고자 다급한 마음에 기술 이전 작업에 참여했던 직원을 보안 규칙을 위반했다는 이유로 곧바로 해고해 버린 것이다. 윤광노 씨는 어떻게서든 자신의 결백을 보여 주고 싶은 심정뿐이었을지도 모르겠으나 내막을 알게 된 신은진 박사의 낯빛은 더더욱 차갑게 얼어붙었다.

인연이라는 가느다란 줄은 한번 꼬이면 좀체 풀기 힘든 법이다.

윤광노 씨는 냉랭해진 연인의 모습에 조바심이라도 났던 걸까. 센터장실에는 꽃다발이나 포장을 뜯지 않은 선물 상자가 쌓여 갔다. 물론 신은진 박사가 원한 건 그런 게 아니었다.

그로부터 몇 달 후 매직시티사에서 노인 재활 치료용 버추얼 타운이 출시되었다. 윤광노 씨는 자신의 실책을 만회하려고 했는지 센터에 버추얼 타운 프로그램을 무상으로 공급하겠다고 밝혔다. 그런데 공교롭게도 그 프로그램이 센터에서 빼낸 정보로 제작되었다는 엉뚱한 이야기가 돌았다. 보나마나 매직시티사의 경쟁사에서 흘린 그릇된 소문일 게 빤했지만 윤광노 씨의 입장은 여간 난처한 게 아니었다. 갓 출시한 상품의 프로그램 세부 정보를 공개한다는 것은 시중에도 무료로 내놓겠다는 이야기나 다름없었다. 하지만 애석하게도 윤광노 씨는 신은진 박사로부터 더 이상 해명할 시간을 얻을 수 없었다.

그 무렵 신은진 박사는 정부의 연구 지원을 받아 남태평양의 파페에테에 사는 원주민들의 내면을 탐사하던 중이었다. 자연환경과 내면 화재 상관성을 검토하기 위해 나선 참이었다. 하지만 탐사를 시작한 지 사흘째 되는 날 영영 돌아오지 못하게 되었다. 함께 내면 탐사에 참여했던 조사관 얘기로는 신은진 박사가 해변을 걷다가 인근에서 발생한 해저 화산으로 인해 파도에 휩쓸려 실종되었다고 했다. 하지만 외부적 사인은 심정지였다.

당시 그 사건은 내게도 큰 충격이었다. 원해서 시작한 일이었지만 누군가의 마음을 들여다보는 게 그때만큼 두려웠던 적이 있었을까. 때로는 사람의 마음에 무서운 것이 들어 있기도 했다.

마음이 무서운 건 그 끝이 보이지 않기 때문이야.

언젠가 내면 화재 조사를 마치고 돌아오던 나를 앞

에 두고 신은진 박사는 그렇게 말했다.

더 이상 끝이 없을 거라고 생각한 지점에서 또 다른 불꽃이 피어오르거든. 그러니까 절대 색안경을 껴선 안 돼.

솔직히 말하자면 그때까지만 해도 신은진 박사의 얘기를 충분히 이해하고 있다고 생각했다. 화재란 언제든 예상치 못한 곳에서 발생하기 마련이니까. 하지만 그 사건 이후 신은진 박사의 얘기를 다시금 생각해 보지 않을 수 없었다.

3

모니터의 그래프가 급격히 요동치더니 의료 장비에서 불규칙적인 신호음이 연거푸 울렸다. 윤광노 씨의 호흡이 거칠었다. 나는 호출 벨을 눌렀다. 잠시 후 의료 팀원이 들어와 모니터를 확인하고는 침대 환경 설정을 바꾸었다. 수액과 호흡기가 교체되자 윤광노 씨의 가슴이 크게 부풀었다가 가라앉았다. 하지만 잠시 후 윤광노 씨의 코와 귀에서 피가 흘러내렸고 의료 팀원은 응급 처치를 했다. 아무래도 그에게 남겨진 시간이 그리 많은 것 같지 않았다. 나는 까칠한 수염이 돋아 있는 윤광노 씨의 수척한 얼굴을 내려다보았다. 센터를 찾는 여느 노인과 다를 바 없는 모습이었다. 하지만 그의 마음은 그 어떤 젊은이 못지않게 뜨거웠다.

나는 내면 영상을 다시 재생시켰다.

먼저 사람들이 가장 밀집해 있는 성문 쪽을 확대해 보았다. 성문 인근에는 도시에 살던 사람들이 몰려나와 마차들과 뒤엉켜 북새통을 이루었다. 그들은 윤광노 씨가 의식했든 그러지 못했든 간에 살아오며 마주치거나 관계를 맺어 온 사람들이었을 것이다. 내면 심층부에서 저마다의 자리를 차지하고 있던 그들 중 누군가 방화의 주범일 수 있다. 다만 화재의 규모로 보아 방화자가 한두 명은 아닌 듯했고, 성벽 내부의 아직 불타지 않은 건물에 숨어서 또 다른 방화를 준비하고 있을 가능성 또한 배제할 수 없었다.

통상 내면의 방화는 상습적이고 연쇄적인 경향을 보였다. 방화자는 증오심이나 질투심, 또는 욕구 불만 등을 해소하기 위해 상대방의 마음속에 불을 지르기도 한다. 그런데 윤광노 씨의 마음속에 불을 내지를 만한 사람이 과연 있을까. 오히려 그 반대라면 모르겠지만.

평생 자신의 이윤만 좇아온 윤광노 씨의 평판이 마

냥 좋을 리만은 없었다. 사업을 확장해 오는 동안 경쟁사를 비롯해 주변 사람들에게 이런저런 피해를 끼치거나 원한을 샀을 수도 있었다. 상식적으로 윤광노가 누군가의 내면에 불을 질렀을 가능성이 높았다. 그렇다면 상대 또한 가만있지 않았을지도 모른다. 보안 규칙을 위반했다는 이유로 해고당한 직원이라면 어떨까. 어떠한 방식으로든 반격하지 않았을까. 하지만 윤광노 씨가 어떤 보상을 해주었는지 몰라도 그의 내면에 불이 났던 데이터는 없었다. 예상과 달리 윤광노 씨가 누군가의 마음속에 불을 지른 경우는 찾기가 어려웠다. 단 한 건을 제외하고는.

나는 서브 영상 속 얼굴을 먹먹한 눈길로 바라보았다. 바로 신은진 박사였다. 물론 두 사람이 센터 정보 유출 사건 이후 티격태격했던 일을 미루어 봐서 전혀 납득이 안 되는 건 아니었다. 그렇다면 그 일 이후 윤광노 씨는 신은진 박사에게 불만이나 적개심이라도 품고 있었단 얘긴가. 그래도 한때 누구보다 다정했던 연인 사이가 아니던가. 그러고 보니 윤광노 씨는 신은진 박사의 장례식에 얼굴조차 내비치지 않았다. 설마 그 정도로 갈등의 골이 깊었던 걸까. 이상한 점은 그뿐만이 아니었다.

윤광노 씨의 내면에선 신은진 박사와 관련된 그 어떤 흔적도 찾아볼 수가 없었다. 마치 자신의 삶에서 한 사람에 대한 기억을 모조리 도려낸 것 같이.

신은진 박사의 사고 이후 윤광노 씨의 행적을 보면 이전과 크게 다를 바 없었다. 약속대로 노인 재활 치료용 버추얼 타운 프로그램을 센터에 무상으로 공급했으며 그 밖의 기술도 제공했다. 한편에선 윤광노가 특유의 사업적 수완을 발휘해 센터를 장악하려는 의도가 있지 않겠냐며 의심하는 부류도 있었으며, 머지않아 매직시티사가 센터를 합병할 거라는 얘기가 돌기도 했다. 윤광노 씨를 알던 사람은 하나같이 그가 매정해졌다고 입을 모았다. 내면 화재 진화에 대한 윤리적인 문제가 또다시 불거졌을 때 윤광노 씨가 언론을 매수해 센터를 공격하고 있다는 소문까지 돌곤 했다. 그런데 정말 그랬던가. 아니 땐 굴뚝에 연기가 날까마는 누가 그 불을 때는지 궁금해하는 사람은 아무도 없었다.

윤광노 씨는 세간에 떠도는 이야기를 모르지 않았을 테지만 크게 개의치 않는 듯했다. 도대체 무슨 꿍꿍이였을까.

어찌 됐든 마음속에서 아무런 이유 없이 불이 날 리

는 없다. 하다못해 어느 누군가 부서진 건물 구석진 곳에 숨어서 불쏘시개에 부채질이라도 하고 있어야 했다. 화재 감식을 하다 보면 방화자가 전혀 예상치 못한 사람일 때도 더러 있었다. 그러나 이번 경우는 감식은커녕 도시가 송두리째 타고 있어 발화원 추적조차 여의치 않는 상황이었다.

나는 윤광노 씨의 주변 인물과 성문 인근 군중의 데이터를 꼼꼼히 비교해 보았다. 대다수는 매직시티사와 관련된 사람들이었는데, 그중 방화자가 있다면 어딘가에 흔적이 남아 있을 터였다. 옷이나 머리카락 일부가 타거나 그을렸을 수 있으며, 촉진제를 사용했다면 폭발로 인해 화상을 입었을 수도 있다. 하지만 그들 중에 방화를 저지른 이는 단 한 명도 없었다. 그렇다면 의심스러운 인물은 딱 하나. 아무리 되짚어 봐도 현재로선 신은진 박사만큼 유력한 용의자는 없었다. 그런데 대체 어디에 숨어 있는 걸까. 윤광노 씨와 각별했던 사이인 만큼 내면에서의 존재감은 더 뚜렷해야 했지만 도통 찾을 수가 없었다. 혹시나 싶어 다른 레이어도 확인해 보았지만 도시의 풍경만 다를 뿐 화염은 더욱 잔혹해 어느 누구도 숨어 있지 못할 것 같았다.

나는 놓친 것이 없는지 거듭 데이터를 되돌려 보았다. 건물들의 연소 시간과 시시각각 변하는 풍향과 바람의 세기 등을 계산해 최초에 불이 시작된 원점을 추적했다. 하지만 해당 지점엔 화염과 함께 짙은 연기가 끊임없이 피어올라 그 어떤 것도 볼 수 없었다. 영상을 확대하고 해상도를 조정했지만 소용없었다. 나도 모르게 끙 하고 짧은 한숨이 터져 나왔다. 만약 방화자가 그곳에 있다면 연기 때문에 이미 질식했을 것 같았다. 그때였다. 때마침 바람의 방향이 바뀌는가 싶더니 뭉게뭉게 피어오르는 연기 틈새로 건물 한 채가 언뜻 보였다. 나는 곧바로 건물 데이터를 확인했다. 작은 연못으로 둘러싸인 저택이었다. 그 집은 다른 건물들과 달리 벽돌로 지어졌는데 왠지 모르게 이질적인 냄새가 났다. 뿐만 아니라 연못 안쪽 아담한 정원에는 형형색색의 꽃들이 하늘거리고 있었다. 불바다가 된 담장 밖 세상과 달리 그 집은 온전했다. 바로 그때 뒤란 쪽에서 파란색 장화를 신은 한 젊은이가 꽃삽을 든 채 나타났다. 그는 연못과 이어진 물고랑에 흙이 묻어 있는 삽을 씻고 손을 닦았다. 뒤란에는 막 심어 놓은 것으로 보이는 꽃들이 옹기종기 자리했다. 그는 공구함에 삽을 넣은 후 두 손을 허리에 받친 채 한동안 담장 너머를 바라보더니 집 안으로 사라졌다. 도시가 화염에 휩싸여 있는데 저토록 태연하다니. 그의 행동은 어딘지 모르게 수상쩍었다. 나는 서둘러 인물 데이터를 분석했다.

예상대로 젊은이의 소맷자락에는 방화자에게 볼 수 있을 법한 조연제 흔적이 남아 있었다. 뿐만 아니라 옷과 팔다리의 체모 일부도 그을려 있었다. 그의 동선을 추적한 결과 도시가 불타는 동안에도 수시로 외부를 오갔으며 짚 더미나 버터 따위를 저장해 둔 창고를 드나든 것으로 확인되었다. 그가 머물렀던 창고나 도시의 뒷골목에서는 비정상적으로 연소가 확대되거나 고온의 불꽃이 치솟기도 했다. 뒤란 쪽 창고에는 그가 사용했던 점화용 토치를 비롯해 무인 스위치와 타이머와 같은 착화 장치도 발견되었다. 물론 그것만으로 방화를 했다고 단정 짓긴 힘들었지만 용의선상에 또 다른 인물이 나타난 건 틀림없었다. 하지만 혼란스러웠다. 어딘지 모르게 젊은이의 얼굴이 낯익었다.

그는 다름 아닌 윤광노 씨였다. 그러니까 젊은 시절의 윤광노.

신은진 박사의 연구에 따르면 인간 내면에서 자연

발화는 절대 있을 수 없었다. 간혹 어린 시절 겪은 학대나 조직이나 어떤 집단에서 느낀 박탈감으로 인해 뒤늦게 내면 화재가 발생하는 경우가 있긴 했지만 그 역시 시차가 있을 뿐이지 결국 대인 관계가 원인이었다. 하물며 윤광노 씨의 경우 그러한 경험이 전무했다. 정신적인 병력도 없었고, 단순한 충동으로 보기에도 뭔가 석연치 않았다.

정말 윤광노 씨가 자신의 마음속에 불을 지른 걸까.

만약 그가 방화의 주범이라면 신은진 박사의 연구 결과는 수정이 불가피했다.

대리인의 얘기로는 세간에 떠도는 소문과 달리 윤광노 씨가 일선에서 물러난 이후 자신의 고향에 은거하며 텃밭을 일구며 지냈다고 했다. 그러면서 나이가 들수록 자신이 만든 버추얼 타운이 도리어 사람들의 마음을 황폐하게 만든 것 같다고 곧잘 자책했다고 한다. 물론 그가 만든 시스템이 단순한 오락거리에 지나지 않으며 허상에 불과하다는 비판이 없진 않았다.

온갖 비판과 멸시를 혼자서 묵묵히 견뎌 왔을 거라 생각하면 얼핏 앞뒤가 맞는 것 같기도 했다. 하지만 정말 그런 이유에서일까.

4

발화원은 찾았어요?

서보인 팀장은 오전에 비해 말끔한 모습으로 조사관실 문을 열었다.

의심스러운 곳이 한 군데 있긴 해요.

나는 캡처한 영상을 열었다.

이게 어떻게 된 거죠?

서보인 팀장은 그을린 자국 하나 없이 멀쩡한 저택을 유심히 살펴보더니 그곳은 불길이 너무 거세 진화를 포기하다시피 한 지역이라고 덧붙였다.

나는 불길에 휩싸인 건물들을 분석한 데이터를 띄웠다. 저택 주위를 둘러싼 종탑을 비롯한 큰 건물들은 마치 거구의 붉은 경비병처럼 버티고 있었는데 일반 목조 건물보다 연소 지속 시간이 확실히 길었다. 누군가 땔감을 넣은 것처럼 단시간에 강렬한 화염이 솟구쳤고, 갑작스럽게 대량의 열이 방출되어 형성된 불기둥이 천장까지 빠르게 확산되는 패턴이 반복됐다. 천장 부근은 대류와 복사로 뜨거운 열기가 지속되었고, 그렇게 고여 있던 열기는 인근의 다른 목재로 전도되어 금세 인화점에 도달했다. 뿐만 아니라 발화된 목재가 열분해되면서 일산화탄소나 메탄가스, 또는 유도체의 가연성 가스가 방출되어 새로운 불꽃이 넘실거렸다.

이상하긴 하네요. 이번 팀을 투입할 때 확인해 볼게요.

서보인 팀장은 확인한 내용들을 메모하며 말했다.

저도 함께 갈 수 있을까요?

저길요?

서보인 팀장은 눈을 치켜뜨며 내게 되물었다. 화재 감식은 통상 진화가 완료된 이후 시작되므로 불이 치솟는 현장에 조사관이 투입되는 경우는 드물었다.

어려울 건 없지만, 여기서 이렇게 보는 것과는 달라요.

알고 있어요.

사실 두려운 마음이 없진 않았다. 하지만 윤광노 씨와 의사소통조차 할 수 없는 현재 상황으로선 현장에 직접 가보는 게 최선인 듯싶었다.

누가 불을 질렀는지 찾아내야죠. 이대로 두면 결국 다 타버릴 거예요. 그러면 어떻게 될지 잘 알잖아요.

그동안 우리의 팀워크가 나쁘진 않았죠. 그래서 말인데 나는 조사관님과 오래 일하고 싶어요.

서보인 팀장은 두 손을 깍지 끼며 덧붙였다.

정말 괜찮겠어요?

지금 원인을 찾아내지 못하면 누군가의 마음속에서 이와 비슷한 일이 또 벌어질 거예요.

서보인 팀장은 한숨을 내뱉고선 내 눈을 바라보았다. 왜였을까. 그 순간 그의 눈동자에서 작은 불꽃이 튀어 오르는 것 같았다.

서보인 팀장은 상황도를 띄워 도시 전경을 한눈에 볼 수 있도록 축척을 조정했다. 성벽 내부에 선점한 진화 캠프는 78개소, 그중에서 저택까지 접근할 수 있는 최단 경로를 물색했다.

내가 진입할 진화 캠프는 강가에 위치한 목조 주택 이 층에 위치한 침실이었다. 진화팀이 이틀 전에 선점한 캠프로 성벽 내부에선 그나마 가장 안전한 장소라고 했다. 서보인 팀장은 그곳에서부터 불길을 잡아가며 저택까지 이동할 계획을 세웠다. 강을 건너고 불타서 무너지는 크고 작은 건물들을 피해 다녀야 하는 험난한 여정이었다.

아마 옆방이나 복도에 불길이 번져 있을 거예요. 당황하지 말고 제가 도착할 때까지 기다려요. 이삼 분 정도면 충분하니까.

서보인 팀장은 주의 사항을 비롯해 행동 절차를 조목조목 알려 주었다. 나는 내면 접속 캡슐에 누워 눈을 감았다. 조금 후 어두한 방에서 눈을 떴을 때 어지럼증을 느낀 것도 잠시, 이내 기침이 터져 나왔다.

실내는 문틈으로 새어 들어온 연기로 자욱했다. 나는 급한 나머지 탁자 위에 있던 물병의 물을 헝겊에 적셔 코와 입을 막았다. 어디선가 사람들의 비명이 들렸다. 창밖으로 불길이 너울대는 게 보였다. 도시의 하늘은 검붉은 연기로 뒤덮고 있어 밤인지 낮인지 분간할 수 없었다. 나는 본능적으로 침실에서 빠져나가야 한다고 생각했다. 하지만 금속 재질의 문손잡이를 잡자마자 황급히 손을 뗐다. 문손잡이는 맨손으로 잡을 수 없을 만큼 뜨겁게 달궈져 있었다. 나는 젖은 헝겊을 손에 둘둘 말고선 문을 열었다. 하지만 복도는 이미 화마가 점령한 상태였다. 나는 재빨리 문을 닫았다. 복사열로 인해 얼굴이 화끈거렸고 연기 때문에 숨이 막혔다. 자세를 낮추고 창가로 다가갔다. 강 건너편으로 불길에 휩싸여 도시가 보였다. 도대체 서보인 팀장은 어디에 있는 걸까. 이삼 분은커녕 한 시간은 더 지난 것 같았다. 별안간 창문이 와장창 깨졌다. 나도 모르게 비명을 내지르며 바닥에 엎드렸다.

맞은편 건물의 일 층 상점에서 폭발과 함께 불길이 치솟았다. 잠시 후 창문이 부서졌고, 창틀에 사다리가 걸쳐졌다.

늦진 않았죠? 빨리 입고 나와요.

서보인 팀장은 창밖에서 방화복을 건네며 말했다.

건물을 빠져나오자마자 내가 있던 방에서 괴수가 토해 내는 듯한 화염이 뿜어져 나왔다. 옆 건물에선 한 여자가 세간살이를 창문 밖으로 내던졌고, 바로 위층 건물 외벽엔 젊은 남녀가 돌출된 나무 기둥을 붙잡은 채 위태롭게 매달려 있었다.

도와줘야 하지 않아요?

그럴 시간 없어요. 구조대원들이 알아서 할 거예요.

서보인 팀장은 내 팔을 잡아끌었다. 하지만 차마 그들을 외면할 수 없었다. 나는 발걸음을 되돌려 내가 타고 내려왔던 사다리를 옆 건물로 옮겼다. 그 모습을 지켜보던 서보인 팀장은 짧은 한숨을 내뱉고선 나를 거들었다.

조사관님 마음이 어떤지는 알아요. 하지만 그걸 여기까지 와서 보여 줄 필요는 없어요. 저 사람들과 우리는 처한 상황이 달라요. 자칫 잘못하면 우리는 우리가 사는 세계로 영영 돌아갈 수 없어요.

서보인 팀장은 냉정한 투로 말하며 앞장섰다. 물론 나도 그 사실을 알고 있었다. 그러나 이성적인 판단을 하는 게 쉽지 않았다. 이전에도 내면 화재 현장에 들어와 본 적은 있었지만 이 정도는 아니었다. 무엇보다 공기의 질감 자체가 달랐다. 잿가루가 뒤섞인 뜨거운 바람 때문에 숨이 턱턱 막혔고, 눈물과 콧물이 끊임없이 흘러내렸다.

선착장엔 이미 진화대원들이 집결한 상태였다. 강에는 크고 작은 배가 떠 있었고, 몇 척엔 이미 불이 옮겨붙어 있었다. 막 출발한 화물선 한 척은 무게를 견디지 못해 한쪽으로 기우는 듯싶더니 순식간에 침몰했다. 사람들은 허겁지겁 꾸려 온 가재도구 따위를 강물에 던지거나 정박 중인 또 다른 배에 나누어 실었다. 나는 진화대원들과 함께 보트에 올랐다. 갑자기 얼굴에 검댕이 묻은 여자가 나타나 보트에 태워 달라고 애걸했다. 여자의 등에는 아이가 업혀 있었다. 하지만 서보인 팀장은 들은 척도 않고선 그녀를 매정하게 밀어냈다.

강 위엔 불티가 점점이 날아다녔고, 매캐한 연기 냄새가 끊임없이 풍겼다. 다리 밑을 지나자 천둥과 같은 굉음이 들렸다. 불붙은 다리의 첨탑이 무너지고 있었다. 대원들은 더욱 세차게 노를 저었다. 맞은편 선착장 쪽 풍경은 눈을 뜨고 볼 수 없을 정도로 끔찍했다. 강변을 따라 늘어선 건물들은 가공할 화염에 둘러싸여 있었다. 건물 외벽에는 사람들이 겁에 질린 채 매달려 있었으며 일부는 배관을 타고 기어오르는 중이었다. 어떤 이는 집에서 떠나는 걸 아예 포기한 것 같았다. 그들은 창문과 발코니에 불이 옮겨붙고 벽이 무너져도 그대로 머물렀다. 여기저기에서 울부짖는 소리가 들렸다. 나는 눈을 질끈 감았다.

괜찮아요?

서보인 팀장은 선착장에 보트를 접안하며 내게 물었다. 네, 하고 짧게 대답했지만 귓가엔 사람들의 탄식 소리가 웅웅거리는 것 같았다. 발걸음을 뗄 엄두가 나지 않았다. 이곳이 현실이 아니라는 걸 알면서도 눈앞에 펼쳐진 광경에 자꾸만 함몰되었다.

도시 중심부 상황도 별반 다르지 않았다. 사람들은 겁먹은 사슴 떼처럼 이리저리 몰려다녔다. 대원들은 조를 나누어 수동식 소화전에 호스를 연결해 물을 뿌렸다. 그러나 수압이 변변치 않아 큰불을 잡기엔 역부족이었다. 조금씩 조금씩 이동로를 확보하며 광장 입구에 이르렀을 무렵이었다. 오른편 건물에서 와작 와작 부서지는 소리가 나더니 폭발과 함께 난데없이 집채만 한 불기둥이 솟구쳐 앞서가던 진화대원들을 덮쳤다. 뒤따르던 대원들이 일제히 소화탄을 던져 불길을 제압했지만 몇몇 대원은 부상을 당해 바닥에 쓰러졌다. 서보인 팀장은 서둘러 그들에게 귀환용 마스크를 씌워 센터로 복귀시켰다.

광장을 지나자 폭격을 당한 듯 부서진 건물들이 즐비했다. 불길이 잡힌 폐허엔 악취가 코를 찔렀다. 잿더미에선 시꺼먼 증기가 쉭쉭 뿜어져 나왔고, 좁은 하수구엔 검은색 물이 흘러내렸다. 오두막과 판잣집이 밀집한 지역부터 다시 불길이 거세져 우회로를 찾아야 했다. 그러는 동안 대원들은 하나둘씩 지쳐 갔다. 현장에 투입된 지 얼마나 지났을까.

거의 다 왔어요.

서보인 팀장은 불타고 있는 커다란 종탑을 바라보며 말했다.

불길은 영상으로 봤던 것보다 훨씬 더 거셌다. 재래식 장비로 그 불을 다 끄려면 하룻밤은 꼬박 지새워야 할 것 같았다. 서보인 팀장은 종탑 옆으로 다닥다닥 붙어 있는 건물 중 비교적 덩치가 작은 한 채를 가리켰다. 대원들은 일사불란하게 움직였다. 도끼를 들고 있는 대원들은 기둥을 찍어 부수었고 한쪽에서는 방패를 들고 불길을 막았다. 또 다른 대원들은 쇠줄이 연결된 갈고리를 서까래에 걸고선 힘을 합쳐 당겼다. 기둥과 공포 사이에서 삐걱거리는 소리가 났다. 지붕 아래로 삐져나온 널빤지가 괴기한 소음을 내며 부서졌고, 그와 동시에 검회색 먼지가 뿜어져 나오면서 불꽃이 일었다. 마치 거대한 괴수가 저항하며 신음을 토하는 것 같았다. 건물은 대원들의 공격을 견디지 못하고 결국 힘없이 무너졌다. 엄청난 화염과 함께 사방으로 불꽃이 튀었고, 검붉은 연기가 뭉게뭉게 피어올랐다. 대원들은 물로 목을 축이며 자연스럽게 진화가 되길 기다렸다.

타닥타닥 타는 소리가 사그라질 무렵 대원들은 등짐 펌프로 잔불을 제거했고, 이윽고 검은 재로 뒤덮인 길이 생겼다.

5

그 집은 도시를 지나오며 봐왔던 건물들과는 확연히 달랐다.

어째서 이 집만 멀쩡한 걸까요?

고성능 방화제라도 발라 놓은 건지 모르죠.

서보인 팀장은 방화복에 묻은 까만 그을음을 털어 내며 말했다.

정원에 들어서며 다시 한번 놀라지 않을 수 없었다. 나는 크게 숨을 한번 들이마셨다가 천천히 내뱉었다. 그곳 공기는 투명한 보호막에 둘러싸인 것처럼 깨끗했다. 뿐만 아니라 내부에서 본 도시의 하늘은 불티 하나 없이 청명한 빛깔을 띠었고, 정원을 둘러싼 울타리에선 새들이 쉴 새 없이 지저귀고 있었다. 논리적으로 설명하기 힘든 게 우리의 마음이라고는 하지만 비약이 지나쳤다. 서보인 팀장은 현관문을 두드리곤 주위를 살피며 한 걸음 물러났다. 그의 널찍한 어깨 위에서 희미한 회색빛 연기가 피어올랐다가 사라졌다.

계세요?

서보인 팀장은 다시 한번 문을 두드렸다. 실내에서 툭탁거리는 소리가 나더니 잠시 후 문이 열렸다. 현관에는 멜빵바지 차림에 파란색 장화를 신은 윤광노 씨가 서 있었다.

무슨 일이죠?

윤광노 씨는 서보인 팀상을 향해 물었다.

불이 났어요. 대피하셔야 합니다.

불이라뇨?

그는 바깥 상황을 전혀 모르는 듯 물었다. 거기서부턴 내가 나설 차례였다.

모르시진 않을 텐데요.

나는 단도직입적으로 덧붙였다.

방화 용의자를 찾고 있어요.

방화라니요? 그건 또 무슨 얘깁니까? 하늘이 저렇게 푸른데 누가 불을 질렀다는 겁니까?

신은진 씨요.

윤광노 씨의 눈동자가 미세하게 흔들렸다.

아무래도 이야기가 길어질 것 같군요. 괜찮다면 들어와서 차라도 한잔하시겠습니까?

나는 서보인 팀장을 바라보았다. 서보인 팀장은 고개를 끄덕였다.

실내는 정갈하고 아늑했다. 정원을 지날 땐 따듯한 봄 냄새가 물씬 풍겼던 데 반해 거실은 한겨울의 정취가 가득했다. 창밖엔 함박눈이 내렸고, 어디선가 나타난 아이들이 깔깔거리며 눈사람을 만들고 있었다. 무규칙적이거나 일그러진 내면 풍경을 만나면 어지럼증이 가중되기 마련인데 다행히 소파와 진열장이 놓인 거실은 여느 가정집과 다르지 않았다. 천장에 달려 반짝거리는 상들리에는 스물네 개의 촛불이 불을 밝히고 있었고, 벽과 선반 위에도 등불이 일렁거렸다. 뿐만 아니라 벽난로에도 장작불이 타고 있었다. 언제 어디서 어떤 불길이 솟구칠지 모를 일이었다. 윤광노 씨는 양동이에서 마른나무 두어 개를 집어 벽난로에 던져 넣고선 주방으로 발걸음을 옮겼다. 나와 서보인 팀장은 누가 먼저랄 것도 없이 뒤로 물러서며 소화탄을 움켜쥐었다.

윤광노 씨는 찻주전자에 뜨거운 물을 부어 차를 우렸다. 붉은 빛깔 액체에서 김이 모락모락 피어오르며 달차근한 향기가 풍겼다.

어쩐지 여기 사람들은 아닌 것 같은데, 어떻게 그 이름을 알고 있죠?

윤광노 씨는 우리에게 차를 따라 주며 물었다. 나는 벽난로에서 조금 떨어진 소파에 앉아 내가 알고 있는 신은진 박사에 대해, 그리고 우리가 도시에서 목격했던 화재에 대해 이야기했다.

그래서 그 사람이 불을 질렀다는 건가요?

현재로선 가장 유력해요.

나는 탁자 위에 찻잔을 내려놓으며 윤광노 씨의 표정을 유심히 살폈다.

아무래도 뭔가 착오가 있는 것 같군요. 그럴 사람이 아니거든요.

벽난로의 불꽃이 아른거리는 그의 얼굴은 어딘지 모르게 침울해 보였다.

그럼 누구죠? 누가 이 도시에 불을 질렀다는 얘깁니까.

서보인 팀장이 불쑥 끼어들었다.

때로 어떤 불은 그냥 내버려두어야 할 때도 있죠. 눈이나 비가 내리는 것처럼 그건 우리가 어떻게 해볼 수 있는 게 아니니까요.

윤광노 씨는 한 손으로 무릎을 문지르며 말을 이었다.

우리는 학교 담장을 따라 플라타너스가 늘어선 오솔길에서 처음 만났어요. 그날 그 사람이 무슨 색깔 스웨터를 입고 있었으며 머리 스타일은 어땠는지 바로 어제 일처럼 생생하게 기억해요.

윤광노 씨는 회상에 잠긴 듯 신은진 박사와 함께한 날들을 한참 동안 늘어놓았다. 그러고는 자리에서 일어나 우리를 작은 방으로 안내했다. 그 방의 삼면은 책으로 빼곡했고, 햇살이 드는 격자창 아래 작은 원형 탁자와 안락의자 두 개가 놓여 있었다. 윤광노 씨는 격자창을 활짝 열었다. 거실에서 보았던 창밖 풍경과 달리 파도가 넘실거리는 푸르른 바다가 펼쳐져 있었다. 그곳이 바로 윤광노 씨의 심연이었던 걸까. 연이은 왜곡된 풍경에 별안간 현기증이 일었다. 서보인 팀장은 경계를 늦추지 않는 듯했다. 탁자 위에는 사진 액자와 함께 촛불 하나가 밝혀져 있었는데 창밖에서 잔잔한 바람이 불어와도 전혀 일렁거리지 않았다. 나는 사진 속 주인공을 유심히 바라보았다. 스물서너 살쯤 되었을까, 앳된 얼굴의 그 사람은 다름 아닌 신은진 박사였다.

혹시 지금 어디 있는지 아세요?

나는 사진을 바라보며 물었다.

물론 알고 있죠. 하지만 찾을 수 없을 거예요.

왜죠?

당신들은 볼 수 없는 곳에 있거든요.

거기가 어딘데요?

윤광노 씨는 한동안 멍하니 사진을 바라보다가 입을 열었다.

그리 멀진 않아요. 늘 여기에 머물렀거든요.

그러고는 자신의 가슴 위에 손을 얹었다. 그의 입가에 의미를 알 수 없는 미소가 번졌다. 그와 동시에 창밖에서 거대한 불기둥이 소용돌이치기 시작했다.

위험해요!

서보인 팀장은 부리나케 창문을 닫고선 나를 잡아끌었다. 하지만 이미 때는 늦었다. 엄청난 굉음과 함께 거대한 폭풍이 서재를 덮쳤다. 남은 소화탄을 모조리 던졌지만 불길을 잡기엔 역부족이었다. 아니, 그 어떤 진화 장비를 가져와도 그 불은 끌 수 없을 것 같았다. 서보인 팀장의 어깨와 팔엔 불이 옮겨붙어 있었다. 그는 아랑곳하지 않고 내 얼굴에 마스크를 씌웠다. 언뜻 해변을 걷고 있는 젊은 연인의 모습을 본 것 같기도 했다.

6

눈을 떴을 때 나는 캡슐형 침상에 누워 있었다. 하지만 환청과 두통 탓에 한동안 일어날 수가 없었다. 눈이 스르르 감길 때마다 도시가 불타는 광경이 보였고, 나는 소스라치게 놀라며 잠에서 깨어나길 반복했다.

괜찮아요?

다음 날 아침 서보인 팀장은 조사관실을 노크하며 내게 물었다. 문득 그의 팔과 어깨에 옮겨붙었던 불이 떠올랐다. 내 시선을 의식했는지 그는 문제없다는 듯, 한 손으로 어깨를 툭툭 치고선 호주머니에서 메모리 칩을 꺼냈다. 나는 냉장고에서 생수를 꺼내 서보인 팀장에게 건넸다. 그는 피식 웃으며 물을 한 모금 마시고 컴퓨터 앞에 앉았다. 나는 곧바로 영사기에 칩을 꽂았다. 거기에는 지난밤의 상황이 담겨 있었다.

우선 저택을 중점적으로 살펴보았다. 샹들리에를 비롯해 거실을 밝히고 있는 수많은 불꽃을 하나씩 하나씩 분석했다. 손쉽게 발화 원인을 찾아낼 수 있을 거란 예상과 달리 도시에서 벌어진 화재와 별다른 접점이 발견되지 않았다. 벽난로의 장작불도 마찬가지였다. 에러 경고가 뜬 건 서재에 있던 촛불에 대한 데이터를 찾으려고 할 때였다.

뭐가 문제죠?

글쎄요.

화재 조사 프로그램은 정상적으로 작동하고 있었다. 하지만 영상은 여전히 먹통이었다. 바람에도 꿈쩍 않던 그 작은 불꽃은 여태 접해 왔던 것과는 전혀 성질이 다른 듯했다. 나는 같은 시간대에 저택 주변의 상황을 모니터링했다. 대원들이 가까스로 무너뜨린 건물과 잿더미만 남은 폐허에서 원인을 알 수 없는 불기둥이 치솟았다. 뿐만 아니라 도시 전역에서 비슷한 유형의 폭발이 발생했다.

어떻게 된 거죠?

서보인 팀장은 믿을 수 없다는 표정으로 영상을 바라보았다.

정확한 원인은 좀 더 파악해 봐야 하겠지만 아무래도 윤광노 씨가 불을 지른 건 틀림없어 보이네요.

그럴 수도 있나요?

문득 언젠가 꽃다발을 들고 센터를 찾던 중년 신사의 달뜬 얼굴이 떠올랐다.

어쩌면 우리가 여태 색안경을 끼고 있던 건지도 모르죠. 아무리 물을 뿌려 대도 저 작은 촛불만큼은 결코 끌 수 없을 것 같아요.

물끄러미 영상을 보던 서보인 팀장은 머쓱한 듯 머리칼을 쓸어 올렸다. 어쩐지 볼록해진 뺨이 여느 때보다 더 불긋해 보였다.

누군가의 마음속과 그 마음속의 마음속까지 들여다볼 수 있다고 해도 그 깊숙한 곳에 과연 무엇이 있는지 알 수 있을까. 나는 침대에 누워 있는 윤광노 씨를 바라보았다. 지금쯤 그는 무슨 꿈을 꾸고 있을까.

창밖에서 잔잔한 바람이 불어올 때마다 하얀 머리카락이 하늘거려 금방이라도 깨어날 것만 같았다. 그는 입가에 미소를 머금고 있는 것처럼 보이기도 했다. 그렇지만 곧이어 목격한 광경을 어떻게 받아들여야 할지는 여전히 확신이 서지 않는다. 오늘날 상식이라고 일컬어지는 것도 한때는 이해하기 힘든 그 무엇일 때가 있지 않던가. 아무리 과학이 발달해도 명쾌하게 밝혀낼 수 없는 영역이 있다면, 그건 바로 우리 자신일지도 모르겠다.

그날 아침, 윤광노 씨의 가슴은 유난히 검게 그을려 보였는데 이내 작은 연기가 피어오르더니 손써 볼 새도 없이 온몸으로 불이 번졌다. 의아하게도 윤광노 씨가 누워 있던 침대는 거슬린 자국 하나 없었고, 그 위에는 하얀 재만 남았다. 그 일로 세상은 또 한 번 술렁였다. 하지만 내게 아무리 많은 시간이 주어져도 그가 남긴 재의 성분은 결코 밝혀낼 수 없을 것 같다. 다만 하나.

플라타너스의 널따란 나뭇잎이 하늘거리는 어느 가을날 오후, 빨간색 스웨터를 입은 한 사람이 그를 향해 걸어오고 있었다던가.

벽난로 앞에서 그 이야기를 하던 윤광노 씨의 얼굴

을 떠올리면 그런 생각이 들곤 한다. 세상을 떠난 이가 머무는 곳은 미지의 세계가 아니라 누군가의 마음 속이라는 것을.

방독면을 쓴 바나나

내가 올렉산드르를 처음 만난 건 약수동의 한 연립주택으로 이사를 하던 재작년 연말 어느 오후였다. 하연과 나는 짐 정리를 하다 말고 갈증이 나서 이미 캔맥주를 하나씩 비운 상태였다. 하연의 휴대폰이 울린 건 냉장고에서 또 하나의 캔을 꺼내던 때였다. 통화를 끝낸 하연은 땀에 젖은 티셔츠를 갈아입으며 내게 함께 가줄 수 있느냐고 물었다. 나는 거실에 널브러져 있는 잡동사니와 아직 뜯지 않은 박스를 내려다보았다.

혹시 알아? 취잿거리라도 생길지.

누구길래?

하연은 가보면 안다면서 외투를 건넸다. 당시 나는 〈지상의 사람들〉이란 코너를 맡고 있었는데 이렇다

할 반응이라곤 전혀 없었고, 편집장은 내게 듣고 싶은 이야기만 듣느냐며 사사건건 핀잔을 주곤 했다. 들어야 하는 이야기를 들은 거라 말하고 싶었지만 차마 입 밖에 꺼낼 수 없었다. 편집장은 한사코 〈되는 이야기〉를 가져오라며 닦달할 게 뻔했으니까.

나는 손을 털고 외투를 입었다. 하연은 현관을 나서며 팔짱을 꼈다. 그러면서 올렉산드르가 우리나라에서 생활한 지 얼마 안 되어서 손이 좀 가는 타입이라고 덧붙였다. 그런 탓에 나는 그가 하연이 출강하는 학교에 재학 중인 러시아 유학생인 줄로만 알았다.

서른쯤 되었을까.

낙엽이 뒹구는 보광동의 한 좁은 골목에서 만난 올렉산드르는 짧은 곱슬머리에 검정 눈동자를 가진, 거리 어디에서나 볼 수 있는 평범한 청년이었다.

올렉산드르는 물이 담긴 플라스틱 바가지를 들고 녹슨 펜스에 그려진 낙서를 젖은 걸레로 닦고 있었다. 어깨가 구부정한 한 노인이 올렉산드르가 하는 양을 못마땅하다는 듯 지켜보고 있었는데 별안간 펜스 옆키 작은 집 쪽문에서 더러운 몰티즈 한 마리가 달려 나와 우리를 보고 짖었다. 노인은 검버섯이 핀 이마를 한 손으로 긁으며 몰티즈를 향해 조용히 하라며 소리쳤다.

자기 집 앞이면 이렇게 낙서를 했겠어요?

하연이 올렉산드르의 친구라고 인사하자 노인은 펜스를 가리키며 볼멘소리로 침을 튀겼다. 펜스에는 페인트를 뿌려 그린 그림들과 온갖 문자가 어지러이 뒤섞여 있었다. 우리 주위를 맴돌던 몰티즈는 펜스 아래로 다가가 킁킁거리더니 뒷다리를 치켜들고 오줌을 쌌다.

이게 다 이 사람 짓이에요.

올렉산드르는 도리질을 쳤다. 자기가 그린 건 종이 한 장 크기도 되지 않는다며 하소연했는데 비교적 우리말이 유창했다. 걸레를 든 올렉산드르의 손은 발갛게 얼어 있었다. 어찌 됐든 그가 낙서를 한 건 틀림없는 듯싶었다. 나는 올렉산드르가 가리키는 펜스를 보았다. 파란색 방독면을 쓰고 있는 바나나 그림이었는데 어딘지 모르게 우스꽝스러웠다.

하연은 올렉산드르가 우리나라 문화에 아직 적응을 하지 못해 그런 거라며 노인에게 자초지종을 설명하고는 양해를 구했다. 하지만 노인은 올렉산드르를 위아래로 훑어보고 알 바 아니라며, 경찰에 신고하려던 참이었다고 을러댔다. 노인의 태도가 완고해지자

급기야 하연은 소매를 걷어붙였다. 그 성미를 모르지 않았던 터라 나는 하는 수 없이 지갑을 열었다. 그제야 노인은 수그러드는 기색이었다.

고작 오 만 원에 낙찰이라니.

노인이 몰티즈를 데리고 집으로 들어가는 뒷모습을 보면서 나는 좀 더 분발해야겠다며 농담을 건넸다. 하연은 내 팔꿈치를 툭 쳤다.

설마 이 문을 그린 건 아니지?

그건 또 무슨 우스갯소리인가. 하연은 노인이 사라진 펜스 옆 쪽문을 유심히 바라보며 물었다. 올렉산드르는 어깨를 으쓱거리더니 펜스 아래 뒹굴고 있던 스프레이 래커를 주섬주섬 가방에 챙겨 넣었다.

그러고 보니 두 사람 성이 같았네.

하연은 올렉산드르에게 나를 소개하며 미처 몰랐다는 듯 말했다. 너무나 흔한 성이어서 그런 걸까, 올렉산드르는 어쩐지 심드렁해 보였다. 나는 올렉산드르와 통성명을 하며 악수를 나눴다. 올렉산드르는 팔에 끼고 있던 토시를 벗으며 고맙다고 말했다. 아니나 다를까 올렉산드르는 골목을 벗어나자마자 은행을 찾았고, 다시 한번 고마웠다며 내게 지폐를 건넸다. 머쓱해진 나는 기왕 이렇게 만난 김에 이태원에서 커피라도 한잔하는 게 어떠냐고 제안했다. 하지만 올렉산드르는 가볼 데가 있다며 발걸음을 돌렸다.

그런데 말이야, 무슨 취잿거리가 있다는 거지?

나는 지하철역으로 총총 내려가는 올렉산드르를 보며 하연에게 물었다.

글쎄, 내 눈엔 보였던 것 같은데.

하연은 내 손을 잡아끌며 모호한 미소를 지어 보였다.

그날 저녁 이삿짐을 정리하던 하연은 철제 상자에서 천 조각으로 뜨개질해서 만든 인형을 꺼냈다. 몇 해 전 하연은 청년 문화 교류 행사에 참가하기 위해 우크라이나를 방문했는데, 당시 대학생이었던 올렉산드르가 키이우 시내는 물론 지역 도시까지 도맡아 가이드를 해주었다고 한다. 비시반카라는 우크라이나 전통 의상을 입은 그 인형은 중남부에 위치한 드니프로라는 도시를 방문했을 때 한 상점에서 산 거였다.

우즈베키스탄 타슈켄트의 한 콜호스에서 생활하던 올렉산드르의 부모가 국경을 넘어 드니프로로 이주해 우크라이나 국적을 획득한 건 올렉산드르가 태어나던 해였다. 양배추와 무 농사를 짓고 샐러드를 만들어 시장에 내다 팔면서도 여느 부모와 마찬가지로 자식에 대한 교육열만큼은 남달랐던 모양이었다. 올렉산드르의 누나는 법학을 전공해 시청에서 근무하다가 러시아 출신 동료를 만나 결혼해 루한스크에 살고 있으며, 올렉산드르는 키이우에서 건축학을 공부하다가 적성에 맞지 않아 미술로 전공을 바꿔 졸업했다고 한다.

하연은 올렉산드르 가족과 함께 찍은 사진을 내게 보여 주었는데 레몬색 피부에 푸른 눈의 이방인이 눈에 띄었다.

누구야?

나탈리야.

올렉산드르의 아내라고 했다. 올렉산드르는 나탈리야의 손을 꼭 붙잡고 있었다. 거리 벽화를 그렸던 올렉산드르가 한국어 학위를 따기 위해 서울에 온 건 지난여름이었는데 다름 아닌 키이우의 한 중학교에서 영어를 가르치고 있는 나탈리야의 권유 때문이었다.

나쁘지 않은 선택이네.

고려인인 올렉산드르에게 우리말은 또 하나의 모국어겠거니 싶었다. 그런데 하연의 말로는 올렉산드르의 부모가 한국어를 거의 구사하지 못했던 탓에 올렉산드르는 틈틈이 독학을 해서 우리말을 익혔다고 했다. 하연은 추억에 잠긴 듯 사진을 하나씩 넘겨 보았다.

하연이 청년 문화 교류 행사 때 찍은 사진은 우리가 연애할 때에도 본 적이 있었다. 한복을 입고 부채춤을 추는 고려인 청년들을 보며 민족이 뭔지 새삼스러웠던 기억이 떠올랐다. 그런가 하며 비시반카를 입은 하연을 보며 깔깔거렸던 기억도 났다. 하연은 우크라이나 전통 의상을 입은 사람들에게 둘러싸여 통기타와 비슷하게 생긴 반두라라는 현악기를 들고 있었다. 하연의 주위에 있는 이들은 현지의 대학생들이었는데 다시 보니 낯익은 얼굴이 눈에 띄었다.

올렉산드르였구나.

전에도 얘기했었는데 이제야 제대로 보이나 보네.

하연은 밉지 않게 입술을 삐죽 내밀었다.

동유럽 문학을 전공한 하연은 폴란드와 루마니아 등지를 비롯해 동유럽 곳곳을 두루 다녔었는데 그중에서도 올렉산드르 부부와 함께 다녀온 흑해 연안의 항구 도시인 오데사가 가장 기억에 남는다고 했다. 나는 하연의 곁에서 짙푸른 바다가 펼쳐진 사진을 물끄러미 보았다. 세 사람은 바다로 이어진 석조 계단에 나란히 서서 환히 웃고 있었다.

그런데 신기한 게 뭔지 알아?

하연은 그 도시에서 올렉산드르가 작업했다는 벽화 사진을 보여 주었다. 나는 사진 속 건물 벽을 보았다. 아르 누보 양식으로 지어진 그 건물 어디에 벽화를 그렸다는 건지 아무리 들여다봐도 도무지 알 수가 없었다. 하연은 손가락으로 출입문을 가리켰다.

이건 그냥 문이잖아.

자세히 봐.

하연은 사진을 확대했다. 고풍스러운 느낌을 자아내는 목질의 무늬와 손을 타서 번질거리는 청동 재질의 손잡이, 심지어 기름때가 껴 있는 경첩까지. 내 눈엔 그저 오래된 건물의 출입문 같아 보였다. 눈에 띄는 게 하나 있다면 문 하단의 작은 그림이었는데 그건 다름 아닌 낮에 보았던 방독면을 쓴 바나나였다. 하연의 말로는 그건 올렉산드르의 시그니처였는데 여느 화가와 마찬가지로 자신의 작품에 반드시 표시를 한다고 했다.

이 문이 진짜 그림이라고?

하연은 고개를 끄덕였다.

뭐, 극사실주의 화풍 그런 건가?

그게 전부가 아니었다. 하연이 현지에서 들은 얘기로는 그 문이 다른 세계로 이어진 일종의 허브라는 거였다. 무슨 까닭인지 그 문으로 들어갔다가 다른 문으로 나온 사람들이 왕왕 있다고 했다. 소문은 삽시간에 퍼졌고, 그로 인해 올렉산드르는 일약 유명 화가가 되었다는 건데. 무심결에 코웃음이 났다.

설마 그 얘길 믿는 건 아니겠지?

벽화를 직접 한번 봐야 하는데. 거짓말처럼 들릴지 모르겠지만 저 문 앞에 서면 정말로 다른 세계가 보이는 듯하거든. 그래서 말인데 이쯤이면 뭔가 이야기가 될 것 같지 않아?

하연은 제멋대로 편집장 흉내를 내며 말했다. 나는 피식거리며 하연을 흘겨보았다. 그제야 뭔가 단단히 속았다는 느낌이 들었다. 그런데 웬걸, 하연은 믿지 못할 줄 알았다면서 사진을 넘겼다.

올렉산드르는 그 도시에만 벽화를 그린 게 아니었다. 어느 도시의 어느 건물이든 올렉산드르가 그린 문은 솜씨 좋은 목수가 작업한 것처럼 꼭 들어맞았고, 벽화의 하단에는 어김없이 그의 시그니처가 그려져 있었다.

사실 그때만 해도 그 벽화들에 그다지 눈길이 가지

않았다. 내 눈엔 그것들은 단순히 실물을 찍은 사진처럼 보였다. 그쪽 바닥을 잘 모르기 때문에 올렉산드르의 벽화가 얼마만큼 가치가 있는지 섣불리 말할 수 없지만 기가 막히게 사물을 모사한 것을 제외하면 대체로 심심한 듯했다. 뭐랄까, 그의 벽화에선 그 어떤 이야기도 보이지 않았다.

올렉산드르를 집으로 초대한 건 그로부터 보름쯤 지난 후였다.

집들이 겸 송년회를 하자는 제안에 올렉산드르는 나탈리야가 방학을 기해 서울에 찾아왔다며 머뭇거렸다. 하연은 어쩌지, 하고선 내 표정을 살폈다.

파티는 사람이 많을수록 흥겹지.

나는 손가락으로 오케이 사인을 보냈다.

올렉산드르는 나탈리야와 함께 경복궁과 삼청동 일대를 구경하고 오는 길이었다. 나탈리야는 초대해줘서 고맙다며 와인을 건넸는데 아는 우리말이라고는 안녕과 고맙습니다 정도가 전부였다. 그런 탓에 나탈리야가 하는 얘기는 올렉산드르나 하연이 번갈아 가며 통역을 해주어야 했다.

내가 그들 부부에게 서울은 어떠냐고 묻자, 올렉산

드르가 내 얘기를 나탈리야에게 옮겼다. 나탈리야는 그날 찍은 사진들을 우리에게 보여 주었다. 우리는 피자와 탕수육 등 주문한 음식들을 맥주와 함께 먹으며 카메라에 담긴 익숙한 거리 풍경을 감상했다. 나탈리야는 서울은 무척 아름다운 도시라고 말하더니 뜬금없이 한국 음식이 맛있다며 엄지손가락을 치켜세웠다.

피자는 한국 음식이 아닌데.

나는 무심코 한마디 던졌다. 그러자 올렉산드르는 한국에서 먹는 음식이니까 당연히 한국 음식이지 않냐고 말했고, 그와 동시에 하연도 맞장구쳐 주었다.

아무래도 올렉산드르에게 고국에 대한 감정은 유다를 수밖에 없을 거라 짐작했다. 그의 조상이 우리나라를 떠나게 된 경위엔 모르긴 몰라도 지난한 사연이 있었겠지, 그는 어려서부터 부모에게 그런 이야기를 듣고 자랐을지도, 그래서 오랜 세월이 흘러도 그와 우리 사이엔 결코 지워지지 않는 유대감 같은 게 있을 거라고, 막연히 생각했다. 그런데 올렉산드르는 의외의 얘기를 꺼냈다. 반년 가까이 서울 생활을 하다 보니 보르시가 너무 먹고 싶다는 거였다. 붉은 무와 양배추 등 이런저런 식자재를 사다가 보르시를 끓여 보았지만 도무지 우크라이나에서 먹던 맛이 나지 않는다고 했다. 그러면서 성 소피아 대성당 근처의 한 식당에서 파는 보르시가 먹어 본 것 중 최고인데 우리가 키이우에 올 일이 있다면 꼭 한번 데려가고 싶다고 말했다. 그러자 나탈리야는 올렉산드르가 하는 우리말을 알아듣기라도 한 듯 피자를 먹으며 보르시, 보르시 말하더니 또 한 번 엄지를 치켜들었다. 나는 그게 어떤 음식인가 싶어 휴대폰을 꺼내어 검색해 보았다. 얼핏 봐서 토마토 수프 같기도 한 그 음식은 너무나 생소했다.

사실 그때껏 우리의 대화는 중구난방이었는데 거기엔 서로 다른 언어도 분명 한몫했다. 일테면 하연과 올렉산드르는 우리말로 대화했고, 나탈리야와 이야기를 주고받을 땐 우크라이나어로 소통했으며, 내가 끼어들면 누군가의 통역이 필요했다. 그러다가 종국에는 모두가 각자의 모국어를 두고 영어로 대화를 주고받았는데 그게 뭐가 그렇게 즐거웠는지 서로의 얼굴을 보며 곧잘 깔깔거렸다. 무르익은 분위기가 사그라든 건 내가 냉장고에서 맥주를 더 꺼내어 왔을 때였다.

올렉산드르를 구해 줘서 고맙습니다.

나탈리야가 뜬금없이 내게 감사 인사를 건넸다. 올렉산드르는 그라피티 때문에 고초를 겪었다는 일을 이미 나탈리야에게 털어놓은 모양이었다.

내가 본 최고 명작이었는데 아쉽게도 헐값에 팔렸지 뭐예요. 그런데 화가가 바나나를 좋아하나 봐요?

나탈리야는 고개를 갸웃거렸다.

시그니처가 바나나길래요.

우리 사이에 잠시 침묵이 감돌았다.

아, 그거.

올렉산드르는 나를 향해 맥주 캔을 들며 별거 아니라는 듯 픽 웃었다.

바나나가 유전적으로 취약하잖아요. 개량도 쉽지 않고요.

그런가? 처음 들어 보는 얘기였다. 아무튼 자신의 처지를 빗댄 시그니처, 뭐 그런 얘긴가. 나는 올렉산드르와 맥주 캔을 부딪치고 한 모금 마셨다. 그날 우리가 주고받은 농담은 거기까지였다. 괜한 걸 물었나, 아니면 취기에 나도 모르게 말실수라도 한 걸까. 괜스레 겸연쩍었던 나머지 나는 캐슈너트와 피스타치오 등 마른안주를 접시에 담았다.

나탈리야는 대학 시절 올렉산드르가 미술로 전공

을 바꾼다고 했을 때만 하더라도 적극적으로 지지했다고 말했다. 어느덧 나탈리야의 표정은 자못 진지해 보였다.

실력이 남달랐거든요. 하지만 계속 거리에서 작업을 한다는 건 너무 위험한 일이었어요.

나탈리야는 휴대폰에 담아 놓은 몇몇 사진을 우리에게 보여 주었다. 그 사진들은 올렉산드르가 작업하는 과정을 찍은 건데 앞서 하연이 보여 준 사진과 마찬가지로 하나같이 크고 작은 문을 소재로 삼고 있었다. 다만 차이가 있다면 폐허를 방불케 할 정도로 주위 풍경이 어수선하다는 점이었다. 일테면 가로수나 가판대가 쓰러져 있거나 자동차나 폐타이어 따위가 불타고 있었다.

언제 찍은 거예요?

대학 다닐 때요.

그때 우크라이나에서 무슨 일이 있었더라. 나는 기억을 더듬어 보았다. 그런데 이어진 나탈리야의 얘기는 좀 느닷없었다.

그 일은 2013년 11월 우크라이나의 야누코비치 대통령이 유럽 연합 협정에 서명을 보류한 게 발단이었다. 불만을 품은 학생들과 시민들이 오렌지 혁명 기념일을 기하여 거리로 나와 항의하는 시위를 벌였다. 처음엔 평화로운 분위기였으나 경찰은 시위대를 진압하기 위해 선동 분자들을 심어 놓았다. 티투슈키라고 불리는 용역 깡패들에 의해 시위는 더 거칠어졌고 강경 진압으로 인해 사상자가 속출하기에 이르렀는데, 사태가 그렇게 격화된 거라고는 어느 누구도 예상하지 못했다.

이른바 예우로마이단 혁명이라 불리는 그 시위에서 희생된 사람은 한둘이 아니었다. 올렉산드르가 광장 근처의 어느 건물 벽에 처음 래커를 뿌린 건 그 무렵이었다. 해바라기를 들고 있는 한 가족이 문 앞에 나와 있는 벽화였는데 하루빨리 사태가 종결되길 바라는 마음에서 그린 거라고 했다. 문제가 생긴 건 다음 날 아침이었다. 나탈리야는 그때 찍은 사진을 보여 주었다.

아무리 그림이라고 하지만 끔찍하네요.

하연은 눈을 질끈 감았다.

벽화 아래에는 벽돌 부스러기가 떨어져 있었고, 그 주위엔 유혈이 낭자했다. 뜻밖에도 그림 속 사람들의 이마에는 하나같이 총탄 자국이 나 있었는데 그 때문에 얼굴의 표정이 잔뜩 일그러진 것처럼 보였다. 하연의 말마따나 그림이라고는 하나 마치 학살 현장을 보는 듯했다.

어떻게 된 거죠?

누군가 착각을 했겠죠.

나탈리야는 휴대폰 화면을 손가락으로 가리켰다.

여길 보세요. 조준 사격을 한 거예요. 무고한 시민들을 향해서 말이죠. 바로 이 그림이 증거고요. 하지만 그들은 절대 아니라고 발뺌했죠.

그 일로 어떤 자책감이라도 느꼈던 걸까. 올렉산드르가 거리 곳곳에 출입문을 그린 건 그때부터였다고 한다. 나는 시그니처가 그려진 그 문 앞에서 어리둥절하게 서 있는 경찰들의 사진 하나를 보았다. 거기까진 괜찮았다. 문제는 경찰에 쫓기던 시위대가 그 문을 열고 들어가 다른 문으로 나오곤 했다는 건데, 나탈리야는 그로 인해 경찰의 진압 작전에도 적잖이 혼란을 줄 수 있었다고 말했다.

네?

나는 젬병인 내 영어 실력 탓에 나탈리야의 얘기를 잘못 알아들은 줄 알고 사람들이 어떻게 됐는지 다시 한번 되물어야 했다. 하지만 이내 토씨 하나 틀리지 않고 같은 말을 반복하는 나탈리야를 멍하니 바라볼 수밖에 없었다. 그러니까 올렉산드르는 한낱 벽화로 시위대에게 도주로를 제공했다는 건데 나로서는 도무지 납득하기 힘든 얘기였다. 하지만 하연은 나와는 달리 한 손에 턱을 괸 채 고개를 끄덕였는데 이야기에 꽤 골몰한 듯 보였다.

올렉산드르가 거리의 마법사였나.

무르춤해진 나는 남은 맥주를 단번에 들이켜곤 피스타치오 껍질을 까고 있는 올렉산드르를 넌지시 바라보았다. 나탈리야의 앞접시에는 올렉산드르가 깐 피스타치오가 담겨 있었다. 나탈리야는 거리낌 없이 이야기를 이어 갔다.

그해 2월, 야누코비치가 러시아로 피신하고, 사태는 일단락되는 듯했지만 러시아는 자국민을 보호한다는 명분으로 크림반도를 점령하더니 기어이 돈바스 지역까지 넘보았다. 당시 올렉산드르는 그 지역의 거점 도시인 루한스크나 도네츠크까지 가서 벽화를 그린 모양이었다. 나탈리야로서는 걱정되지 않을 수 없었을 터.

전쟁은 도무지 끝날 것 같지 않았어요.

그래서 서울행을 권했던 거군요.

하연은 이해하겠다는 듯 말했다.

나탈리야는 곁에 있던 올렉산드르를 향해 미소를 지었고, 올렉산드르 역시 미소를 건네더니 말없이 캔 맥주를 홀짝거렸다.

어째서 그럴 수 있죠?

하연은 무슨 질문을 건네려는 건지 짐작하기라도 한 듯 내 손등을 슬그머니 눌렀다.

이해가 잘 안 되어서요. 혹시 농담을 한 건 아니죠?

당연히 아니죠.

나탈리야는 올렉산드르를 힐끗 돌아보고선 덧붙였다.

내가 어떻게 서울에 왔는지 궁금하지 않으세요?

당연히 비행기를 타고 왔겠죠.

나는 조금은 단호한 어조로 대답했다.

아마 그렇게 믿고 있는 거겠죠?

사실일 테니까요.

그럼 그게 맞을 거예요.

나는 말문이 막혔다. 맞은편에 앉아 맥주 캔 표면에 맺힌 이슬을 손가락으로 쓸어내리는 올렉산드르의 모습을 보았다. 나와 눈이 마주친 올렉산드르는 처음 만날 때처럼 어깨를 으쓱거렸다. 나도 모르게 헛웃음이 흘러나왔다.

우리는 이듬해 초에 한 차례 더 만났는데, 아마 나탈리야가 우크라이나로 돌아가기 이틀 전이었을 것이다. 광화문 인근에서 점심 식사를 함께한 후 산책을 할 겸 시청역까지 걸어가는 동안 올렉산드르는 가다 서다를 반복하며 나탈리야에게 이런저런 설명을 늘어놓았다. 세종대왕 동상과 이순신 동상 앞에서 그들이 어떤 인물이며 한국사에서 차지하는 비중이 어느 정도인지 알려 주었고, 촛불 집회의 대표적인 장소가 바로 지금 걷고 있는 광장이라는 해설도 빠지지 않았다. 그런가 하면 세종대로의 변천사는 물론이며 일대의 오래된 음식점까지도 줄줄 꿰고 있었는데 마치 해박한 문화 해설사를 보는 듯했다.

올렉산드르는 교차로 앞에 멈춰 서서 나탈리야의 머플러를 여며 주었다. 올렉산드르를 취재해 보는 건 어떨까, 라는 생각이 든 건 그때였다. 다만 지난날 들었던 문제의 벽화 얘기만 그럭저럭 얼버무리면 괜찮을 것 같았다.

올렉산드르는 고려인 4.5세로 현행법상 재외 동포에서 제외되어 사실 외국인이나 다름없었다. 내가 주목한 지점은 바로 올렉산드르의 정체성이었다. 고려인 후손으로서 시민 혁명이나 분쟁에 참여한 사례는 모르긴 몰라도 손에 꼽을 정도였다. 게다가 그런 그가 우리나라에 찾아와 한국어와 문화를 배우고 있었으니 독자의 관심을 적잖이 이끌어 낼 거라 판단했다. 어느덧 머릿속에선 대략적인 윤곽이 그려졌다.

기획 회의 때 올렉산드르에 대한 안건을 올리자 편집장은 흔쾌히 수락하는 듯했다.

흥미롭네요. 취재원은 확실히 확보된 게 맞죠?

나는 네, 하고 짧게 대답했다.

그런데 고려인 후손의 정체성만 다룬다면 너무 고루할 것 같은데.

기획 보고서 검토를 마친 편집장은 취재 방향을 부분적으로 수정하는 게 어떠냐는 의견을 제시했다. 그러더니 벽화라는 글자에 동그라미를 쳤다. 그러니까 올렉산드르의 벽화에 초점을 맞춰 취재하라고 가이드라인을 정해 준 건데.

하지만 그건…….

나는 멀뚱히 편집장의 얼굴을 쳐다보았다. 내 판단에 벽화는 〈되는 이야기〉의 범주에 들어가지 않았다. 하지만 편집장은 단호하게 선을 그었다.

벽화에 그려진 문으로 사람들이 드나든다. 오히려 이게 더 재밌지 않아요? 독자들도 시선을 더 줄 것 같고요. 어떻게 생각해요?

편집장이 판타지를 좋아했었나, 나는 마지못해 수긍했지만 고민하지 않을 수 없었다. 세상 어느 누가 환상 동화에서나 나올 법한 이야기를 취재 기사로 봐줄까. 하지만 편집장은 이미 결심이 선 듯했다.

진행해 보죠.

편집장은 볼펜 꼭지로 책상을 톡톡 두드리며 말했다. 나는 질문지를 만들며 나름대로 취재 방향을 정리했다. 다만 문제의 벽화에 대해 언급하긴 하되 답변의 방향을 애초에 기획한 대로 고려인의 정체성 쪽으로 유도할 생각이었다.

우리는 가로수가 초록빛으로 물든 어느 날 정동길의 한 카페에서 다시 만났다.

그날 올렉산드르의 표정은 무척 밝았는데 다름이 아니라 얼마 전 나탈리야가 아이를 가졌다는 것이다. 그러면서 며칠 전에 키이우에 다녀왔다고 했다. 올렉산드르는 커피를 한 모금 마시고 태아의 초음파 사진을 보여 주었다. 다가오는 구월이면 아빠가 될 거라며 연신 달뜬 표정이었다.

생각해 둔 아이의 이름은 있어요?

나는 올렉산드르에게 물었다.

올렉산드르는 손가락으로 눈썹을 긁적이며 아직 없다고 대답했다.

덕분에 나는 삼촌이 되겠네요?

올렉산드르는 무슨 뜻인지 모르겠다며 고개를 갸웃거렸다. 나는 우리의 성이 같지 않느냐며 멋쩍게 웃었다. 그제야 이해한 듯 올렉산드르도 슬며시 입꼬리를 올렸다. 나는 본격적인 인터뷰에 앞서 녹음을 해도 되겠냐며 동의를 구했고, 이어서 우리 사이에 같은 민족이라는 동질 의식 같은 게 있지 않겠느냐고 운을 뗐다. 그런데 뜻밖에도 올렉산드르는 글쎄요, 하더니 커피를 한 모금 마시고 잔을 내려놓았다.

생김새만 보고서 내면까지 그렇다고 말할 순 없을 것 같아요. 한국어를 알아듣고 말할 수 있다고 해서 누구나 한국인이 되는 건 아니잖아요.

예상과 다른 답변에 나는 조금은 당황스러웠다. 물론 틀린 얘기는 아니었다. 우리 사이에는 서로가 살았던 환경에서 비롯된 정서적 격차가 분명 상존했다. 가령 올렉산드르는 내가 가볍게 건넨 농담에 대체로 공감하지 못했다. 물론 취향이나 성격의 차이 때문일 수도 있지만 서로 다른 문화적 차이 또한 간과할 수는 없었고.

문제는 내가 듣고 싶은 이야기가 그게 아니라는 점이었다. 때문에 나는 어떻게든 내가 의도한 취재 방향으로 올렉산드르를 유인하려고 했다. 하지만 생각만큼 순조롭게 흘러가지 않았다. 예를 들어 우크라이나 학생들에게 한국어를 가르치고 싶은 이유가 뭐냐고 물었더니 케이팝이나 한류 드라마가 우크라이나에서도 꽤 인기가 많은 탓에 무엇보다 경제적인 선택이었다며 기대와 다른 대답을 내놓았다. 고려인으로서 겪었던 정체성의 혼란은 없었느냐는 질문에도 마찬가지였다.

딱히 없는 것 같아요. 일차적으로 신분증이나 여권에 적힌 내 이름과 국적이 나를 증명해 주잖아요. 물론 그보다 더 중요한 게 있긴 하죠.

그게 뭔가요?

행동이요. 그건 몸에 배지 않으면 드러나지 않는 거니까요.

조금 더 구체적으로 설명해 줄 수 있을까요?

무엇을 해야 하나 고민했던 적이 있었어요.

아니나 다를까 올렉산드르는 예우로마이단 때 얘기를 꺼냈다.

언제 어디서든 그림을 그릴 때 비로소 살아 있는 느

낌이 들었어요. 그래서 스프레이 래커를 들고 무작정 거리로 나갔죠. 그곳에 내 친구들과 이웃이 있었거든요.

당연한 얘기지만 올렉산드르는 그의 조부모나 부모 세대와는 가치관을 비롯해 모든 면에서 확연한 차이가 있었다. 하지만 예나 지금이나 고려인의 입지는 일부를 제외하고 역사의 틈바구니에 낀 신세였다. 거기에 대해 올렉산드르의 생각을 묻자 맞는 말이에요, 그러고선 생각에 잠긴 듯 손가락으로 턱을 문지르곤 덧붙였다.

부모님은 제가 어려서부터 곧잘 그러셨어요. 우리는 어느 편도 들어서는 안 된다고 말이죠. 하지만 쉬운 문제가 아니에요. 누나만 하더라도 러시아 편을 들거든요. 물론 매형이 러시아 출신이라서 그럴 수도 있어요. 그렇지만 더 큰 문제는 텔레비전 뉴스예요. 누나는 러시아 방송이 아니면 보질 않거든요. 그런데 그 반대편이라고 해서 다르진 않아요. 우크라이나 사람은 우크라이나 뉴스만 보니까요. 사실 부모님 얘기가 틀린 건 아니죠.

올렉산드르 부모의 말처럼 조심해서 나쁠 건 없었다. 수많은 소수 민족 중 하나인 그들이 자칫 정치적

분쟁에 휘말리기라도 한다면 더 큰 희생을 치를 수 있을 테니까. 올렉산드르는 미지근해진 커피로 목을 축이고 얘기를 이어 나갔다.

다행인지 불행인지 우리는 부모로부터 시대를 물려받진 못했어요. 그래서 어느 한쪽을 선택해야 할 때가 되면 어쩔 수 없겠죠. 부모님이 그랬던 것처럼 제게도 지켜야 할 사람이 있으니까요.

학창 시절부터 서울 생활까지 이야기를 듣다 보니 쓸거리는 어느 정도 확보된 듯했다. 그제야 나는 면피용으로 벽화에 대한 질문을 건넸다.

조금 벗어난 질문일 수도 있는데, 벽화의 소재로 문을 채택한 이유를 들을 수 있을까요?

그건 하나의 상징이에요, 연대의 표상이랄까, 문 너머에는 언제나 다른 세계가 마련되어 있죠, 사람들에게 새로운 출구가 있다는 희망을 보여 주고 싶었거든요……. 올렉산드르의 입에서 그와 같은 상투적인 답변이 나오지 않을까 내심 예상했다. 설사 그렇다고 해도 나는 편집장의 요구에 맞게 적당히 편집할 계획이었다. 그런데 올렉산드르는 이런 얘기는 기사로 내보내기엔 적합하지 않을 것 같다며 아랫입술을 잘근 씹었다. 괜찮다고 하자 올렉산드르는 음, 가느다란 신음을 내뱉고선 카페의 유리문 너머를 물끄러미 바라보더니 입을 열었다.

전략이었어요.

나는 뒤통수를 한 대 얻어맞은 듯했다. 미술에 식견이 없던 나로서는 그게 회화적 전략을 말하는 건지 아니면 다른 걸 의미하는지 이해할 수 없었다. 그런데 올렉산드르가 벽화에 대해 꺼낸 얘기는 그뿐만이 아니었다.

잘 찾아보면 서울 어딘가에도 있을 걸요. 키이우를 오가려면 그편이 더 빠르기도 하고요.

올렉산드르는 아리송한 미소를 지었다.

그때 내 표정은 어땠을까? 올렉산드르와 내가 서로 유머 코드가 맞지 않다는 건 확실했다. 내 머릿속에선 어느덧 그 이야기에 빗금을 긋고 있었다. 대신 올렉산드르로부터 받은 작업 사진 일부를 지면에 채워 넣을 심산이었다.

나는 얼기설기 질문을 건네다가 서둘러 인터뷰를 갈무리했다. 들어야 할 이야기는 이미 충분히 들은 것 같았다. 올렉산드르는 인터뷰 말미에 휴대폰을 꺼내 다시 한번 나탈리야와 태아의 사진을 보았다. 그의 입가엔 미소가 만연했다.

원고를 검토하던 편집장은 몇몇 문장에 손을 댔지만 그럭저럭 흡족해하는 듯했다. 독자의 반응도 썩 나쁘진 않은 듯했다. 잡지가 발간되자 몇몇 독자로부터 올렉산드르의 후속 기사를 써달라는 메일을 받기도 했으니. 나는 때가 되면 다시 취재를 하겠다고 답장을 보냈다. 하지만 정작 올렉산드르를 다시 만난 건 반년이 더 지나고 나서였다. 물론 취재를 위한 만남은 아니었다.

원래 올렉산드르는 이듬해 여름에 학위를 취득하고 키이우로 돌아갈 계획이었다. 하지만 크리스마스를 앞두고, 돌연 학업을 중단하기로 결정한 것이다. 하연과 나는 광화문 인근 카페에서 올렉산드르와 작별 인사를 하기 위해 짧은 만남을 가졌다. 그 무렵 러시아 병력이 국경 근처에 집결해 있다는 뉴스를 봤지만 설마 무슨 일이 벌어질까 싶었다.

별일 없을 거예요.

나는 얼굴을 쓸어내리는 올렉산드르의 깡마른 손을 보며 말했다.

그래야겠죠.

올렉산드르의 목소리는 푸석푸석했다.

아기가 많이 보고 싶었을 텐데 이제 곧 만나겠네요.

하연이 화제를 돌렸다. 그러자 올렉산드르는 우리에게 사진을 보여 줬다. 하연과 나는 동시에 짧은 감탄사를 내뱉었다. 무슨 꿈이라도 꾸는 건지 아기는 빙그레 미소를 머금은 채 잠자고 있었다.

새록새록 잠든 아기를 보고 있으면 아무런 일도 생길 것 같지 않아요.

올렉산드르는 사진을 보며 말했다.

그럴 거예요. 우리 조만간 다시 만나요.

창 너머 광장엔 찬바람이 마른 낙엽을 어지러이 몰고 다녔다. 나는 무연히 하늘을 올려다보았다. 구름이 물살 치듯 지나가고 있었다. 아기는 어떤 시대를 물려받게 될까. 문득 그런 생각이 들었다. 하루빨리 따듯한 봄이 왔으면 싶었다.

올렉산드르가 키이우로 돌아간 후 우리는 이따금 영상 통화로 서로의 안부를 묻곤 했다. 어느 일요일 아침에는 창밖 풍경을 보여 주기도 했는데, 공원 벤치에 앉아 꾸벅꾸벅 졸고 있는 노인과 강아지와 함께 뛰어다니고 있는 어린아이의 모습이 보였고, 어디선가 어렴풋이 새들이 지저귀는 소리도 들렸다.

그렇지만 우리는 머지않아 암담한 심정으로 뉴스

를 볼 수밖에 없었다. 먹구름이 짙게 드리운 그 도시의 풍경이 왠지 비현실적으로 보였다. 바리케이드를 설치하는 시민들 사이에서 낯익은 얼굴이 스쳤다. 그는 양손에 스프레이 래커를 들고 거리를 분주히 뛰어다니고 있었다. 스쳐 지나간 또 다른 화면에서는 싱크홀처럼 거대한 검은 구덩이가 파여 있었는데 그 주변에서 올렉산드르의 시그니처를 언뜻 본 것 같기도 했다. 하지만 시간이 갈수록 그곳 소식을 보고 있는 게 점점 힘이 들었다. 그동안 내가 보고 싶었던 것만 보아 왔다는 걸 비로소 알게 되었다.

담장을 따라 늘어선 개나리 꽃망울을 보는 것만으로도 포근했던 그날, 나는 이태원에서 한 이주 노동자를 만나 취재를 한 후 올렉산드르를 처음 만났던 보광동 쪽으로 발걸음을 옮겼다. 공교롭게도 그는 나와 가는 방향이 같았는데 고향 생각이 날 때마다 찾는 곳이 있다며 인사를 건네더니 앞서갔다. 두어 차례 모퉁이를 돌 때까지 보였던 그의 뒷모습은 내가 펜스 근처에 채 다다르기 전에 감쪽같이 사라져 버렸다.

녹슨 펜스엔 처음 봤을 때와 달리 방독면을 쓴 바나나에 까만 얼룩이 덕지덕지 묻어 있었다. 그런데 올렉산드르는 왜 거기에 시그니처만 그려 놓은 걸까.

나는 천천히 발걸음을 옮겨 가며 듬성듬성 녹이 슨 펜스를 유심히 들여다보았다.

놀랍게도 녹슨 자국 역시 래커를 뿌려 그린 그림이었다. 나는 펜스에 손을 댄 채 키 작은 집 쪽으로 천천히 걸었다. 이윽고 쪽문 앞에 이르렀을 때 나는 뭔가 단단히 잘못됐다는 걸 알아차렸다. 그러니까 그 전부가 하나의 벽화였던 것이다.

그렇다면 그 노인과 몰티즈는 도대체 어떻게 된 걸까. 나는 노인의 사라졌던 쪽문을 조심스럽게 두드려 보았다. 텅 빈 금속성 소리가 울렸다. 내가 잘못 본 건 노인과 몰티즈인가 아니면 내 앞의 벽화인가, 혼란스러웠다.

나는 조심스레 쪽문을 슬쩍 밀어 보았다. 문틈 사이로 불어 든 날카로운 눈바람이 얼굴을 때렸다. 나도 모르게 질끈 눈을 감았다. 봄의 정반대 계절은 바로 지나온 계절이었다.

노르웨이와 카트만두 사이

선배를 만나기로 한 곳은 대학로 인근 좁은 골목에 위치한 아담한 펍, 〈노르웨이〉였다. 선배로부터 진흙탕에 처박힌 쭈글쭈글한 늙은 천사의 이야기를 들은 게 마지막이었으니 거의 이십 개월 만이었다. 그날 선배는 가브리엘 가르시아 마르케스가 썼다는 짧은 소설에 대해 내게 얘기했었다.

교황청에서는 그 노인에게 배꼽이 있는지, 아랍어를 사용하는지, 그리고 날개가 달린 노르웨이인은 아닌지 따위를 물었어.

나는 선배의 조곤조곤한 목소리에 귀를 기울이며 그의 길고 가느다란 손가락이 격자창 아래로 향하는 것을 보았다. 창틈에는 분홍색 꽃잎 하나가 끼어 있었다. 나는 예전부터 선배의 이야기를 듣는 게 좋았다. 선배는 비록 오래전에 펜을 놓긴 했지만 두 권의 소설집과 한 권의 장편 소설을 출간한 적도 있었다. 그렇다고 해서 선배의 입담이 좋은가 하면 꼭 그런 것만은 아니었다. 솔직히 말해서 선배의 얘기를 듣다 보면 나는 곧잘 다른 생각에 빠져들곤 했다. 이를테면 율희 언니를 처음 만나던 날 선배의 발그스레한 얼굴빛이라든지 하객들에게 둘러싸인 채 입맞춤하는 두 사람을 사방에서 비추던 찬란한 조명 같은 것들이 표표히 떠올랐는데 그럴 때면 나도 모르게 유리잔의 테두리를 손가락으로 문지른다든지 냅킨을 접었다가 펴곤 했다.

그러니까 교황청의 상상력은 형편없던 거였어.

나는 웃음을 피식 흘렸다. 탁자 위에 놓인 작은 촛불이 선배의 그늘진 얼굴을 핥듯 어른거렸다. 나는 한 손에 턱을 괸 채 선배의 메마른 입가와 그림자가 드리운 갸름한 턱을 바라보았다. 선배는 무연히 마주한 내 시선을 의식하고선 물끄러미 창밖을 내다보았다. 나는 선배의 손끝에 놓여 있는 꽃잎을 보며 어딘지 모르게 선배의 손톱과 많이 닮은 것 같다고 생각했다. 그로부터 며칠 지난 어느 날 선배는 공항에서 연락을 해왔다. 선배가 어디론가 불쑥 떠나는 건 처음이 아니었다. 하물며 선배의 방랑벽을 이해 못 하는 바도 아니었다. 칠 년 전 율희 언니가 세상을 떠난 이후로 늘 그런 식이었다. 그래서 설마 노르웨이에 가는 건 아니겠지, 하며 이런저런 너스레를 늘어놓고선 예전처럼 엽서 따위나 사 와서 선물할 거라면 아예 귀국할 생각하지 말라고 으름장을 놓았다. 선배가 메일을 띄운 곳은 발렌시아에서였다. 모로코에서 지브롤터 해협을 건너 그곳까지 갔다고 했다. 그러면서 지중해 해안을 따라 튀르키예까지 이동한 다음 중앙아시아로 갈 계획이라고 했다. 하지만 지난해 가을에 받은 그 메일을 끝으로 나는 선배의 소식을 한동안 들을 수가 없었다.

선배가 〈노르웨이〉에 들어설 무렵 눈발은 더욱 굵어져 있었다.

여긴 변한 게 하나도 없네.

선배는 어제 만난 사람처럼 태연했다. 나는 대수롭지 않은 듯 미소를 머금었지만 내심 서운했다. 주문을 받기 위해 다가온 바텐더가 탁자 위의 촛불을 밝혀 주었다. 선배의 머리와 어깨 위에는 미처 털어 내지 못한 눈송이가 스르르 녹아내리고 있었다. 검게 그을린 수척한 얼굴 때문인지 맥주를 주문하는 선배의 모습이 조금은 서먹했다.

선배는 사흘 전 카트만두에서 귀국한 길이라고 했다. 예상과 달리 선배는 꽤 오랜 기간 네팔에 머문 듯했다. 안나푸르나가 내다보이는 작은 마을에서 카트만두로 내려오기 전까지 선배의 여정은 무척이나 흥미진진했다. 나는 마치 선배와 함께 설산을 바라보고 있는 듯했다. 그런데 카트만두에서의 일은 너무나도 느닷없었다.

거기서 율희를 만났어.

나는 선배를 멍하니 바라보았다. 털모자를 눌러쓴 바텐더가 우리 앞에 맥주를 내놓는 바람에 대화는 잠시 중단되었다. 바텐더는 한겨울임에도 불구하고 검정색 티셔츠 차림이었는데 굵은 팔뚝에는 정교한 올빼미 문신이 그려져 있었다. 바텐더가 돌아가자 선배는 맥주를 한 모금 홀짝이고는 선물이라며 내게 엄지손가락만 한 도자기 인형을 건넸다. 이목구비가 세밀하게 세공된 인형은 왠지 율희 언니와 닮아 보였다. 선배가 인형을 산 곳은 수많은 성전과 조각상이 감추어져 있는 카트만두의 미로 같은 뒷골목에서였다. 그곳에서 선배는 율희 언니를 만났다고 했다.

그 도시에는 사람들보다도 더 많은 신이 살고 있더라.

오래전 선배가 소설을 썼다는 사실이 새삼스레 떠올랐다. 어쩌면 선배는 머지않아 다시 펜을 들 수 있을 것만 같았다. 한편 선배의 상상이 우려스럽기도 했다. 나는 선배의 이야기를 들으며 나도 모르게 탁자의 나무 무늬를 손톱으로 꾹꾹 눌렀다. 그러는 동안 또 한 잔의 맥주가 내 앞에 놓였다. 격자창 너머 골목엔 맥주를 내어 준 바텐더가 서 있는 모습이 보였다. 그는 가로등 불빛을 머금고 떨어지는 눈송이들을 한참동안 올려다보더니 벽에 세워 둔 넉가래를 집어 들었다. 아득히 먼 곳으로부터 선배의 목소리가 들렸다. 네팔 사람들에게 카트만두는 모든 것이 다 해결되는 마법의 도시였다. 뿐만 아니었다. 그곳 사람들은 태어나서 죽고 환생하는 윤회를 거듭하였다. 현세에서 덕을 쌓아 내세에서 해탈에 이른 이들도 있었고, 그러지 못해 거미나 사마귀로 살아가는 이들도 있었다. 어느새 선배의 목소리는 세상의 모든 신을 다 만나고 온 듯 겸허해져 있었다.

세상에 그런 곳이 있다고?

선배의 얘기를 듣다 보니 어쩐지 그 도시가 부조리

하게 다가왔다. 물론 나는 선배만큼 상상력이 풍부하지 않았다. 하지만 그날만큼은 달랐다. 넉가래가 바닥을 긁는 소리가 귓가를 어지럽혔다. 창밖엔 밤새 넉가래질을 해도 소용없을 정도로 많은 눈이 쌓여 갔다. 바텐더의 입에선 하얀 입김이 규칙적으로 새어 나왔고 이내 흔적도 없이 흩어졌다. 그날 밤 나는 바텐더의 굵은 팔뚝을 힘차게 박차고 날아오르는 올빼미를 보았다. 녀석은 커다란 날개를 펴고 우리의 머리 위를 선회하더니 깊은 밤하늘 속으로 사라졌다. 이윽고 우리 앞에 놓인 촛불이 사그라지고 한 줄기 연기가 피어올랐다.

나는 선배에게 위로가 될 줄 알았다. 하지만 내 기대와는 달랐다. 그 후 선배로부터 율희 언니에 대한 그 어떤 이야기도 들을 수 없었다. 우리는 예전보다 더 자주 연락을 주고받았고, 함께 식사를 하거나 영화를 보기도 했다. 그런데 이상하게도 우린 자주 만났던 만큼 더 멀어져만 갔다. 선배는 마치 나와 다른 세상을 살아가는 사람 같았다고나 할까. 그럼에도 불구하고 우리는 마주 앉아 차를 마시며 그날의 날씨나 교통 체증 따위의 얘기를 나누었다.

그날 밤의 풍경으로부터 더 이상 상처받지 않게 된 건 삼 년이 지난 후였다.

선배와 헤어져야겠다고 결심했을 때 나는 바그마티 다리를 건너는 중이었다. 오물로 가득한 잿빛 강 위엔 화장터에서 피어오른 연기로 자욱했다. 파슈파티나트 사원 아래의 강가에는 윤회의 사슬을 끊기 위한 운구 행렬이 날마다 이어지고 있었다. 일주일 가까이 인파로 북적이는 카트만두 거리를 헤맸지만 선배가 내게 건넨 도자기 인형을 파는 곳은 찾을 수 없었다. 그날도 마찬가지였다. 더르바르 광장의 노점부터 타멜 거리까지 골목 구석구석을 온종일 누비고 다녔지만 헛수고였다.

선배가 만난 사람은 대체 누구였을까.

거리를 거닐며 그런 생각을 하다 보면 문득 그들이 나눴을 작별 인사가 궁금해졌다. 쓰레기 더미에서 들끓어 오르는 악취와 음식 냄새가 뒤섞인 골목 모퉁이를 돌아설 무렵 어디선가 나타난 원숭이 무리가 부랑자처럼 내 주위를 얼쩡거렸다. 녀석들은 내 가방끈을 낚아채려는 것 같으면서도 무언가 말을 건네려는 것 같기도 했다. 크고 작은 사원과 트레킹 장비를 파는 상점과 과일을 파는 노점을 지나는 동안 앞서거니 뒤서거니 하는 녀석들 때문에 경계심을 늦출 수 없었다. 그러다 회반죽을 덮은 벽돌집 앞에 이르렀을 때 나는 비로소 막다른 골목으로 들어선 사실을 알아차렸다. 녀석들은 가뿐하게 담장 위로 뛰어올라 나를 힐끗거리고는 철제 계단으로 이어진 옥상 너머로 사라졌다. 벽돌집 안에서는 어지러울 만큼 짙은 향연이 피어올랐는데 반쯤 열려 있는 출입문 너머로 사리탑이 보였다.

나마스테.

골목을 되돌아 나가려는데 작은 목소리가 내 발걸음을 붙들었다. 나는 주위를 둘러보았다. 이마에 티카를 찍은 한 아이가 사리탑 뒤에서 고개를 내밀었다. 나는 얼결에 그 애가 그랬던 것처럼 인사를 건넸다. 그 애는 호기심 가득한 얼굴로 나를 바라보았다. 여기 사느냐고 묻고 싶었지만 더 이상의 대화는 불가능했다. 묘한 정적이 우리 사이에 감돌았다. 나는 망설이다가 가방에서 도자기 인형을 꺼내어 아이를 향해 내밀었다. 하지만 아이는 수줍게 웃고선 사리탑 뒤로 몸을 숨겼다. 나는 조심스럽게 안뜰을 향해 발을 내딛었다. 사리탑 주위의 성긴 풀숲에서 작은 새들이 푸드득거리며 날아오르는 바람에 일순간 무르춤했다. 아이의 간드러진 웃음소리가 들렸다. 하지만 정작 사리탑에 다다랐을 때 아이는 어느새 옥상으로 올라가 나를 내려다보며 다시금 나마스테, 하고 인사했다. 그러곤 옥상 너머로 자취를 감췄다. 아마도 아이는 나와 숨바꼭질을 하려는 모양이었다. 불현듯 피로가 몰려왔다.

골목을 되돌아 나왔을 때 먼지가 자욱한 늦은 오후의 거리는 어느덧 붉게 물들어 있었다. 오토바이 한 대가 흙먼지를 일으키며 골목을 향해 달려갔다. 매캐한 매연 사이로 익숙한 향내가 코끝을 스쳤다. 그제야 그 애와 작별 인사를 하지 않았다는 사실이 떠올랐다. 언젠가 선배의 손끝에 놓여 있던 꽃잎을 보면서도 그런 생각을 했던 것 같다.

사람들은 거대한 날개를 가진 노인과 작별 인사를 나누었을까.

그렇지만 공교롭게도 그날 선배로부터 들은 이야기의 결말은 기억나지 않았다. 흙먼지가 날리는 골목 끝에 희미한 그림자 하나가 아른거렸다. 그림자의 주인이 누군지 알아보기 위해선 꽤 오랜 시간이 필요했다.

푸른 먼지

사흘 만에 실험실 밖으로 나온 서은진은 휴게실에 들어서자마자 현기증을 느꼈다. 격자창으로 비껴든 햇살 줄기마다 희뿌한 먼지가 어지러이 부유하고 있었다. 서은진은 눈이 부셔 블라인드를 반쯤 내리고는 남편에게 전화를 걸었다.

아직 안 깼어.

유나의 간병을 도맡아 하고 있는 남편은 언제부턴가 말수가 줄어들었으나 기대를 버리진 않았다. 그건 서은진도 마찬가지였다. 하지만 남편에게 딱히 전할 소식이 없었다. Crab-XI은 여전히 감감무소식이었다. 그건 유나의 횡문근 조직에서 떼어 낸 세포였다. 문제는 그게 돌연변이라는 점이었다.

유나는 중학교에 입학하자마자 키가 한 뼘이나 쑥

자랐다. 별안간 팔이 저리다고 하길래 처음엔 자연스러운 성장통이겠거니 싶었다. 남편이 유나의 오른팔에서 작은 덩어리를 발견했을 때만 하더라도 서은진은 대수롭지 않게 여겼다. 다행히 병원에서는 그 덩어리가 악성은 아니라며 간단한 절제술로도 제거할 수 있다고 했다. 그런 줄 알았다. 하지만 얼마 지나지 않아 겨드랑이 쪽에 또 다른 덩어리가 잡혔다.

그래서요, 그래서 어떻게 된다는 거죠?

주치의는 눈꼬리를 내렸다.

회백색 화면에는 암세포들의 이동 경로와 임시 거처가 선명하게 보였다. 암세포 일부는 이미 림프샘에 침윤되어 있었으며, 폐로도 전이가 진행 중이라고 했다. 주치의의 설명은 귓바퀴를 겉돌았다. 화면 속 세계는 잿더미만 남은 전쟁터 같았다. 서은진은 텁텁해진 눈을 자꾸만 손으로 비볐다. 저게 유나의 몸이라고? 서은진은 그 사실이 도무지 믿기지 않았다.

암세포는 끊임없이 유나를 괴롭히며 번져 갔다. 항암 화학 요법과 방사선 치료를 거듭한 유나는 급속도로 수척해졌다. 중입자 치료를 비롯해 가능한 치료를 모조리 시도해 보았으나 암세포는 도리어 의료진을 기만하듯 끔찍한 속도로 영역을 넓혀 나갔다. 급기야 다른 장기로도 전이가 진행되자 의료진도 하나둘씩 고개를 숙였다. 그런 유나의 모습을 지켜봐야만 하는 게 너무나도 미안하고 고통스러웠다. 하지만 유나를 위해 할 수 있는 건 고작해야 기도뿐이었다. 그러다가도 알 수 없는 누군가를 향해 온갖 원망을 퍼부었다.

남편이 느닷없는 제안을 한 건 주치의가 무표정한 얼굴로 병실 밖을 나간 어느 날 오후였다. 남편은 서은진을 끌고 복도로 나갔다. 말인즉 유나의 조직 샘플을 서은진이 소속된 연구팀으로 이송할 수 있는 방법을 찾았다는 것이다.

서은진은 여러 의료 기관으로부터 조직 샘플을 기증받아 실험한 적이 있었으므로 남편이 말하는 방법을 모르는 바는 아니었다. 문제는 아직까지 암세포와 교신에 성공한 적이 없다는 점이었다. 서은진은 한 손으로 이마를 감쌌다.

대체 뭐가 문제야? 세포와 대화할 수 있다며. 그럼 어떻게든 해볼 수 있는 거 아냐?

남편은 세포 네트워크 프로젝트에 대해 피상적인 수준의 지식만 가지고 있었다.

서은진은 남편의 마음을 모르지 않았다. 차라리 자

신도 남편처럼 그런 기대라도 가질 수 있으면 좋겠다는 생각마저 들었다. 남편에게는 서은진이 밝혀낸 세포 언어 메커니즘이 유나를 위해 예비된 것처럼 보일지도 모른다. 하지만 암세포 교신에는 물리적인 제한점이 한두 가지가 아니었다. 게다가 몇 차례 실패한 실험도 있었다. 인류가 화성에 첫발을 내디딘 지 몇 해가 지났지만 암은 여전히 극복하기 힘든 난제이자 미지의 세계 그 자체였다. 물론 전이율을 낮추고 완치율을 높이기 위한 노력에 성과가 없진 않았다. 그러나 암의 전이 과정은 물론 발생 원인조차 밝혀내지 못한 경우가 수두룩했다.

서은진은 줄곧 편견을 의심하고, 경계해 왔다. 오직 객관적 데이터만 신뢰했다. 그게 과학자의 자세라고 믿었다. 하지만 남편의 기대가 헛된 게 아니라고 믿고 싶었다.

그따위 신념이 뭐라고.

서은진은 무슨 수를 써서라도 유나를 구해 낼 거라고, 그런 생각뿐이었다.

오래전 로버트 훅이 세포를 처음 발견했을 때만 하더라도 그 작은 방과 방 사이에서 어떠한 의사소통이 이루어진다고 생각한 이는 아무도 없었다. 하지만 오늘날 세포와 세포 사이에 일종의 교신 체계가 작동하고 있다는 건 공공연한 사실이다. 익히 알려진 대로 그들은 끊임없는 의사소통으로 서로에게 필요한 정보를 교환하며 성장한다. 그렇기에 이태 전 서은진이 원형질막의 은밀한 통로인 간극 연접에 나노 회선 연결을 성공시켰을 때만 하더라도 눈여겨보는 이가 거의 없었다. 설사 그 통로에서 미약하게 점멸하는 신호를 포착한다고 해서 그다지 놀랄 만한 일은 아니었다.

정말 그들의 언어 메커니즘을 밝혀낼 수 있을까요?

서은진의 실험 과정을 검토하던 임 박사는 고개를 갸웃거렸다.

세포 네트워크 전문가로 여러 차례 연구 인프라 개발에 참여한 적 있는 선임 연구원의 의구심을 간과할 순 없었다. 세포 간 신호 전달 경로나 구조에 대한 수학적 모델은 다른 연구팀에 의해 이미 구축되어 있을 뿐만 아니라 세포 네트워크 제어 기술도 상당 부분 개발된 상태였다. 물론 서은진은 기존의 연구 성과들을 모르지 않았다. 더구나 그 은밀한 통로를 통해 세포 간에 각종 화학 물질이나 전기적 신호가 드나든다는 사실은 오래전에 입증되어 있었다. 그래서 가능할 것 같았다. 아니, 확신했다.

물론이죠. 그들은 이 순간에도 숨 쉬고 있을 테니까요.

서은진은 원론적인 대답을 내놓았다. 당연하지 않은가. 그들은 태어나서 저마다의 삶을 살다가 죽는다. 먹고 배설하고, 편히 누울 곳도 찾는다. 우리의 사회처럼 조직화되어 있으며, 서로가 협력하기도 한다. 그렇다면 그들끼리 소통하는 도구도 있지 않을까. 복잡계의 여러 연구 성과와 인프라는 충분히 확보되어 있었다. 이제 그들의 속삭이는 소리를 엿듣기 위해 귀를 쫑긋 세워야 할 때였다.

그레이엄 벨처럼 특허부터 신청해야 할지도 모를 일이 벌어진 건 그로부터 반년이 더 지나고 나서였다.

각각의 회선에서 점멸하는 신호를 하나의 플랫폼에 집결시켜 양자 컴퓨터로 분석해 보니 새로운 결과가 도출되었다. 서은진은 자신도 모르게 탄성을 내뱉었다. 예측대로 세포와 세포 사이에 일종의 언어 프로토콜이 작동하고 있던 것이다. 그들은 그들만의 언어로 소통하며 질서를 지켰고, 일정한 패턴에 따라 분열하고 사멸했다. 연구는 급물살을 타기 시작했다.

서은진은 임 박사의 도움으로 플랫폼에 일종의 번역기인 신호 변환 장치를 설치했다. 그로 인해 그들의 재잘거리는 소리를 언제든 엿들을 수 있었다. 서은진은 한 걸음 더 나아가 플랫폼에 텔레포트를 구축했다. 달리 말해 세포의 손에 전화기를 쥐여 준 셈이었다. 뿐만 아니라 음성 지원 시스템을 통해 세포마다 개성 있는 목소리를 가질 수 있었다. 일테면 서은진과 최초로 교신에 성공한 세포는 〈짐 캐리〉의 목소리와 똑같았다. 짐은 외부로부터 들려오는 생소한 목소리에 어린아이 같은 호기심을 보였다. 반갑게 인사를 건네며 상냥한 가이드처럼 자신들의 영토를 소개해 주기도 했다. 세포들과 소통할수록 집적되는 정보는 기하급수적으로 증가했다. 그에 따라 머지않아 암세포의 언어 메커니즘도 밝혀질 거라 기대된 건 당연한 일이었다. 그것이 세포 네트워크 프로젝트의 궁극적인 연구 목표이기도 했다. 하지만 예상과 달리 곳곳에 암초가 도사리고 있었다.

서은진은 장기전에 돌입했다. 〈헬라 세포〉를 비롯해 여러 의료 기관에서 보내 준 이른바, 〈Crab〉으로 명명된 암세포들에 수차례 접촉을 시도했으나 그것들은 하나같이 배양액만 축낼 뿐 입을 꾹 다문 채 제

갈 길만 갈 뿐이었다. 세포 간 의사소통은 정상 세포에만 국한된 것일까. 적어도 이론적으로는 그럴 수 없었다. 암세포의 간극 연접이 정상 세포보다 급격히 감소한다는 점을 감안하더라도 완벽히 독자적인 노선을 걷기 전까진 미약한 신호라도 잡혀야 했다. 또한 암세포가 통제되지 않은 상태로 끊임없이 분열하며 텔로미어를 새로 만들어 낸다고는 하나 분열과 사멸을 거듭하는 정상 세포와 뿌리는 같았다. 그러니까 그들은 공용어를 사용할 가능성이 높단 얘기였다.

그런데 왜 아무런 반응이 없는 걸까.

수없이 문을 두드렸지만 상대는 먹통이었다. 혹시 통제하지 못한 변인이 있었던가. 서은진은 실험 과정을 거듭 되짚어 보았지만 그 원인을 찾을 수가 없었다. 하지만 애초부터 포기란 계획에 없었다. 서은진은 확신했다. 우주 정거장을 만들고 달과 화성을 개척했듯 결국 암은 극복될 거라고.

문제는 시간이었다.

정상 세포의 경우 자신이 성장할 때와 죽어야 할 때를 명확하게 알고 있는 데 반해 암세포는 그걸 모른다. 무작정 증식하려고만 한다. 그게 암세포의 본성이다. 1951년 자궁 경부암으로 요절한 헨리에타 랙스는 자신의 목숨을 앗아 간 그 검은 세포가 본인과 유가족의 의사와는 무관하게 〈불멸화〉되어 오늘날까지 살아남게 될 거라고 짐작이나 했을까.

고마워요, 헬라.

서은진은 그동안 실험을 시작할 때마다 그렇게 읊조리곤 했다. 하지만 더 이상 그럴 수 없었다. Crab-XI의 앞날은 그것과 반드시 달라야 했다.

서은진은 Crab-XI을 확대한 홀로그램을 유심히 관찰했다. 형광 염색 처리한 녀석은 분열할 때마다 분수 같은 푸른 섬광을 뿜어냈다. 배양 접시 위에서 꾸역꾸역 자신의 영역을 넓혀 가고 있는 Crab-XI은 기존에 실험한 여느 암세포와 마찬가지로 그 어떤 목소리도 내지 않았다. 서은진은 양자 컴퓨터로 산출한 녀석의 신호 체계를 분석했다. 전기적 자극에 미묘하게 반응한 흔적은 남아 있었으나 태평하리만치 잠잠했다. 귀먹은 행세라도 하는 걸까. 녀석은 인위적으로 만들어진 신호를 천연덕스럽게 무시하는 것 같았다. 서은진은 전자 현미경으로 녀석을 다시 한번 관찰했다. 잠자고 있는 녀석을 보자 조바심이 일었다. Crab-XI의 증식 속도는 가파른 상향 곡선을 그리고 있었다. 그건 반가운 데이터가 아니었다. 유나의 체내에서도 그와 같은 속도로 증식해 가고 있을 텐데.

뭐가 문제일까.

서은진은 지하 실험실에 틀어박힌 채 사흘을 내리 골몰했다. 이 상태가 지속된다면 추가적인 실험을 이어 가기가 어려웠다. 통상 암세포의 분열 속도를 억제하기 위해서 방사선 요법이나 각종 화학 요법을 사용해 왔다. 알려진 대로 이러한 요법은 인체에 심각한 부작용을 동반해 멀쩡한 조직까지 피해를 입히거나 내성을 야기하기도 했다. 물론 배양 접시 위에서라면 그런 걱정은 필요 없다. 서은진은 항암제를 만지작거렸다. 녀석을 사지로 몰아넣으면 비명이라도 지르지 않을까. 하지만 위험 부담이 컸다. Crab-XI이 자칫 죽어 버리기라도 하면 처음부터 다시 회선을 연결해야 하므로 시간 낭비만 초래할 뿐이었다.

아니나 다를까 임 박사는 다음 날 아침 서은진이 제출한 추가 실험 안건에 대해 회의적인 뜻을 내비쳤다.

마음을 모르는 건 아니지만 이미 결과가 나와 있잖아요.

임 박사는 결재 창을 닫으며 말했다. 유나의 횡문근에서 떼어 낸 조직 샘플이 기존에 실험한 샘플과 다른 것이라고는 하나 그 역시 비정상적으로 증식해 가는 과정이 동일한 암세포일 뿐이라는 얘기였다.

알고 있어요.

서은진은 혼잣말을 하듯 중얼거렸다. 시퍼런 그늘이 짙게 드리운 유나의 얼굴이 자꾸만 눈앞에 아른거렸다.

알고 있다고요. 그러니까, 제발 도와주세요.

임 박사는 긴 한숨을 내쉬었다.

아침 식사는 했어요?

로비로 나오자 하나둘씩 연구원들이 출근하는 모습이 보였다. 좋은 아침, 손을 흔들며 동료들과 인사를 나눴던 게 언제였던가. 구내식당에 들어섰지만 입맛이 없었다. 서은진은 커피를 한 잔 받아 휴게실로 발걸음을 옮겼다. 남편에게 전화를 걸었다. 그러나 딱히 전할 소식이 없었다. 유나가 미칠 듯이 보고 싶었다. 단숨에 달려가 유나를 안아 주고 싶었다. 하지만 그래 봤자 유나에게는 아무런 도움이 되지 않았다. 어떻게든 Crab-XI의 증식을 멈추게 할 방법을 찾아야 했다. 격자창으로 비껴든 햇살은 매정하리만치 따사로웠다. 곧게 뻗은 빛줄기는 서은진의 그림자를 휴게실 바닥 위에 늘어뜨려 놓았다.

유나가 대여섯 살쯤 되던 해였을까. 어느 날 아침 눈을 떠보니 유나가 침대 머리맡에 앉아 노래를 흥얼거리며 작은 손으로 서은진의 얼굴을 매만지고 있었다.

엄마 일어나요. 일어나서 세수하세요.

유나는 침대에 내려앉은 햇살을 두 손에 담아 얼굴 위로 가져와 씻기는 시늉을 했다.

엄마 이게 뭐야?

서은진은 눈을 비비며 유나의 손바닥을 보았다. 유나의 작은 손엔 손금이 선명했다. 유나는 손가락을 세워 허공을 가리켰다. 서은진은 아이의 손끝을 보았다. 피식 웃음이 터졌다. 아이의 눈에는 그 작은 티끌도 신비스러워 보이는 걸까.

먼지.

먼지가 뭐야?

뭐라고 설명해야 할지. 유나는 꼬리에 꼬리를 문 질문을 이어 갈 게 뻔했다. 서은진은 유나를 끌어안고 허공을 향해 입김을 후, 불었다. 유나도 따라서 입김을 불었다. 그건 이불의 보풀일 수도 있고 피부의 죽은 세포일 수도 있다. 어찌 됐든 유나가 이해하기엔 어려운, 그 무엇이었다.

눈앞에 희뿜한 것이 아른거렸다. 서은진은 그때처럼 입김을 후, 하고 불어 보았다. 빈속에 커피를 마신 탓인지 속이 쓰렸다. 불현듯 무언가가 머리에 스쳤다. 서은진은 부리나케 실험실로 발걸음을 되돌렸다.

배양액에는 세포가 신진대사를 이어 가기 위한 다양한 영양소가 들어 있다. 하지만 그것만으로 부족하다. 정상 세포의 경우 성장 인자가 포함된 혈청이 주입되지 않으면 분열을 멈추고 접시 바닥에 드러눕고 만다. 이는 정상 세포가 외부 자극에 반응하고 있다는 사실을 뜻한다. 하지만 암세포의 경우 혈청의 투입량과 상관없이 성장한다. 녀석은 특이하게도 내부에 성장 자극 기재를 포함하고 있다. 그러나 암세포라 하더라도 증식하기 위해선 영양소를 필요로 했다. 즉, 먹어야 클 수 있는 것이다.

따지고 보면 배양 접시는 Crab-XI이 무한정 커나갈 수 있는 낙원이었던 셈이다. 서은진은 녀석의 밥그릇 크기를 조금씩 줄여 나갔다. 정상적으로 영양소를 공급하지 않았을 때 녀석이 허기를 느끼는 건 당연한 일. 이내 Crab-XI의 증식률은 급격히 떨어지기 시작했다. 그 시점에서 서은진은 다시 한번 신호를 보내 보았다.

놀라기라도 한 걸까. Crab-XI의 홀로그램이 움칠했다. 생체 활동을 보여 주는 그래프에도 작은 파동이 생겼다. 그건 녀석이 망설인 흔적일지도 몰랐다. 우걱우걱 제 배만 채우던 녀석이 더 이상 주위를 돌아보지 않을 수 없을 테지. 서은진은 단순한 인사말을 담은 음성 메시지를 녀석에게 전송했다.

언제까지 버티려는 걸까.

서은진은 하염없이 배양 접시 위를 바라보았다. 정상 세포의 경우 자신이 처한 환경이 좋지 않으면 고의적으로 죽음을 택하기도 한다. 하지만 아무리 굶주린 상태라고는 하나 녀석은 그런 선택을 할 리 없었다. 녀석의 창의력은 혀를 내두를 만큼 영악했다. 인체 내에서라면 녀석은 양분을 섭취하기 위해 정상 세포 흉내를 내서라도 모세 혈관을 끌어들일 궁리를 할 것이다. 하지만 배양 접시 위의 상황은 엄연히 달랐다. 서은진의 예측은 들어맞았다.

시름시름 앓던 녀석의 메시지가 텔레포트에 수신된 건 다음 날 늦은 오후였다.

왕성한 식욕을 자랑하던 녀석의 인내심은 형편없는 수준이었다. 서은진은 비로소 녀석을 통제할 수 있는 키를 거머쥔 듯했다. 예전 같으면 쾌재를 부를 일이었다. 하지만 임 박사를 비롯해 팀원들은 숨을 죽인 채 실험 과정에 주목했다. 비록 녀석이 초인종을 눌렀다고는 하나 언제 발걸음을 되돌릴지 모를 노릇이었다.

서은진은 재빨리 녀석이 내뱉은 소리를 해독했다. 그건 신음과 같은 단순한 감탄사에 지나지 않았을 뿐 그 어떤 의미도 없었다. 뭐든 말해 보라고. 기대와 달리 녀석은 좀처럼 입을 열지 않았다. 서은진은 신호 변환 장치와 텔레포트 감도를 점검했다. 모든 건 정상적으로 작동 중이었다. 왜 조용한 걸까. 오랜 침묵이 흘렀다. 어느새 팀원들은 하나둘 자리를 떠났다.

좀 쉬어요.

누구의 목소리였을까.

어느덧 깜빡 잠이 든 모양이었다. 서은진은 스스로를 자책했다. 꿈에서 유나를 만났던 것도 같은데, 무얼 했는지 떠오르지 않았다. 시곗바늘은 어느덧 자정을 넘기고 있었다. 하루가 지날 때마다 마음은 더더욱 조급해졌다. 서은진은 유나의 안부가 궁금해 남편에게 전화를 걸려다가 흠칫 놀랐다. 모니터에 녀석이 남긴 메시지가 표시되어 있었다.

내게 무슨 짓을 한 거지?

어이없게도 Crab-XI은 〈로버트 다우니 주니어〉의 목소리와 똑같았다. 음성 지원 시스템을 재설정해도 마찬가지였다. 모니터에는 로버트의 생체 그래프가 요동치고 있었다. 마치 양식을 구걸하려고 쉴 새 없이 노크하는 것 같았다. 서은진은 전자 현미경으로 로버트의 표정을 살폈다. 녀석은 힘없이 꿈틀거리고 있었는데 그런 와중에도 자신의 영역을 넓히기 위해 안간힘을 쓰고 있는 것처럼 보였다. 서은진은 서둘러 마이크 버튼을 눌렀다.

잘 있었니?

서은진은 모니터의 그래프와 로버트의 홀로그램을 번갈아 보았다.

당신은 누구지?

로버트는 정상 세포와 다를 바 없는 호기심을 보였다. 그렇지만 그다지 호의적인 어투는 아니었다. 서은진은 자기도 모르게 주먹을 움켜쥐었다. 하지만 이젠 협상 전문가가 되어야 할 때였다. 플랫폼에서는 녀석의 신호가 연거푸 깜빡였다. 그건 대화를 이어가기 위한 좋은 조짐이었다. 우선 녀석이 입을 다물지 않도록 대화를 유도하는 게 중요했다. 그다음 가

급적 빠른 시일 안에 녀석을 구슬려 증식을 멈출 수 있는 유용한 정보를 찾아내야 했다.

너의 동료야.

동료?

뭘 주저하는 걸까. 정상 세포였다면 꾸물거리다가 반가워, 하며 정답게 인사말을 건넸을 테지만 녀석은 좀체 경계심을 풀지 않는 듯했다. 탐색이라도 하는 건가. 하지만 예상은 빗나갔다.

그렇다면 내게 먹을 걸 좀 나눠 줄 수 있겠군.

로버트는 생각보다 뻔뻔했다.

그럼 넌 내게 뭘 줄 수 있지?

서은진은 단도직입적으로 반문했다. 당황하기라도 한 걸까. 녀석의 생체 그래프가 두세 차례 출렁거렸다.

흥, 재밌군. 거래를 하자는 건가?

녀석은 어이없게도 코웃음을 쳤다.

대체 녀석은 어떠한 유전자가 변이되어 지금에 이른 걸까. 〈거래〉라는 어휘를 사용한 건 그렇다고 쳐도 코웃음까지 칠 줄이야. 서은진은 양자 컴퓨터를 이용해 재빨리 로버트의 활동 패턴을 분석해 보았다. 정상 세포의 경우 신호 변환 장치로 주입된 인간의 언어를 능동적으로 수용해 활용했다. 그런데 녀석의 언어 활용 능력과 대처 능력은 기대한 수치를 훨씬 웃돌았다.

가는 게 있으면 오는 것도 있어야지. 싫으면 관두든지.

서은진도 물러서지 않았다. 주도권을 놓쳐서는 안 됐다.

그럴 리가 있겠어. 그런데 내게 얻어 갈 게 있으려나?

무슨 속셈인지 녀석의 그래프는 다시 직선을 그렸다. 자칫 녀석에게 말려들기라도 하면 모든 게 물거품이 될 수 있었다. 정신을 바짝 차려야 했다.

서로서로 도울 수 있으면 좋지 않아? 난 너와 친구가 되고 싶어.

서은진은 마음을 졸였지만 내색하지 않으려고 애썼다. 암세포 변이 기원을 가리고 있는 베일만 벗겨낸다면 녀석 집단을 단번에 몰살시킬 수 있을지도 몰랐다. 그게 아니라면 녀석의 전이 경로를 사전에 차단할 수 있는 정보라도 찾아내야 했다.

친구라……. 그럼 내게 기름진 고기 한 덩이라도 먼저 줘야 하는 거 아닌가?

로버트는 어지간히도 허기진 모양이었다.

이미 배부르게 먹은 것 같은데. 네 몸을 한번 봐. 다이어트라도 해야 할 것 같지 않아? 원한다면 식이 요법 같은 걸 알려 줄 수도 있어.

그때까지만 해도 서은진은 자신이 유리한 협상 테이블 앞에 앉아 있다고 생각했다. 어차피 뭐라도 털어놓기 전까진 녀석에게 단 한 방울의 배양액도 내어 줄 마음이 없었으니까. 앞으로 어떻게 통제하느냐가 관건이었다. 녀석을 빈사 상태까지 몰아넣으면 앞뒤 분간 못 하다가 결국 뭐라도 실토하지 않을까.

그런가?

물론이지. 널 위한 일이니까.

그런데 어쩌나. 난 다이어트 따위엔 관심이 없는데 말이야. 당신 얘기를 듣다 보니 우리가 친구가 될 수 있을지 의심이 드는군. 난 여태 그런 걸 가져 본 적이 없거든. 그래서 말인데, 좀 더 솔직해질 수 없나? 사실 난 당신이 내게 처음 메시지를 보냈을 때 무척 놀랐거든. 두근거렸다고 해야 하나. 아무튼.

서은진은 녀석의 의도가 무엇인지 종잡을 수가 없었다.

뭐랄까.

로버트는 잠깐 동안 뜸을 들이는가 싶더니 뜻밖의 사실을 고백했다.

처음엔 내 안 어디에선가 들려오는 목소리인 줄 알았거든. 그러니까 유나 말이야.

서은진은 가슴이 덜컥 내려앉았다.

그런데 그게 아니었더군. 너무나 낯익은 목소리였거든.

무슨 얘기를 하려는 거야?

유나에게 당신이 엄마라면, 나에게도 당신은 엄마인 거잖아. 그러니까 우린 친구가 될 수 없단 얘기지.

허튼소리 마!

서은진은 소리를 질렀다. 한낱 돌연변이에 불과한 녀석의 황당무계한 궤변에 말려들다니. 그런데 어찌 된 일인지 아무런 대꾸가 없었다. 충격이라도 받은 걸까. 서은진은 녀석을 호출했다. 하지만 묵묵부답이었다. 서은진은 텔레포트에 저장된 로버트와 나눈 대화를 분석했다. 유익한 정보라곤 단 하나도 없었다. 녀석은 결코 만만한 상대가 아니었다. 괜한 시간만 허비한 셈이었다.

로버트는 무슨 의도로 그런 엉뚱한 주장을 펼친 걸까. 서은진은 아무리 생각해 봐도 그 이유를 알 수 없었다. 정상 세포의 경우 자신이 만들어야 할 조직이나 장기가 무엇인지 명확하게 알고 있었다. 그들 나름의 사회가 형성되어 있고, 그 안에서 독립적인 생명체로 활동하며 주어진 일을 충실히 수행한다. 그들이 조화롭게 뭉쳐 하나의 인체를 구성한다는 건 무척이나 경이롭다. 여기에서 주목할 점은 그들은 자신의 생명을 유지하기 위해 분주히 움직일 뿐이지 인체를 위해 복무하는 건 아니라는 사실이다. 세포의 입장에서 보면 인체는 하나의 거대한 행성일지도 모른다. 마땅히 자신이 인체의 일부라는 사실에 무감할 수밖에 없다. 그런데 로버트는 달랐다. 녀석은 자신이 유나의 일부였다는 사실을 알고 있던 것이다.

어째서 그럴 수 있지. 결국 총체적으로 비정상이란 얘긴가.

어찌 됐든 미끼라도 던져 녀석을 다시 불러내야 했다. 서은진은 녀석의 발치에 소량의 배양액을 떨어뜨렸다. 하지만 무슨 흉계라도 꾸미는지 녀석은 꿈쩍도 하지 않았다. 단식 투쟁이라도 하는 걸까. 그래 봤자 녀석에게 이로울 건 없을 텐데. 서은진은 연이어 초인종을 눌렀다.

로버트로부터 메시지를 받은 건 그로부터 예닐곱

시간이 훌쩍 지나고 나서였다.

꽤 오래 고민했다. 당신은 내 엄마가 맞다. 나를 만든 장본인은 바로 당신이지 않나. 나는 당신으로부터 비롯되었다. 그러니까 당신은 내 엄마가 맞다. 그런데 어째서 당신은 그 사실을 부인하는 거지?

어이가 없었다. 하지만 서은진은 녀석에게 반박할 여유가 없었다. 그때였다. 전화기가 깜빡거렸다. 언제부턴가 남편에게서 걸려 온 전화를 보면 덜컥 겁부터 났다. 남편의 목소리는 더할 나위 없이 침울했다. 일순간 눈앞이 깜깜해졌다. 서은진은 헐레벌떡 실험실 밖으로 뛰쳐나갔다.

객혈을 했다던 유나는 의식이 없었다. 다행히 적시에 응급 처치가 이루어져 한시름 놓을 수 있었다고는 하나 목에 관을 삽입해 호흡을 유지해야 했다.

유나야…….

서은진은 나지막이 아이의 이름을 불렀다.

엄마, 아빠, 옹알거리며 걸음마를 배운 게 엊그제 같은데. 아이와 함께한 온갖 장면이 머릿속에 스쳤다. 교복이 금세 작아졌다며 투덜거리던 모습이 아주 먼 옛일처럼 느껴졌다. 언제 이렇게 큰 걸까. 서은진은 두 손에 얼굴을 파묻었다.

괜찮아질 거야.

남편은 서은진에게 마른 수건을 건넸다. 창밖엔 추적추적 비가 내리고 있었다.

그래야지. 그렇게 될 거야.

서은진은 두 손을 펼쳐 보았다. 손가락 끝이 쪼글쪼글해져 있었다. 서은진은 조심스럽게 유나의 손을 잡았다. 너무 야위어 금방이라도 부스러질 것만 같았다.

엄마가 구해 줄게. 널 꼭 구해 낼 거야.

서은진은 유나를 뒤로한 채 발걸음을 재촉했다.

실험실로 되돌아왔을 때 팀원들은 걱정스러운 눈빛으로 서은진을 바라보았다. 임 박사는 로버트의 데이터를 서은진에게 보여 주었다. 녀석은 미끼로 던져 준 배양액을 몽땅 먹어 치우고는 엄마를 데려오라며 생떼를 부리고 있었다. 형편없는 자식. 그 모습을 보자 녀석의 밥그릇을 뺏어 버리고 싶었다. 서은진은 곧바로 마이크를 켰다.

원하는 게 뭐야?

드디어 오셨네. 밖에 비가 오나 봐? 이런 날은 참 우울해. 그렇지 않아?

로버트는 대뜸 말을 돌렸다.

원하는 게 뭐냐고!

서은진은 목소리를 높였다. 팀원들의 시선이 일제히 서은진을 향했다.

난 아직 당신의 대답을 듣지 못했어.

말도 안 되는 소리 하지 마. 분명히 말하지만 난 너의 엄마가 아니야.

서은진은 녀석의 멱살이라도 쥐어틀고 싶은 심정이었다. 하지만 녀석은 아랑곳하지 않고 생물 교과서에나 나올 법한 이야기를 능청스럽게 떠들어 댔다.

나도 당신의 뱃속에서 태어나 자랐잖아. 나를 안아주던 당신의 따뜻한 손길을 분명 기억해. 그런데 당신은 왜 나를 인정해 주지 않는 거야?

로버트는 공연히 침울한 척 굴었다.

서은진은 녀석의 생체 그래프를 보았다. 역시나 아무런 동요도 없었다. 설마 연기라도 하는 걸까. 녀석은 갈수록 뻔뻔해졌다. 서은진은 치밀어 오르는 울화를 꾹꾹 억눌렀다. 도대체 무슨 속셈이야. 서은진은 숨을 고르며 지금까지 나눈 대화 내용을 되짚어 보았다. 어찌 보면 녀석은 이 상황을 즐기고 있는 것 같기도 했다. 서은진은 냉정하게 판단하려고 애썼다. 괜히 녀석을 자극했다가 일을 그르칠 수도 있었다. 차라리 녀석이 원하는 대답을 해주는 게 낫지 않을까. 그래서 발생 원인을 역추적할 수만 있다면.

그래, 넌 내 안에서 태어났어. 인정할게. 그건 부인할 수 없는 사실이니까.

서은진은 녀석의 반응에 주목했다. 예상대로 로버트의 홀로그램은 달뜬 듯 부풀어 올랐다. 서은진은 연이어 덧붙였다.

넌 정말 착한 아이였어. 그런데 어쩌다가 나쁜 아이가 된 거지?

로버트는 슬그머니 수축했다. 마치 외부 자극에 민감하게 반응하는 정상 세포를 흉내 내는 것 같았다. 무한정 성장하기 위해 여러 가지 속임수를 사용하는 암세포의 속성을 보면 그러고도 남을 행동이었다.

나쁜 아이라고?

녀석은 몰랐다는 듯 시치미를 뗐다.

네가 물들인 녀석들과 어울리며 저지른 짓을 몰라서 그래?

걔네와 한 패거리 취급을 당하니 그다지 유쾌하진 않군.

녀석은 자존심이라도 상한 듯 투덜댔다. 하긴 암세포가 선천적으로 지닌 이기심을 보면 이해가 안 되는 바도 아니었다. 자기밖에 모르며 배려라고는 눈곱만큼도 없는 보잘것없는 외톨이, 그게 녀석의 실체였으니까. 녀석은 지구상에 존재해서는 안 되는 불량품 그 이상도 이하도 아니었다.

왜 그런 거야?

마치 취조당하는 듯한 기분이 드는걸. 당신이나 나나 끊임없이 변하지 않나? 그렇게 각자의 방식으로 사는 거잖아. 그런데 내게 왜 이러는지 이해할 수가 없군.

로버트는 비아냥거리듯 말했다.

더는 참을 수가 없었다. 서은진은 녀석의 발치에 항암제를 떨어뜨렸다. 녀석은 비명을 지르며 움츠러들었다.

이런 게 친구야?

친구? 그 전에 네가 그만한 자격을 가졌는지 생각해 봐. 이제부터 대답을 잘해야 할 거야. 그러지 않으면 넌 흔적도 없이 사라질 테니까. 자, 말해 봐. 왜 그렇게 된 거야?

로버트는 무슨 꿍꿍이인지 한동안 잠자코 있었다.

내 얘기 듣고 있냐고!

서은진은 안달이 났다.

나도 잘 몰라.

로버트는 한참 만에 입을 열었다.

오리발이라도 내밀려는 수작인가. 녀석의 대답은 무성의했다. 뭘 모르겠다는 거지, 되물었지만 녀석은 같은 대답만 반복하더니 결국엔 입을 다물었다. 서은진은 답답해 미칠 노릇이었다. 마음 같아서는 당장에 녀석을 제거해 버리고 싶었다. 하지만 처음부터 다시 실험을 시작할 수는 없는 노릇이었다.

로버트가 입을 연 건 모두가 퇴근한 늦은 저녁이었다.

그래서였나?

녀석은 기어드는 목소리로 물었다.

그래서 날 없애려고 하는 거였어?

오만한 자신감은 온데간데없고 잔뜩 주눅이 든 목소리였다. 설마 녀석은 그동안 자신이 선량하다고 믿어 온 건가. 아니면 이러는 이유가 뭘까. 혹시 두려워서인가.

묻는 말에 대답만 잘하면 널 해치지 않을 거야.

서은진은 목소리를 누그러뜨렸다. 그러자 녀석은 금세 덩치를 부풀렸다. 어찌 보면 단순하기 그지없었다. 그렇지만 좀체 속내를 파악할 길이 없었다.

그런데 녀석은 창문 하나 없는 지하 실험실에서 비가 온다는 사실을 어떻게 안 걸까. 암세포에게 습도를 감지하는 센서 같은 게 있었던가. 혹시나 싶어 서은진은 학계에 보고된 자료가 있는지 검색해 보았지만 찾을 수 없었다. 서은진은 유다른 정보라도 얻어 낼 수 있을까 싶어 넌지시 녀석을 떠보았다.

뭐, 모든 걸 눈으로 봐야만 알 수 있는 건 아니잖아.

로버트의 대답은 허무맹랑했다. 온종일 시큰둥하던 녀석은 언제 그랬냐는 듯 의기양양하게 목소리를 높였다.

그 정도도 알아채지 못한다면 지금껏 살아남지 못했겠지. 이래 봬도 우리가 이 행성에서 당신네보다 훨씬 더 오래 살아왔을걸. 그런데도 당신네가 주인 행세를 하고 있잖아. 말이 나온 김에 하는 얘긴데 내 입장도 좀 생각해 줄 수 없나? 당신이 나를 대놓고 나쁜 아이라고 우기는 것도 그래. 우주 어느 행성에서는 우리 같은 존재가 주인인 곳도 있지. 아마 거기선 내가 이렇게 홀대받진 않을 거야.

로버트는 시건방진 투로 지껄였다.

서은진은 아무런 근거도 없는 녀석의 궤변에 기가 찰 노릇이었다. 녀석의 수준은 고작 그 정도인 듯했다. 마치 어린애와 말도 안 되는 대화를 주고받는 기분이었다. 하지만 작은 단서라도 잡기 위해선 끈질기게 대화를 이어 가야만 했다. 녀석을 자극해 봤자 도리어 시간만 지체될 뿐이었다. 그나마 다행인 건 녀석과의 의사소통 빈도가 잦을수록 더 많은 데이터를 축적할 수 있다는 점이었다. 되도록 녀석이 많은 이야기를 털어놓을 수 있게 유도해야 했다. 녀석이 내뱉은 말에는 분명 모종의 단서가 숨어 있을 것이다. 작은 말실수 하나. 어쩌면 그것만으로도 획기적인 전환을 마련할 수 있을지도 모른다. 서은진은 로버트와 나눈 대화 내용을 빠짐없이 복기했다.

로버트는 굉장한 변덕쟁이였다. 자신의 얘기에 반박하면 버럭 소리를 지르다가도 서은진이 쌀쌀맞게 대하면 금세 의기소침해졌다. 궁금한 게 있을 땐 서슴없이 말을 걸어오기도 했다. 그러다가 시도 때도 없이 먹을 걸 달라며 철부지 아이처럼 떼를 썼고, 안개가 자욱한 어느 새벽에는 사색 좀 하겠다며 혼자만의 시간을 요구하기도 했다. 녀석은 주위의 다른 것들엔 선혀 관심을 두지 않았다. 오로지 자신만 생각했고, 자신의 덩치를 키우며 영역을 확장하는 데에만 몰두했다. 그리고 또 하나. 녀석은 핵심적인 질문을 마주할 때마다 교묘하게 빠져나갔다.

넌 어디에서 온 거지?

그건 녀석의 변이 기원을 추적하기 위한 질문이었다.

실은 나도 그게 무척 궁금해. 당신에게 되묻고 싶군. 당신은 당신이 어디서 왔는지 알아?

서은진은 말문이 막혔다.

거봐, 당신도 모르잖아. 그런데 내가 어떻게 그걸 알 수 있겠어. 하긴 지구상에 그 사실을 아는 이가 과연 있기나 할까.

티끌에도 못 미치는 녀석이 꽤나 도도하게 굴었다. 앞으로 계획은 뭐야, 와 같이 전이 경로를 유도한 질문에 대한 대답도 마찬가지였다.

그걸 내가 어떻게 아나. 나도 내 앞날이 궁금해. 세상에 자기 앞날을 내다볼 수 있는 존재가 과연 얼마나 될까. 혹시 당신은 당신의 미래를 알 수 있어?

거듭 말문이 막힐 수밖에.

거보라고. 당신도 알 수 없잖아. 그런데 어리석게도 왜 그런 걸 묻는 거지?

로버트는 주제넘게 뇌까렸다.

녀석에게 주둥이란 게 있다면 칼이라도 쑤셔 넣고 싶은 충동이 불쑥 솟구쳤다.

언뜻 보면 로버트는 대화에 잘 응하는 것 같았다. 하지만 매번 짐작과는 다른 답변을 내놓으며 서은진을 괴롭혔다. 분명한 건 녀석이 스스로의 정보를 밝히길 극히 꺼린다는 점이었다. 그건 자신의 목숨과 직결되는 문제이기 때문일지도 모른다. 받아들이고 싶진 않지만 녀석 또한 생물적 속성을 그대로 띠고 있었다. 삶을 욕망했다. 그건 녀석의 본능이었다. 하나는 확실했다. 녀석을 그대로 두면 어떤 결말이 날지.

하루하루 시간이 지날수록 서은진은 속이 까맣게 타들어 갈 지경이었다. 물론 매번 명철하게 대응할 수 있는 건 아니었다. 특히나 유나의 얘기가 나올 때면 감정을 주체할 수 없었다. 로버트는 툭하면 유나와 같은 위치에 자신을 갖다 놓곤 했다. 마치 유나의 자리를 끊임없이 넘보고 있는 것처럼.

유나에겐 그러지 않으면서 왜 그렇게 나만 다그치는 거지?

허구한 날 남의 걸 탐내며 폐만 끼치는데 어느 누가 널 인정해 줄 것 같아.

그건 당신도 마찬가지 아니야?

적어도 난 너처럼 다른 이들을 짓밟으며 살아오진 않았어.

꽤나 자신만만하네. 난 당신과 나의 본질이 같다고 생각했는데. 내 영혼과 당신의 영혼이 대체 어떻게 다른 거지?

서은진은 아랫입술을 꾹 깨물었다. 시답잖은 논쟁을 이어 갈 때가 아니었다. 하지만 어느 순간 돌이켜 보면 대화의 주도권은 녀석의 손아귀에 넘어가 있었다. 애초부터 녀석과의 협상은 불가능했던 건가.

유나의 숨소리는 점점 작아지고 있었다. 더 이상 에둘러 갈 시간이 없었다. 그렇지만 녀석을 구슬릴 묘안이 없었다. 서은진은 곧잘 극심한 우울감에 빠져들곤 했다. 모든 걸 잃게 될까 봐 겁이 났다. 이에 반해 로버트는 그 어떤 협박에도 굴하지 않았다. 도리어 불량배처럼 생트집을 잡거나 온갖 요구 사항을 늘어놓기 일쑤였다. 제멋대로 떠들어 댔고, 먹고 또 먹어 치웠다. 녀석의 일상에 일정한 규칙 같은 건 없었다. 그래서 로버트가 이틀 내리 잠잠했을 때 서은진은 그 이유를 제대로 파악할 수가 없었다.

밥그릇을 가득 채워 줬지만 무슨 까닭인지 녀석은 깊은 잠에 빠져든 것처럼 꿈쩍도 하지 않았다. 서은진은 로버트의 홀로그램을 멍하니 바라보았다. 마치 허공에 박제된 악마를 보고 있는 듯했다. 제 기분에 따라 막무가내로 산다고는 하지만 뭔가 석연치 않았다. 서은진은 로버트와 나눈 대화 데이터를 면밀히 살펴보았다. 통계적으로 봤을 때 특이한 점은 없었다. 또 무슨 변덕을 부리려는 걸까. 막상 녀석이 조용해지자 조바심이 났다. 녀석에게 이틀은 꽤 오랜 시간일 텐데. 설마 임사 상태로 접어든 건가. 하지만 그럴 만한 계제가 없었다. 생물학적으로 봤을 때 녀석은 여전히 숨 쉬고 있었다. 하지만 어찌 된 영문인지 대화 불능 상태를 지속했다. 자칫하다간 복제된 Crab-XI에 회선을 연결해 처음부터 다시 시작해야 할지도 모를 일이었다. 그렇게 되면 물리적 손실은 차치하고 유나가 더욱 위험해졌다.

서은진은 로버트의 생체 그래프를 확대해 톺아보던 중 일부 지점이 미세하게 끊어져 있는 걸 발견했다. 기계적 문제는 아니었다. 평소 같으면 대수롭지 않게 지나쳤을 정도로 미미한 틈이었지만 어딘지 모르게 의심스러웠다. 그뿐만이 아니었다. 틈이 발생한 다음 녀석의 생체 그래프는 자잘한 파동을 일으키다가 언제 그랬냐는 듯 금세 직선을 그렸다. 녀석에게 자극적인 메시지를 건넸을 때 나타나는 반응과는 사뭇 다른 양상이었다. 로버트는 자신의 기복을 드러내는 데 거리낌이 없었다. 그게 천성이었다. 그런데 문제의 그래프를 보면 허겁지겁 생체 리듬을 회복하려고 애쓴 듯 보였다. 뭔가 들키기라도 한 걸까. 서은진은 해당 시간대의 대화 내용을 모니터에 띄웠다.

오늘따라 이상하군. 왜 자꾸 나를 치켜세워 주는 거야?

그날 서은진은 로버트를 착한 아이라고 교란시켜 자살의 구덩이로 밀어 넣으려고 혈안이 되어 있었다. 어차피 녀석은 겁박하고 두들겨 팬다고 해서 말을 듣지 않을 게 뻔했다. 차라리 녀석을 칭찬해 가며 정상 세포의 속성을 지속적으로 주입한다면 적어도 조금은 교화되지 않을까. 정상 세포의 경우 자신의 조직을 보호하기 위해 스스로 죽음을 선택했다. 완벽하진 않더라도 녀석을 구슬릴 수만 있다면.

거짓말 같은걸.

로버트는 쉽게 말려들지 않았다.

진짜라니까. 네 목소리는 근사해.

유나 때문이야?

함부로 입 놀리지 마.

서은진은 신경이 곤두섰다.

미안해. 내 말은 그런 뜻이 아니었어.

무슨 이유에서였을까. 로버트가 사과를 한 건 그때가 처음이었다.

어떻게 하면 당신을 도울 수 있을까 해서 물어본 거였어.

그때까지만 해도 서은진은 로버트가 자신을 기만하는 거라고 생각했다.

네가 없어지면 돼.

다른 방법은 없어?

없어. 네가 죽어야지 우리 유나가 살 수 있어.

나도 내 동료처럼 때가 되면 떠나고 싶어. 걔네가 죽어 나가는 걸 보는 내 심정이 어떤지 알아? 당신은 내가 얼마나 외로운지 모를 거야.

외롭다고? 그건 네가 자처한 일이야.

내가 이 모양으로 살아갈 수밖에 없다는 걸 누구보다 당신이 잘 알잖아. 당신을 돕고 싶어. 진심이야. 그런데 그게 안 되는 걸 어떡해.

네가 아픔이 뭔지 알기나 해?

음, 조금은.

로버트는 헛기침을 두어 번 하고선 덧붙였다.

그건 바로 나잖아.

뜻밖에도 녀석은 암세포의 속성과는 동떨어진 이야기를 하고 있었다.

그러니까 어떻게 안 되겠니?

서은진은 로버트에게 부탁했다.

로버트는 긴 한숨을 내쉬었다.

결국 나를 희생하란 얘기잖아. 정말 다른 방법은 없는 거야?

서은진은 짧은 신음을 내뱉었다.

나도 유나처럼 당신에게 사랑받고 싶어.

사랑? 서은진은 콧방귀를 뀌고선 덧붙였다. 넌 사랑이 뭔지 몰라.

왜?

넌, 우리와 다르니까.

또박또박 말대꾸를 해오던 로버트가 침묵한 건 그때부터였다. 이전과 달리 발끈하지도 않았다. 어떻게 보면 녀석을 어느 정도 교화시킨 것 같기도 했다. 로버트는 진심으로 서은진을 안타까워하는 듯 보였으니까.

서은진은 모니터를 뚫어지게 쳐다봤다. 로버트에게 자극을 준 건 뭘까. 당시만 해도 감정이 격해져서 그 사실을 알아차리지 못했다. 하지만 뭔가 있었다. 서은진은 자신이 사용한 어휘들을 추려 로버트에게 하나씩 전송해 보았다. 뜻밖에도 특정 어휘 앞에서 로버트의 생체 그래프는 다시 한번 뚝, 끊어졌다. 서은진은 기증받은 다른 Crab에게도 착하다고 교란시킨 다음 문제의 어휘를 전송해 보았다. 마찬가지였다. 녀석들의 생체 그래프는 하나같이 힘없이 끊어졌다가 간신히 제자리를 찾았다.

혹시?

로버트는 유독 〈사랑〉이란 어휘 앞에서 맥을 추스르지 못하는 듯했다. 서은진은 유나의 또 다른 조직 샘플을 꺼냈다. 결과는 동일했다. 표면적으로 봤을 때 암세포의 증식은 완벽하게 멈춘 상태였다. 다만 임상 효과를 입증하기 위해선 시간이 필요했다.

이건 편견일 수도 있어요.

아니나 다를까, 임 박사는 우려를 표했다. 무엇보다 축적된 데이터가 많지 않다는 이유에서였다. 하지만 서은진은 이것저것 따질 처지가 아니었다. 유나의 몸에서 암세포 증식을 당분간만이라도 멈추게 할 수 있다면 표적 치료가 충분히 가능하리라 판단했다. 서은진은 곧장 남편에게 전화를 걸었다.

따듯한 아침 햇살이 쏟아지는 병실 창가에서 새들이 지저귀는 소리가 들렸다. 유나는 항암 치료를 힘겨워했지만 꿋꿋하게 버텨 냈다. 며칠이 지나자 혈색이 조금 도는 것 같기도 했다. 그렇지만 주치의는 경과를 더 지켜봐야 할 것 같다고 말했다. 그날 아침 유나는 똑똑 떨어지는 링거액을 멍하니 올려다보았다. 서은진은 유나의 얼굴을 어루만졌다. 유나는 희미한 미소로 화답했다. 서은진은 유나의 볼에 입을 맞춘 뒤 병실을 나섰다.

서은진은 창문을 열었다. 산뜻한 바람이 얼굴을 감쌌다. 가로수마다 연둣빛으로 물든 나뭇잎들이 잔잔하게 흔들렸다. 서은진은 처리해야 할 일들을 머릿속으로 정리했다. 변인을 완벽하게 통제하려면 대조군 실험이 더 필요했다. 그러고 나서, 유나의 머리핀과 원피스를 사는 것도 괜찮을 것 같단 생각이 들었다. 서은진은 어느덧 유나와 함께 쇼핑하는 상상을 했다. 그리고 커다란 창가에 앉아 향긋한 차와 달콤한 케이크를 먹으며 이런저런 이야기를 나누는 모습도.

서은진은 실험실에 들어서자마자 일순간 머릿속이 하얘진 듯했다. 로버트의 홀로그램이 해파리처럼 흐느적거리고 있었다. 서은진은 서둘러 전자 현미경으로 녀석을 내려다보았다. 깊은 잠에 빠져든 줄 알았던 로버트는 어느새 우걱우걱 배양액을 먹어 치우고 있었다. 녀석의 식욕은 어느 때보다 왕성했다. 서은진은 덜컥 겁이 났다. 황급히 남편에게 전화를 걸었지만 받지 않았다. 서은진은 서둘러 병원으로 향했다. 병원 입구에 다다랐을 때 비로소 남편으로부터 전화가 왔다.

남편은 말없이 흐느끼고 있었다.

서은진이 복직한 건 그로부터 석 달 후였다.

실험실엔 적막이 흘렀다. 서은진은 자신의 책상과 모니터 앞에 쌓인 먼지를 물티슈로 닦았다. 임 박사가 다가와 그동안 모아 둔 데이터를 건넸다. 로버트의 홀로그램은 꺼져 있었지만 전자 현미경 아래에는 녀석의 배양 접시가 버젓이 놓여 있었다. 서은진은 애써 눈길을 피했다.

컴퓨터를 켜자 달갑잖은 메시지가 연거푸 모니터에 떴다. 서은진은 모니터를 터치해 로버트가 보낸 메시지들을 훑어보았다. 녀석은 허기진 배를 채우기 위해 여전히 볼멘소리를 늘어놓고 있었다. 서은진은 녀석의 메시지를 대충 넘겼다. 그러다가 무심코 하나의 메시지에 시선이 붙들렸다. 서은진은 메시지가 수신된 날짜를 확인했다. 석 달 전 그날이었다.

고민하고 또 고민했어. 당신의 목소리를 처음 듣던 날을 기억해. 사실 난 너무 설렜어. 근데 당신은 처음부터 내게 거짓말을 했어. 차라리 그때 서로가 서로에게 좀 더 솔직했더라면 어땠을까. 그럼 우리 사이가 조금은 달라지지 않았을까. 당신을 돕고 싶었어. 그리고 나 때문에 당신이 아프지 않았으면 좋겠어. 정말이야. 그래서 며칠간 참고 또 참았어. 그런데 왜 이렇게 우울해지는 거지. 또다시 혼자가 될 것 같은 불길한 예감이 들어. 다시는 당신의 목소리를 못 듣게 될까 봐 두려워. 도대체 난 어쩌다가 구제 불능이 된 걸까. 언젠가 당신은 그 이유를 알게 되겠지. 이 세상에서 나를 가장 잘 아는 사람은 바로 당신이니까 말이야. 그때가 되면 나도 당신에게 사랑받을 수 있을까, 아니면 여전히 미움받고 있을까……. 당신과 내가 서로 다르다는 당신의 목소리가 나를 더욱더 쓸쓸하게 만들어. 그런데 어쩐지 당신도 그럴 것 같단 생각이 들어.

서은진은 로버트가 남긴 메시지를 망연히 바라보았다. 뒤늦게 죄책감이라도 느낀 걸까. 더는 참을 수 없었다. 서은진은 항암제를 꺼냈다. 하지만 곧장 임 박사가 막아섰다.

이러면 안 되는 걸 알잖아요.

팀원 모두가 비슷한 얼굴을 한 채 서은진을 바라보고 있었다.

서은진은 자신만 외따로 서 있는 기분이었다. 그때였다. 플랫폼에서 신호가 깜빡거렸다. 팀원들은 서로의 눈치를 살피다가 각자의 자리로 돌아갔다. 서은진은 실험실 밖으로 나왔다. 더 이상 그들과 함께 일을 할 수 없을 것 같단 생각이 들었다. 유난히 하늘빛이 푸르른 아침이었다. 가느다란 바람 한 줄기가 목덜미를 스쳤다. 어디선가 가느다란 보풀이 날아와 얼굴 앞에 아른거렸다. 서은진은 허공을 향해 가만히 손을 펼쳤다. 그것은 손에 잡힐 듯하다가 어딘가로 사라져 버렸다.

태리

십 년 정도는 더 젊어 보여요.

아흔을 넘겨도 할머니는 그 말을 가장 좋아했다. 이래저래 잘 관리한 이유도 있겠지만 할머니는 또래 노인들에 비해 귀와 눈이 밝았고, 허리도 꼿꼿했다. 몇 달 전 협심증으로 치료를 받기 전까지만 해도 걸핏하면 바람을 쐬겠다며 전철을 타고 영종도나 두물머리에 다녀오곤 했다. 큰삼촌이나 엄마는 그렇게 쏘다니다가 넘어지기라도 하면 어떡하냐며 지팡이라도 딛고 다니라고 했지만 할머니는 들은 척도 않았다. 또 목소리는 오죽 카랑카랑한지.

할머니는 틈만 나면 지난 이야기를 하곤 했는데 여느 노인들과 마찬가지로 주로 두 자식을 키워 온 이야기가 대부분이었다. 삼촌이 변소에 빠져 똥독이 올라

죽을 뻔한 이야기는 아마 수백 번도 더 들었을 것이다. 그로 인해 한 달 넘게 집에 파리가 꼬였다나 뭐라나. 달걀을 먹다가 목이 막힌 엄마가 이틀 동안 숨을 쉬지 않다가 되살아난 믿기 힘든 일화도 있었다. 그럴 때면 삼촌이나 엄마는 또 그 얘기냐며 슬그머니 자리를 피하곤 했는데.

파리야 그렇다 쳐도 사람이 어떻게 이틀 동안 숨을 쉬지 않을 수 있어요?

언젠가 나는 할머니에게 되물은 적이 있었다. 그러자 할머니는 곧바로 정색하더니 좀 더 살아 보렴, 내가 무슨 이야기를 하는지 알게 될 테니, 그러며 얼버무렸다.

할머니는 하루도 빼먹지 않고 화장을 했고, 검게 염색한 머리카락은 언제나 윤기가 흘렀다. 큼지막한 루비가 박힌 반지와 에메랄드빛 귀걸이, 그리고 진주 목걸이도 빼먹지 않았다. 외출을 하지 않는 날에도 알록달록한 큐빅이 촘촘히 박혀 있는 블라우스나 나비 모양 브로치가 반짝이는 스웨터를 차려입은 채 소파에 앉아 꾸벅꾸벅 졸곤 했다. 그런 할머니 모습을 보면 마치 사랑을 듬뿍 받고 산 귀부인 같았다. 그뿐인가. 나는 할머니만큼 쇼핑을 좋아하는 노인을 여태 만나 본 적이 없다.

내 생일을 앞둔 어느 날 할머니는 전화를 걸어와 삼촌이 상품권을 줬다며 백화점에 함께 가자고 했다. 마침 눈여겨봐 둔 치마가 있던 터라 할머니를 성큼 따라나섰는데 웬걸, 자홍색 꽃무늬가 현란한 원피스를 골라 곧장 피팅 룸으로 들어갔다가 나오더니 전신 거울 앞에서 주춤주춤 제자리를 돌며 치맛자락을 펼치는 게 아닌가.

어떠냐? 십 년은 더 젊어 보이지 않니?

그런가? 나는 입술을 삐죽 내민 채 거울에 비친 할머니를 심드렁하게 바라보았다.

십 년이 뭐예요? 이십 년은 더 젊어 보여요.

어느새 할머니 곁으로 다가온 점원이 내 대답을 가로챘다. 큰언니뻘로 보이는 그 점원은 장사깨나 해본 사람이었던 게 틀림없다. 맙소사, 이십 년이라니! 할머니가 원피스를 사지 않을 이유가 없지. 할머니는 그런 점원이 마음에 들었는지 대뜸 나를 가리키며 우리 막내 손녀보다 훨씬 어려 보인다고 너스레를 떨었다.

아이고. 우리 할머니 신나셨네.

할머니는 연신 방실거리며 거울 앞에서 립스틱을

바르고는 곧장 점원에게 상품권을 건넸다. 할머니는 자신을 단장하는 데에 아낌없이 투자했다. 그런 할머니가 내게 선물한 물건이 하나 있었는데 다름 아닌 손바닥만 한 휴대용 녹음기였다.

요즘은 스마트폰에 녹음 기능이 있어서 필요 없다고 아무리 손사래를 쳐도 소용없었다. 소설을 쓰려면 녹음기 하나쯤은 갖고 있어야 하지 않느냐며 낙원상가로 나를 이끌더니 기어이 그 투박한 물건을 내 손에 쥐여 주었다. 이야기를 잘하려면 무엇보다 이야기를 많이 들어야 한다는 건데, 사실 그건 내게 꼭 필요하기보단 할머니를 위한 물건처럼 보였다. 하긴 할머니 이야기를 듣다가도 걸핏하면 졸곤 했으니 그런 내가 못 미더웠던 건지도.

할머니는 그날 캐러멜 시럽이 잔뜩 들어간 커피까지 사주고는 집으로 돌아와 똥독과 달걀 이야기를 하며 녹음기 성능을 테스트했다.

똥독이나 달걀 말고 다른 얘기는 없어요?

할머니는 녹음된 내 목소리를 듣고선 신통방통하다며 깔깔거리더니 다시 녹음 버튼을 눌렀다.

내 이름은 김태리입니다. 나는 1932년, 가회동에서 태어났습니다.

엉? 할머니 이름은 김복달이잖아.

할머니는 내 손등을 툭 치며 정지 버튼을 눌렀다.

그이는 날 태리라고 부르지 않았겠니.

나는 하마터면 마시던 커피를 뿜을 뻔했다. 근래 배우 김태리가 출연하는 무슨 영화나 드라마라도 보셨나? 그동안 할머니로부터 할아버지에 대해 수도 없이 듣긴 했지만 그 얘기는 처음이었다. 그러니까 그 이름은 할아버지가 할머니를 부르던 애칭이라는 건데, 하필 왜?

그 이름이 나랑 잘 어울린다고 하지 않던. 뭘 알았던 거지.

어디에도 확인할 방법이 없으니 그러려니 할 수밖에.

할머니는 쭈글쭈글한 손을 활짝 펴보며 긴 한숨을 내쉬더니 커피는 다 마셨느냐고 물었다. 그러더니 내게 대답할 틈도 주지 않고 매니큐어가 벗겨졌다며 또 한 번 한숨을 내쉬었다.

나는 우리 손녀가 매니큐어를 해주면 마음이 차분해지더라.

그럼 그렇지. 할머니가 커피를 그냥 사줄 리 있나.

할머니가 할아버지를 처음 만난 건 진달래가 한창 피던 1948년 어느 봄날이었다. 할머니는 그날 오후 명동의 한 의상실에서 옷을 사서 나오던 길이었다. 길을 건너려고 하는데 누군가 할머니의 팔을 잽싸게 낚아챘다. 그와 동시에 자동차 한 대가 할머니를 스치듯 지나갔고, 그 바람에 옷가지는 바닥에 널브러졌다.

태리, 또 죽을 뻔하지 않았소. 그래서 내가 이렇게 다시 왔소.

할머니 앞에 처음 나타난 할아버지는 어딘지 모르게 능청스러웠다.

그러더니 대뜸 그것보다 훨씬 곱고 빛나는 옷을 입을 수 있으니 나랑 얘기 좀 합시다, 그러는 게 아니겠니.

할머니가 엄청 마음에 드셨나 봐?

나는 내심 할아버지가 할머니의 마음을 꿰뚫어 보고 있었구나, 라고 생각했다. 쇼핑이라면 사족을 못 쓰는 할머니가 아니던가.

그걸 말이라고 하니. 한데 자꾸만 나를 태리라고 부르길래 다른 이와 착각한 게 아닌가 싶었지.

왜 그렇게 부르셨던 거예요?

우리가 처음 만난 곳이 〈태리 의상실〉 앞이었잖니.

잠시 회상에 잠긴 듯 할머니의 눈꼬리가 슬며시 내려갔다.

우린 항상 그 의상실 앞에서 다시 만났다고 하더구나. 그래서 내 진짜 이름을 알면서도 늘 그렇게 불렀다고 그러더라. 기분이 썩 나쁘진 않았지. 실은 그 의상실을 찾았던 것도 가게 이름이 마음에 들어서였거든. 그런데 그이가 하는 말이 우리가 처음 만났던 날 그 자동차에 치여 함께 죽었다고 하는 거야. 그것도 예순 번도 넘게 말이야. 끔찍하기도 하지. 그런데 다시 눈을 떠보면 어김없이 내가 의상실에서 옷가지를 사서 나오더라는 거야. 처음엔 어찌 된 일인가 싶었다더라. 근데 나는 대체 그게 무슨 얘긴가 싶었어.

그건 나도 마찬가지였다. 근래 할머니가 SF 영화를 보셨나? 아니면 김태리가 타임 루프를 소재로 한 드라마를 찍었던가? 언뜻 그런 생각이 머리에 스쳤다. 그런데 할머니 얘기로는 할아버지가 앞으로 무슨 일이 벌어질지도 훤히 알고 있더란 것이다. 일테면 잠시 후 옆 골목에서 두부 장수가 나타날 것이며, 이어서 전차가 지나가자마자 길모퉁이 국밥집에서는 술에 취한 사내 둘이 주먹다짐을 하게 되고, 또 한 대의 전차가 지나가기 전에 서른두 명의 구경꾼이 몰려들 거란 사실도.

처음엔 웬 점쟁이가 나타났나 했지. 그래서 어떻게 그리 잘 아느냐고 묻지 않았겠니. 그러자 의상실 앞에서 나를 만난 게 이미 26,273번째라는 거야. 그래서였을까 어쩐지 마치 오래전부터 잘 알고 있던 사람 같이 친근하더구나.

점점 엉뚱해지는 얘기. 그러나 할머니는 말도 안 되는 얘기를 철석같이 믿고 있는 듯했다.

내가 오죽 좋았으면 그랬겠니.

어떻게 해석하든 그건 할머니 마음이니까 뭐. 할머니의 두 눈은 백화점 매장을 둘러볼 때처럼 반짝거렸다. 물론 할머니의 허풍이 얼마나 센지 모르진 않았다.

할머니의 얘기를 듣다 보면 소나 돼지 같은 가축이 능청스럽게 말을 하는 경우도 더러 있었다. 뿐만 아니라 삼촌이 걸음마를 시작할 무렵 옆집에서는 꼬리가 달린 아이가 태어났고, 이카로스처럼 날개를 달고 하늘을 날아다니는 이들이 심심찮게 등장하기도 했다. 그때마다 의심스러운 눈길을 보내면 할머니는 어김없이 새초롬한 얼굴을 하고선 내가 언제 거짓말하는 거 봤니? 그러면서 시치미를 뗐다. 어쩌면 그런 할머니의 유전자를 물려받아 내가 소설을 쓰게 된 건지도 모르겠지만.

그래도 할아버지에 대한 얘기는 장르가 너무 다르지 않나. 단언컨대 할머니는 책과는 거리가 먼 사람이었다. 설사 할아버지가 할머니를 만나기 위해 이만 번을 넘게 되살아났다고 치자. 그 정도 횟수면 신물이 날 법도 할 텐데. 할머니가 그토록 매력적이었나?

언젠가 할아버지의 손을 꼭 붙잡고선 입을 헤 벌린 채 웃고 있는 할머니의 사진을 본 적이 있었다. 비녀로 쪽을 누른 건 그렇다 쳐도 젖살이 오른 듯 포동포동한 할머니의 얼굴은 촌스럽기 그지없었다. 반면 포마드를 발라 빗어 넘긴 헤어스타일에 반듯한 정장을 차려입은 할아버지의 모습은 패션모델처럼 근사했다. 모서리가 해진 그 흑백 사진은 두 사람이 함께 찍은 유일한 것으로 결혼식 다음 날 명동에서 찍었다고 했다.

할아버지가 할머니를 구하셨네.

그 반대지.

할머니는 알록달록한 꽃 모양이 그려진 손수건으로 사진을 닦으며 덧붙였다.

내가 없으면 사는 것도 의미가 없다고 말하지 않았

겠니.

할아버지가 엄청 로맨티시스트셨나 보네.

뭐, 사람마다 보는 눈이 다를 순 있으니까. 이따금 할아버지가 할머니에게 열심히 대시한 데에 감사한 마음이 들곤 한다. 두 사람이 만나지 않았다면 이 세상에 나도 없었을 테니까 말이다. 그리고 또 하나, 사진 속 할머니를 보며 드는 생각이 있다면 사람은 정말 꾸미기 나름이구나, 라는 것. 물론 할아버지가 이 얘기를 듣게 된다면 달갑지 않을 수도 있겠지만.

조금 다른 얘기긴 한데 할머니는 정말 인기가 많긴 했다. 불과 십 년 전만 해도 할머니는 종로나 제기동 일대의 콜라텍에서 내로라하는 퀸카였다. 업주들은 할머니를 모시기 위해 앞다투어 집 앞에 고급 세단을 보낼 정도였다. 콜라텍 입구에는 할머니를 만나려고 몰려든 할아버지들로 긴 줄이 늘어서기 일쑤였다. 얼마나 유명했으면 팔십 평생 지리산을 한 번도 벗어나 본 적 없는 약초꾼이나 거문도에서 일평생 물고기만 잡던 나이 든 어부도 할머니를 보기 위해 콜라텍 앞에 자리를 깔곤 했으니. 음. 그러나 할머니가 그런 인기에 연연했다고 생각하면 큰 오산이다. 내가 보기에 할머니에게 콜라텍은 백화점 같은 곳이었다. 콜라텍을 다녀온 날 할머니의 두 손에는 언제나 선물 꾸러미가 한가득 들려 있었다. 토종꿀을 비롯해 송이버섯이나 은갈치 등 종류도 다양했는데 심지어 백 년도 더 되었다는 산삼을 가져온 적도 있었다.

오늘은 어떠셨어요?

갈수록 물이 안 좋네.

어느 날 할머니는 포항에 산다는 노인네로부터 받은 돌문어와 마른미역을 내게 건네며 말했다.

왜요?

노인네들이 너무 어려.

그럼 안 가시면 되잖아요?

그래도 그만큼 노인네들이 모여 있는 곳도 드물잖니. 그이만큼은 아니지만 멋을 잔뜩 부린 이들도 곧잘 눈에 띄고.

할머니는 손으로 두 발을 꾹꾹 누르다 말고 뭔가 못마땅하다는 듯 내 앞에 두 다리를 쭉 뻗었다.

이 할미가 아니면 네가 언제 산삼 뿌리 맛이라도 볼 수 있었겠냐.

나는 하는 수 없이 할머니의 다리를 꾹꾹 주물렀다.

그런데 늙으면 다들 하나같이 비슷한 얼굴이 되는지 몰라? 이놈이 저놈 같고, 저놈은 그놈 같고, 그놈은 이놈 같단 말이야.

다른 할아버지들도 그렇게 생각했을걸요, 나는 그렇게 대꾸하려다가 입을 다물었다. 할머니는 블라우스 단추를 풀며 덧붙였다.

그거 뭐냐. 미역은 네 엄마 갖다줘라.

돌문어는요?

그건 내가 먹어야지.

할머닌 문어 안 좋아하잖아. 질겅거리는 게 싫다면서.

내가 언제 그랬냐?

이따 저녁 먹고 갈까요?

아이고, 그럼 미역국이나 끓여야겠다.

나는 할머니만큼 상대의 마음을 들었다 놨다 할 수 있는 사람을 여태 본 적이 없다.

그런데 그날 할머니와 함께 미역국을 먹었던가.

그리 오래된 일도 아닌데 어렴풋하다. 하물며 할머니는 무슨 수로 그보다 훨씬 오래전, 수십 년도 더 된 일을 그렇게 세세히 기억할 수 있는지. 할아버지에게 신묘한 예지력이 있다면 할머니는 토씨 하나 틀리지 않고 같은 얘기를 반복하는 묘한 재주를 가지고 있는 건지도. 녹음기를 사오던 날도 그랬다.

할머니는 매니큐어를 바른 연분홍빛 손톱을 후후 불어서 말리며 신혼 때 이야기를 하염없이 늘어놓았다. 우리 할머니에게도 그런 어여쁜 시절이 있었구나, 그런 생각이 들지 않은 건 아니었다. 문제는 내가 그 이야기를 귀가 헐도록 들었다는 거였다. 과연 할머니에게 녹음기가 필요할까.

전에도 하셨던 얘기잖아요.

그러거나 말거나 할머니는 했던 이야기를 하고 또 했다. 일테면 어느 봄날의 싱그러운 하늘빛과 돌고래를 닮은 구름과 햇빛을 머금어 반짝거리는 개울과 꽃향기를 실어 나르는 따듯한 바람의 냄새가 어땠는지, 그리고 연둣빛 버드나무 가지가 하늘거리는 북적이는 거리와 팔랑팔랑 노란 나비가 날아다니던 정동길도. 그러니까 할아버지와 함께했던 그 모든 순간을.

할머니의 얘기를 듣다 보면 흑백 사진 같기만 한 그 시절 풍경에도 솜씨 좋은 화가가 채색한 것처럼 어느새 평화롭고 아름다운 그림이 그려져 있었다. 적어도 두 사람이 만난 이듬해 삼촌을 낳고, 얼마 안 가 엄마를 가졌을 때까지는.

할머니는 서울 토박이였다. 심지어 그 사실을 자랑

스러워하기까지 했는데 그랬던 할머니도 서울을 떠나 살 수밖에 없었던 적이 있었으니 다름 아닌 전쟁 때문이었다. 전쟁이 나기 전까지만 해도 한강 이남으로 가본 적 없던 할머니는 충청북도 단양에 있는 어느 외딴 마을로 피란해 그곳에서 오 년 가까이 지냈다고 했다.

전쟁이 끝나자마자 곧장 돌아오시지 않고요?

그이가 데리러 올 줄 알았거든.

서울을 떠나 지내야 했던 그 시절은 할머니에게 이루 말할 수 없이 긴긴 시간이었다. 할머니가 할아버지와 헤어진 곳은 소백산 기슭의 어느 숲속이었다.

그날따라 네 엄마가 어찌나 발길질을 해대던지.

엄마를 가진 지 칠 개월째였던 할머니는 연이은 강행군에 숨조차 쉴 수 없었다는데, 할아버지는 하루 쉬어 갈 요량으로 짐을 풀고 나무뿌리 틈에 움막을 만들어 할머니를 앉혔다. 그러고는 할머니의 퉁퉁 부은 두 다리를 주무르는데 뒤따르던 피란민 일행의 불안은 이만저만 아니었다고.

놈들이 지척에 널려 있는데 여기서 쉬는 거요?

오늘 밤엔 아무 일 없을 겁니다.

한 사내가 열 살쯤 된 코흘리개 아들의 손을 붙잡은

채 다가와 퉁명스레 묻자 할아버지는 그렇게 일러 주었다고 한다. 그러고는 봇짐에서 감자를 꺼내어 아이에게 주었는데, 녀석은 고맙다는 인사도 없이 넙죽 받더니 호주머니에 집어넣더란 것이다.

할머니 얘기에 따르면 피란길에 할아버지의 활약은 꽤 대단했던 듯싶다. 마치 피란길을 수없이 밟아 본 사람처럼 길눈이 밝았는데 깜깜한 첩첩산중에서도 길 한 번 잃은 적이 없었으며 징검다리나 나루터가 어디에 있는지도 정확하게 알고 있었다. 심지어 어느 산능선에서 총알이 빗발칠지, 그리고 포탄이 떨어질 위치까지도 훤히 꿰뚫고 있던 탓에 소문을 듣고 하나 둘씩 모여든 피란민들이 할아버지를 뒤따랐고 소백산 기슭에 다다를 무렵 그 규모가 수백여 명에 이른 상태였다. 그런데 일이 잘못되려고 그랬던지 그날따라 몇몇 사람이 할아버지의 얘기를 도무지 믿으려 들지 않았다며. 도처에 적들이 깔려 있어 우회하기 위해 동북쪽으로 방향을 잡은 게 화근이었다. 개중에는 지리에 눈이 밝은 사람도 없지 않았던 모양으로 할아버지에게 딴죽을 거는 이들이 하나둘씩 나타났으니, 이유인즉 할아버지가 무리를 이끌고 온 방향이 남쪽이 아니어서 뭔가 수상하다는 거였다. 그때껏 잠자코 할아버지 뒤만 졸졸 따라오던 사람들도 동요하기 시작했다. 할아버지가 남쪽 방면으로는 이미 적들이 매복해 있다고 만류해도 소용없었다.

거참, 젊은이가 마치 이미 가본 사람처럼 이야기하네.

암, 가봤고말고. 진작에 수도 없이 가본 길이었더랬지.

할머니는 그날의 할아버지를 대신하듯 목소리를 높여 말했다.

할아버지가 그러셨다고요?

그렇대도.

과연 할아버지의 얘기를 믿은 사람이 있기나 했을까. 그날 저녁 사람들은 전라도나 경상도로 갈 거라며 무작정 남쪽으로 발길을 되돌리더니 이내 뿔뿔이 흩어졌다. 코흘리개를 데려왔던 사내도 마찬가지였다. 아무리 붙잡아도 소용없더라는 것이다. 사내는 더는 참견 마쇼, 그러고선 너덧 살쯤 되어 보이는 아이를 등에 업고 있는 아내와 코흘리개의 손을 잡아끌었다.

아버지, 가지 말라잖아요. 제발요. 우린 가지 마요.

코흘리개는 발을 질질 끌며 애원했지만, 사내는 도

리어 쥐방울만 한 녀석이 뭘 아느냐며 머리를 쥐어박으며 여기 있다간 싹 다 죽는 거야, 그러고선 발걸음을 재촉했다. 막상 사람들이 떠나고 어둠이 몰려오자 할머니도 불안하긴 마찬가지였던 모양인데.

차라리 함께 움직이는 게 낫지 않느냐고 물었지. 그러자 걱정하지 말라며, 어둠에 가려진 능선을 하나씩 하나씩 가리키더니 이전에도 다 가본 곳이었다고 말하더구나.

우린 절대 저기로 가면 안 돼. 그럼 또 다시 시작해야 해.

아니나 다를까 그날 밤 이 산 저 산에서 포탄이 터지고 총소리가 끊이질 않았다.

그때 뱃속에 있던 네 엄마가 발길질을 하지 않았다면 우리는 어떻게 되었으려나, 가끔 그런 생각이 들지 않겠니. 운명이란 게 신기하면서도 짓궂단 말이야. 그런데, 가만 생각해 보면 그이의 말이 사실이었던 거지. 거기까지도 살아 봤던 거였어.

할아버지에 대한 거라면 아무리 사소한 거라도 의미를 부여하는 할머니였다. 그날 밤 할머니는 움막에 숨어 빽빽 울어 대는 삼촌을 달래느라 애를 먹었다고 한다.

군홧발 소리가 점점 가까워지는 것 같기도 하고, 달빛마저도 총부리의 섬광처럼 보여 자꾸만 부들부들 몸이 떨리지 않았겠니. 아무 일 없을 거라고, 그이가 내 손을 어루만지는데 그래도 어찌나 무서운지. 그러자 칭얼거리는 큰애를 사이에 두고 나를 꼭 끌어안더구나. 어두워서 아무것도 안 보였지만 그이가 나를 안심시키기 위해 미소 짓고 있다는 건 알 수 있었지. 잠깐 잠이 들었는지도 몰라. 동이 틀 무렵 부스럭거리는 소리에 깨어나 보니 그이가 움막을 나서고 있는 게 아니겠니. 먼저 떠난 사람들이 화를 입었다면 나뭇가지라도 꺾어다가 꽂아서 표식이라도 해둬야 하지 않겠느냐는 거야. 그래도 그렇지 어슴푸레한 숲속에 처자식을 두고 가는 법이 어딨냐고 붙잡았더랬지. 그러자 이전에도 별일 없었다며 도리어 나를 안심시키더구나.

그렇게 헤어지신 거예요?

그렇지 뭐. 수없이 가본 길이니 걱정하지 말라며, 금방 돌아오겠다고 하더구나. 그이가 내게 거짓말을 한 건 그때가 처음이자 마지막이었어.

어느 곳에 포탄이 떨어질지 알았던 할아버지도 그렇게 헤어질 거라고는 예상하지 못했던 걸까.

할아버지가 앞날을 아셨다면 차라리 일찌감치 전쟁을 피할 수도 있었잖아요.

왜 아니었겠니? 그런 이야기를 입이 닳도록 했지.

할아버지는 전쟁이 터지기 하루 전까지도 서둘러 서울을 떠나야 한다고 수없이 할머니에게 얘기했다는 것이다. 그런데 할머니는 왜 할아버지 말을 듣지 않았던 걸까. 그 이유는 단순했다.

그런데 말이다. 너라면 믿었겠니?

할머니는 내 얼굴을 멀뚱히 쳐다봤다. 나는 얼결에 고개를 절레절레 흔들었다.

나도 그랬지. 설마 그런 난리가 날 거라고 누가 알았겠어.

할머니 얘기를 정리해 보면 소백산까지의 여정은 이미 예정된 수순 같았다. 그런데 이상하지 않은가. 전쟁이 터질 걸 알고 있는 마당에 구태여 삼촌에 이어서 엄마까지 가져야 했을까. 그 험난한 피란길을 생각하면 차라리 나중에 아이를 가질 수도 있었을 텐데. 그 이유 역시 할머니의 대답은 단순했다.

너도 사랑하는 사람을 만나 보렴. 그건 하느님이나 부처님도 어찌할 수 있는 게 아니란다.

그런가?

그렇다니까.

그럼 지금은 믿으세요?

뭘?

할아버지가 했던 얘기요.

믿다마다.

할머니는 푸석한 손을 쫙 펼쳐 보고선 어둑해진 창밖을 물끄러미 바라보며 덧붙였다.

얘야, 나는 그 얘기를 그날 이후로 지금껏 줄곧 생각해 왔단다. 자그마치 칠십 년을 말이야. 그이와 함께한 시간은 한순간도 빠짐없이 기억해. 여주에서 나룻배를 타고 강을 건널 때였지. 노을이 번들거리는 잔물결을 넋 놓고 바라보는데 그이가 대뜸 그러더구나. 만나는 거야 어렵지 않아. 헤어지는 게 어려워서 그렇지. 그러면서 우리가 나루터까지 오는 데에만 적어도 이 만 번 가까이 죽고 다시 시작했다는 거야. 멀리서 터진 포탄 소리나 총소리에 놀라 내 심장이 멈춘 것만도 수천 번이었다나. 그뿐이었겠니. 물에 빠져 허우적거리다가 숨이 멎기도 하고, 주먹밥을 먹다가 느닷없이 기도가 막힌 적도 있다고 하더라. 그때마다 아무리 구하려고 노력해도 안 되더래. 하지만 이번만큼은 절대 먼저 떠나보내지 않을 거라고, 자신 있게 말하지 않겠니.

녹음기에 자신의 얘기가 담기고 있다는 사실을 의식한 탓이었을까. 할머니의 목소리는 여느 때와 달리 차분했다. 나는 할머니의 시선을 좇아 창문 너머로 아롱거리는 달빛을 바라보았다.

그런데 이째 색깔이 좀 탁한 것 같지 않니?

구름 때문일 거예요.

그게 아니라.

할머니는 손을 이리저리 돌려 보더니 아세톤과 함께 에메랄드색 매니큐어를 꺼냈다.

아무래도 이 색깔이 더 젊어 보이잖니?

나는 펄이 뒤섞여 반짝거리는 할머니의 연분홍빛 손톱을 물끄러미 내려다보았다. 에메랄드색이 훨씬 탁하고 올드해 보이는데, 라고 말하려다 말고 화장솜에 아세톤을 묻혀 할머니의 손톱을 쓱쓱 닦았다. 내가 뭐라고 해도 할머니는 에메랄드색이 더 괜찮다는 이유를 수백 가지는 더 나열할 게 뻔하겠지.

내가 할머니의 얘기를 곧이곧대로 믿는 건 아니다. 이야기란 게 때에 따라 부풀려지거나 작아지기도 하고 의도치 않게 이런저런 불순물이 덕지덕지 붙어 있기 마련이니까. 다만 한 가지 의아한 게 있다면 할아버지가 대체 왜 소백산 기슭에 자리한 외딴 마을로 가려고 했느냐는 것이다.

할머니는 언젠가 할아버지가 건넨 쪽지를 보물이라도 되는 듯 사진과 함께 고이 보관해 두고 있었는데, 손에 닿으면 바스러질 듯한 빛바랜 종이에는 희미한 글자와 함께 약도가 그려져 있었다.

난리가 나기 전부터 여기로 가야 한다고 수도 없이 들었더랬지.

사실 그 종이를 처음 봤을 때만 해도 나는 대수롭지 않게 보아 넘겼다. 그런데 다시 생각해 보니 할아버지가 택한 목적지는 어딘지 모르게 생뚱맞았다. 할아버지는 왜 수많은 피란민이 몰려든 부산이나 남쪽에 있는 도시로 가지 않았을까. 뿐만 아니라 그 마을은 친인척이나 지인이 살던 곳도 아니었다. 할머니가 그 마을에서 오 년 가까이 지낸 데에는 할아버지가 데리러 오지 않은 탓도 있지만 또 다른 이유도 있었다. 그곳은 전쟁의 참화를 피한 몇 안 되는 마을 중 하나로 그곳 사람들은 전쟁이 난 줄도 모르고 있었다. 그런 데가 다 있었나?

정말이래도 그러네.

심지어 그 마을에 머무르는 동안엔 휴전선이 그어진 것도 몰랐다며. 할아버지는 정말 뭘 알고 거기로 가려고 했던 걸까. 아니면 그저 단순한 우연일까. 그 마을에 대해서라면 삼촌도 한몫 거들었는데, 고작 갓 걸음마를 시작한 아기가 뭘 알까마는 학교 운동장에 탱크가 가득 들어선 풍경만큼은 선명히 기억난다고 했다. 그때마다 할머니는 단호하게 선을 긋곤 했는데.

아서라. 개구리라도 본 거였겠지. 넌 그때 엄마라는 말도 못 할 때였어.

유독 말이 느렸던 삼촌은 개구리 울음소리만 흉내 내다가 여덟 살이 되어서야 간신히 엄마라는 말을 할 수 있었다고 한다. 그런 탓에 할머니는 삼촌이 커서 대체 뭐가 될지 걱정이 이만저만이 아니었다고. 삼촌에 대한 걱정이 비단 그뿐만이었을까마는.

나는 삼촌 같은 남자는 절대 만나지 않을 거라 다짐하곤 했다. 삼촌은 정말 효자였다. 나는 삼촌만큼 부모를 살뜰히 챙기는 사람을 보지 못했다. 삼촌 덕분에 할머니의 지갑은 마를 날이 없었다. 아침저녁으로 할머니에게 전화를 걸어 안부를 묻는 건 물론이며 일주일에 한 번씩 할머니를 모시고 한정식 식당이나 고급 레스토랑을 찾았다. 그뿐인가. 틈만 나면 할머니와 함께 근교로 나들이를 했고, 해외여행도 곧잘 다녀오곤 했다. 삼촌에게 할머니는 세상에서 가장 중요한 사람이었다. 그렇지만 할머니가 그런 삼촌을 한사코 못마땅하게 여긴 게 하나 있었으니.

삼촌은 우리 가족 중 어느 누구보다도 할아버지의 행방을 확신했다.

멀쩡히 살아 있는 사람에게 대체 왜 그런다니?

할머니가 아무리 말려도 소용없었다. 삼촌은 한 해도 빠짐없이 할아버지의 제사를 지극정성으로 챙겼다. 그 덕택인지 모르겠으나 삼촌의 사업은 줄곧 번창했고, 사촌 언니와 사촌 오빠 들도 하나같이 이름만 대면 알 만한 번듯한 직장에 다니며 승진에 승진을 거듭했다.

사실 삼촌이 제사상을 차린 데에는 그럴 만한 이유가 있었다. 언젠가 엄마에게 전해 듣기론 삼촌은 전국을 다 들쑤셔도 할아버지의 행방이 나오지 않자 북에 계실지도 모를 거라 여겨 연변 쪽의 브로커를 통해 수소문해 봤다고 했다. 하지만 할머니가 충격받을 걸 우려해 그런 사실을 일절 말하지 않은 것뿐이라고. 삼촌 같은 효자가 할머니의 마음을 모르진 않았을 터.

할머니도 그런 삼촌의 마음을 알았던 걸까. 다행히 지난 제삿날엔 잠잠한 듯싶었다. 그날 저녁 할머니는 에메랄드색 손톱이 마음에 드는 듯 방실거리더니 슬며시 내 앞에 하얀 발을 내미는 게 아닌가.

할머니 발이 너무 차다.

내 얘기를 듣는 둥 마는 둥, 어느새 할머니는 마치 할아버지가 듣고 있기라도 한 듯 녹음기에다가 삼촌의 만행을 미주알고주알 터놓기 시작했다. 내가 살아 있다는 게 당신이 살아 있다는 증거잖아요. 그걸 아무리 말해 줘도 모르니. 그래도 자식이 저 할 도리를 하느라 그런 거니까 노여워하지 말고 너그러이 봐달라는 얘기도 잊지 않고. 할머니의 두 발에 페디큐어가 다 칠해졌을 무렵 어느새 이야기는 엉뚱한 방향으로 흘러가고 있었다. 할머니는 언젠가 황해도 해주에서 왔다는 한 노인을 만난 모양이었다.

전쟁 때 헤어진 아내가 수원 어딘가에 살고 있다는 얘기를 들었던가 보더구나.

해주에서 그 소식을 접한 노인이 철책을 넘은 횟수만도 수천 번. 지뢰를 밟거나 어디에선가 날아온 총알에 맞은 것도 한두 번이 아니었다. 그때마다 다시 시작. 할머니의 얘기를 듣다 보니 그 역시 타임 루프에 빠진 게 틀림없고(할머니는 대체 무슨 영화를 본 걸까), 다행히 몇 번은 수원까지 무사히 도착한 적도 있었지만 신호등을 무시한 트럭에 치이거나 어이없게도 맨홀에 빠져 처음부터 다시 시작할 수밖에 없었다는데.

뭐? 거짓말 같다고? 그 뭐냐, 인터넷 같은 데에도 다 나오는 얘기잖니.

그래서 만나셨대요?

그렇긴 한데. 못 알아보지 않았겠니. 너무 폭삭 늙어 버린 거지.

그럼 어떡해요?

……그래도 만났잖니.

할머니는 페디큐어가 흡족한 듯 발가락을 꼼지락거려 보며 씩 웃었다. 나는 멍하니 할머니의 두 발을 내려다보았다. 하얀 발등 위로 파란 핏줄이 유난히 도드라져 보였다.

내가 어디까지 얘기했니?

녹음된 할머니의 목소리는 거기까지였다. 곧이어 또 다른 이야기가 시작될 참이었지만 때마침 초인종이 울렸고, 녹음기는 꺼졌다. 제사를 마친 삼촌네를 비롯해 가족들이 하나둘씩 모였다. 그날 저녁 내내 할머니의 입가엔 미소가 가시질 않았다. 할머니 입에선 어김없이 똥독과 달걀 이야기가 오르내렸고, 아니나 다를까 삼촌과 엄마는 동시에 슬그머니 자리를 피했으며, 할머니는 기다렸다는 듯이 숙모에게는 가방이 낡은 것 같다며 지갑에서 지폐를 한 다발 꺼내어 건넸고, 아빠에게는 양복을 해 입으라며 내게는 주지도 않던 백화점 상품권을 호주머니에 꽂아 주었으며, 언니와 오빠 들에게도 이런저런 구실을 대며 용돈을 챙겨 주었다. 나는?

이미 줬잖니.

그러면서 할머니는 녹음기를 내 앞에 쓱 내미는 게 아닌가. 뭔가 손해 보는 느낌이 드는 건 왜일까. 그때까지만 해도 머지않아 우리 가족이 다시 모여 할머니를 추억하게 될 거라곤 아무도 몰랐다.

장례식장 입구까지 발 디딜 틈 없이 세워진 화환을 보며 길을 걷던 사람들은 대체 빈소의 주인이 누구냐며 두런거렸다. 콜라텍 사장을 비롯해 마을 회장이나 어촌계장과 같은 직함이 적혀 있는 화환의 리본도 심심찮게 눈에 띄었다. 조문객은 말할 것도 없었다. 심지어 할머니를 한 번도 만나 본 적 없는 (젊은) 노인조차 소문을 듣고선 조문을 하러 왔던 터라 지난날 종로나 제기동 일대가 그랬던 것처럼 온종일 장례식장 입구에는 조문객 행렬이 길게 늘어섰다.

약간의 소란이 생긴 건 조문객의 발길이 조금 뜸해진 늦은 저녁이었다. 그때 나는 접객실에서 조문객에게 자리를 안내하고 있었는데 별안간 낯익은 이름이 귀에 꽂혔다. 나는 곧장 복도로 달려 나갔다. 엄마는 한 노신사가 아무래도 장례식장을 잘못 찾아온 것 같다며 안내 직원을 찾던 중이었다.

내가 아는 김태리가 맞대도 그러시네.

할머니를 찾아오신 분이에요?

혹시 막내 손녀신가?

어찌 된 영문인지 노신사는 나를 알고 있는 듯했다. 그렇다고 하자, 그는 제대로 찾아왔네, 얘기를 많이 들었네만 일단 조문부터, 그러고는 대뜸 분향실로 향했다. 어째서 그 이름을 아는 걸까. 설마 할아버지는 아니겠지? 그 순간 할머니가 했던 수많은 얘기가 머릿속에서 파노라마처럼 펼쳐졌다.

반듯한 정장 차림에 밤색 스카프를 두른 노신사는 중절모를 벗고선 영정 사진을 먹먹한 눈길로 한참 동안 바라보았다. 언뜻 그의 눈가가 젖은 것처럼 보였다. 그래서였을까, 나는 은연중에 기적 같은 이야기를 기대했는지도 모르겠다. 잠시 후 노신사는 삼촌과 엄마에게 위로의 말을 건네며 분향실에서 나왔고, 나는 그를 접객실로 안내했다. 노신사는 식탁 앞에 앉자마자 빈 잔에 소주를 따라 마시고는 곧바로 잔을 채웠다. 그는 삼촌이나 엄마의 이름은 물론 할머니가 피란 생활을 했던 마을이 어디인지, 그리고 할머니가 할아버지와 어떻게 헤어졌는지 속속들이 알고 있었다. 뿐만 아니라 삼촌이 매해 빠짐없이 할아버지의 제사를 챙겨 온 것과 내가 돌문어를 좋아한다는 사실까지도 알고 있었다. 이쯤에서 밝히자면 그는 할머니가 그토록 기다리던 사람이 아니었다. 노신사는 할머니를 누님이라고 불렀다.

포항에서 왔다는 노신사가 할머니를 만난 건 십여 년 전, 그러니까 제기동 콜라텍 부근의 곰탕을 파는 식당에서였다. 그제야 나는 그가 언젠가 할머니에게 돌문어와 마른미역을 선물한 사람이란 걸 알아차렸다.

우리 같은 사람들은 서로를 한눈에 알아보지요.

그때만 해도 그가 무슨 이야기를 하나 싶었다. 그는 또 한 잔을 삼키고선 덧붙였다.

척 보면 찌릿, 하고 울리는 게 있어요. 어디 보자.

노신사는 대뜸 접객실에 앉아 있는 조문객들을 둘러보았다. 구석 자리에 앉아 있던 벙거지를 쓴 노인은 노신사와 시선이 마주치자 손을 흔들며 가볍게 눈인사를 주고받았다. 노신사의 말에 따르면 그 노인은 일사 후퇴 때 헤어진 어머니를 찾기 위해 얼마 전 서울에 도착했다고 한다. 한데 그게 2,391번째 방문이라며.

미심쩍거든 가서 한번 물어 보시오. 내 말이 참말인지 아닌지 금세 알 수 있을 테니.

도대체 다들 왜 그러실까. 그가 할머니와 무슨 이야기를 나누었는지 모르겠지만 나는 노신사가 주정뱅이로 전락하는 건 시간문제라고 생각했다. 그런데 웬걸, 그의 사연도 만만치 않았다.

노신사는 피란길에 부모를 여의었다. 부모를 붙잡고 아무리 떼를 쓰고 말려도 자꾸만 죽을 자리로 가더라는 것이다. 당시 고작 열 살이었던 어린 자식의 이야기를 들어줄 리 만무했다. 그는 그 상황만 무려 삼천 번 이상 반복했다는데.

거기로 가시면 안 돼요. 헛소리 말고 빨리 따라오거라. 쾅!

거긴 위험해요. 그게 무슨 소리냐. 쾅!

거긴 안 돼요. 어허, 이놈이. 쾅!

안 돼요. 뭐가? 쾅!

…….

뭐 그런 식이었지요. 그래서 하는 말인데 나는 조문을 온 거요. 그렇지 않소?

벌써 취기가 올라온 걸까. 노신사는 횡설수설하는 듯했다.

나는 얼결에 고개를 숙이며 감사합니다, 라고 대답했다.

그건 누님께 드려야 하는 얘기죠.

그러면서 노신사는 지갑 속에서 빛바랜 종이 한 장을 꺼내어 펼쳤다. 그 순간 나도 모르게 어! 하고 탄성이 터져 나왔다. 그건 언젠가 할머니가 내게 보여 준 쪽지와 비슷했는데 낯익은 필체와 약도가 그려져 있었다.

형님이 내게 감자를 주지 않았겠소. 고개로 올라가면 절대 안 된다고 말하면서요. 그동안 형님만 따라다니면 무사했거늘 거기서부턴 일이 그렇게 흘러가지 않더이다. 그 고갯길은 지옥이나 다름없었지요. 그런데 더욱 고약한 게 뭔지 아시오. 매캐한 화약 냄새만 남은 잿더미 속에서 이제 죽는구나 싶어 눈을 감으면 어김없이 그 고갯길 아래에서 다시 눈을 뜨는 거라. 그럼 형님이 내게 또 감자를 주지 않겠소. 정말 환장할 노릇이지. 악몽도 그런 지독한 악몽이 없어요. 영영 그 구렁텅이에서 빠져나오지 못할 것 같았지요. 그러던 중 어느 새벽에 형님이 죽은 줄로만 알았던 내 동생을 안고 나타나 내 품에 넘겨 주지 않았겠소. 시간 없다, 곧 놈들이 다시 들이닥칠 거라며 바위틈에 숨어 꼼짝하지 말라고 하십디다. 그러더니 너희 말고 무사한 사람들이 있느냐고 묻더군요. 여태껏 저만 살아남았다고 말씀드렸죠. 그러자 고개를 갸웃거리시더군요. 하지만 긴 이야기를 나눌 시간은 주어지지 않았지요. 잠시 후 여기저기 포탄이 퍼붓는가 싶더니 군홧발 소리가 점점 커졌으니까요. 형님은 급히 수첩을 찢어 건네며 다음 날 해가 지면 약도에 그려진 마을로 가라고 하더군요. 그러곤 왔던 길로 부리나케 되돌아가셨지요.

노신사가 기억하는 당시의 상황은 거기까지였다.

다시 정신이 들었을 때 코흘리개는 동생과 함께 바위틈에 웅크리고 있었다. 배고프다며 칭얼거리는 동생에게 주머니에 넣어 두었던 감자를 꺼내어 먹이고는 해가 떨어지자마자 약도에 그려진 마을을 찾아 나섰다. 그런데 가는 길목마다 탱크가 가로막고 있던 탓에 결국 방향을 돌릴 수밖에 없었다.

뭐 때문인지 모르겠지만 뭔가 상황이 변한 거 같더이다. 어린 나이였지만 알 수 있었지요. 더 이상 고갯길 아래로 되돌아가지 않게 되었으니까요.

노신사는 소주를 또 한 잔 꺾고선 말을 이었다.

이런 얘기는 다른 사람 앞에선 입도 벙긋할 수 없어요. 그렇지 않아도 퇴물인데 자칫 잘못하면 이상한 노인네 취급받기 십상이라오. 그런데 누님만큼은 너그러이 이해해 주시더군요.

그는 벽시계를 물끄러미 보더니 긴 한숨을 내쉬었다. 어느덧 자정이 가까워지고 있었다.

우리 동생은 지난해 봄에 편안하게 눈을 감았어요. 그때 누님이 찾아오셔서 동생의 명복을 빌어 주셨다오. 그러고는 내 두 손을 꼭 붙잡아 주시더군요. 그런데 왜였을까. 그제야 마음이 놓이더군요.

그가 또 한 잔을 따를 때였다. 접객실 입구에서 삼촌이 껙껙대는 목소리로 나를 부르며 손짓했다. 엄마가 많이 지친 것 같다며 휴게실에 자리 좀 봐달라고 했다. 엄마의 두 눈은 퉁퉁 부어 있었다.

괜찮아?

엄마는 휴게실 소파에 몸을 파묻고선 말없이 내 손을 꼭 붙잡고 흐느꼈다. 그런 엄마의 모습이 이상하게도 작은 아이처럼 보였다.

접객실로 돌아오자 노신사의 모습은 오간 데 없고, 그가 앉았던 자리엔 쪽지가 떨어져 있었다. 화장실에라도 가신 건가 싶어 기다렸지만 십여 분이 지나도록 그는 돌아오지 않았다. 나는 무심코 쪽지를 펼쳐 보았다. 낯익은 필체와 그림, 그런데 이상하네. 자세히 보니 이전에 보았던 약도와 뭔가 달랐다. 이런 데도 다 있었나?

정말이래도 그러네.

별안간 할머니의 목소리가 귓가에 아른거렸다. 나는 노신사가 남긴 소주를 잔에 따라 마시고는 호주머니에 들어 있던 녹음기를 꺼냈다. 어쩌면 할아버지가 수없이 되살아날 수 있었던 건 다름 아닌 할머니의 이야기 때문이지 아닐까. 만약 그게 아니라면, 퍽 난감한 일이긴 한데. 나는 녹음기에 담긴 할머니의 이야기를 듣고 또 들었다.

내가 어디까지 얘기했니?

그래도 만났잖니. 거기까지 얘기하셨잖아요.

나는 혼잣말을 중얼거렸다. 불현듯 할머니가 구태여 내게 녹음기를 선물한 이유를 어렴풋이 알 것도 같았다. 그리고 언젠가 이 이야기를 할아버지가 듣게 된다면 뭐라고 할지.

내가 많이 늙었구나.

어떻게 하시게요?

별수 있나. 다시 시작하는 수밖에.

만약 그렇다면, 부디 해피 엔딩이길.

BMNT

진실이라는 심연에는 오로지 속는 자만이 추락해야 한다. — 하인리히 블뤼허

서울 상공에 미상의 비행 물체가 출몰한 다음 날, 비가 내릴 거란 일기 예보와 달리 간밤에 쏟아진 폭설로 막사 앞은 새하얗게 변해 있었다. 작업모를 눌러쓴 한 간부가 넉가래를 든 채 삼삼오오 모여 있는 부대원들을 향해 배수로 쪽으로 눈을 밀어내라고 소리쳤다. 이른 아침부터 불려 나온 부대원들 입에선 허연 입김이 뿜어져 나왔다가 사라지길 반복했다.

엄경도는 창밖을 내려다보고 있는 중대장의 옆얼굴을 힐끔 곁눈질했다. 중대장의 관자놀이에 도드라진 혈관이 실룩거렸다.

「그래서 거수자가 간이 통문 쪽으로 달아났단 말이지?」

중대장은 엄경도의 어깨를 툭 치며 의자를 가리켰다. 성에가 낀 유리창 너머로 눈발이 흩날렸다. 엄경도는 중대장이 자리에 앉길 기다렸다가 자신도 의자를 끌어 앉았다.

「그렇습니다.」

엄경도는 허리를 꼿꼿이 폈다.

「잘잘못을 따지려는 게 아니야. 네 말이 사실이라면 넌 초병으로서 당연한 조치를 한 거야. 다만 그때 상황을 조금 더 정확하게 알고 싶을 뿐이야.」

중대장은 의자에 비스듬히 앉아 다리를 꼬았다. 그러고는 책상 위에 있는 호리병 모양의 모래시계를 뒤집어 놓고 캔에 든 아몬드를 접시에 담아 엄경도 앞에 놓았다. 유리그릇의 모래 알갱이가 바닥에 수북이 쌓일 때까지 얼마나 걸릴까. 엄경도는 문득 빳빳한 전투복을 입고 중대장실에 처음 들어서던 날이 떠올랐다. 부모가 무슨 일을 하는지, 좋아하는 운동과 취미는 무엇이며, 여자 친구와 사이는 어떤지 등 맥락도 없는 시시콜콜한 질문을 이어 가던 중대장은 대답을 듣는 둥 마는 둥 습관적으로 모래시계를 뒤집었고,

그때마다 엄경도는 무언가에 쫓기는 기분이 들어 자꾸만 주위를 두리번거렸다.

「그러니까 녀석이 수하에 불응한 게 맞아?」

「그렇습니다.」

엄경도는 자기도 모르게 두 손을 말아 쥐었다.

「그래서 공포탄을 쏜 거고?」

「네.」

「그런데 대체 어디로 사라진 걸까? 그 시간에 탄약고는 물론이고 고가 초소 앞을 오간 이는 아무도 없었거든. 감시 카메라에도 찍히지 않았고.」

중대장은 검지로 책상을 톡톡 두드리다가 모래시계를 뒤집었다. 엄경도는 모래시계 가장자리를 따라 두어 겹으로 드리워진 기하학적 문양의 그림자를 멍하니 바라보았다.

「엄경도.」

「네?」

「묻고 있잖아. 대체 어떻게 된 거냐고?」

언제부턴가 귓가에 사르륵사르륵 모래 알갱이가 흘러내리는 소리가 들렸다.

근무 교대까지는 삼십여 분 남은 시각, 눈발은 더욱 거세졌다. 이따금 고가 초소 뒤편 숲에서 스르륵

스르륵 눈 더미가 쏟아져 내렸다. 탄약고 주변은 열네 개의 경계등이 불을 밝히고 있어 주홍빛으로 물들어 있었다. 폭설 탓에 평소와 달리 시야가 좋지 않았지만 초소 지붕을 비롯해 탄약고 주변에는 아홉 개의 감시 카메라가 설치되어 있어 사각지대라 할 만한 곳이 없었다.

「김 병장은 초소 주변을 순찰하고 돌아온 자신을 향해 네가 갑자기 공포탄을 발사했다고 하던데.」

「그렇지 않습니다.」

「그럼 김 병장이 거짓말을 하고 있단 얘긴가?」

엄경도는 순간 말문이 막혔다.

이름만 대면 알 만한 강남의 한 클럽에서 웨이터를 하다가 입대했다는 김 병장은 엄경도보다 한 살 적었지만 팔 개월 먼저 입대한 선임이었다. 늘 그렇듯 김 병장은 초소에 들어서자마자 방한복을 뒤집어쓴 채 근무 시간 내내 잠을 잤다. 지난 새벽에도 마찬가지였다. 소변이 마렵다며 제멋대로 초소를 이탈해 숲속으로 들어가 볼일을 보고 돌아와선 초소 구석에 틀어박혀 이내 졸기 시작했다. 김 병장은 상황을 모면하기 위해 말도 안 되는 이야기를 지어내 중대장에게 보고한 게 뻔했다.

「그때 김 병장은 순찰을 한 게 아니었습니다.」

엄경도는 일주일 후면 상병 계급장을 달고 휴가를 나갈 예정이었다. 그쯤 되면 손발에 굳은살도 제법 딱딱하게 배고, 전에 없던 눈썰미도 생기는 법이다. 두 눈으로 똑똑히 본 걸 못 봤다고 말할 수 없고, 못 본 걸 봤다고 말할 수도 없는 노릇이었다. 만약 자신이 실수를 했다면 인정하고 그에 따른 처벌을 받으면 그만인 일이었다. 하지만 새벽에 있었던 일은 실수가 아니었다.

중대장은 긴 한숨을 쉬더니 접시 위의 아몬드를 집어 입에 털어 넣곤 천천히 씹었다. 그러고는 패드를 켜서 엄경도 앞에 내려놓았다. 패드에는 초소 방면을 향해 있는 2번과 5번 감시 카메라에 찍힌 영상이 담겨 있었다.

「그럼 이건 어떻게 설명할 건가?」

「이건 김 병장이 볼일을 보고 초소로 돌아오던 상황 같습니다.」

「같습니다?」

중대장은 영상을 멈추고 하단의 촬영 시각을 손가락으로 가리켰다.

「네가 거수자가 나타났다고 상황실에 보고한 시각

이 바로 이때야.」

엄경도는 고개를 숙여 정지된 화면을 유심히 바라보았다. 거친 눈발 탓에 경계등 불빛이 번져 초소에서 대치하고 있는 두 사람의 얼굴을 정확하게 식별할 수는 없었지만 엄경도는 당시의 상황을 정확하게 기억했다. 대체 어떻게 된 거지? 어처구니없게도 초소 바로 아래에 서 있는 김 병장을 향해 총구를 겨누는 이는 분명 자신이었다. 김 병장은 엄경도를 우두커니 올려다보고 있었다. 엄경도는 호흡을 가다듬고 다시 화면을 보았다. 불빛이 번져 얼굴의 형체를 알아보기 힘들었지만 그건 분명 김 병장이었다.

엄경도는 지난 새벽에 마주친 녀석을 어떻게 설명해야 할지 혼란스러웠다.

녀석의 머리통은 형광빛이 도는 투명한 고무공 같았는데 그 속은 거무스레한 점액질 같은 것으로 가득 채워져 있었다. 특이하게도 녀석의 얼굴은 인간과 달리 이목구비가 없어 표정을 읽을 수 없었다. 턱 아래가 기묘하게 일그러질 때마다 원숭이 꼬리처럼 생긴 기다란 혀가 흘러내리듯 나와 흐늘거렸고, 한쪽으로 기울어진 몸통에서 연신 쉭쉭대는 듯한 기이한 소리가 울렸다.

중대장은 패드를 터치해 영상을 재생시켰다.

탄약고 후방에 설치된 2번 감시 카메라는 고가 초소부터 탄약고에 면해 있는 무기고까지가 관측 범위였는데 렌즈에 눈이 녹으면서 얼어붙었는지 영상이 흐릿했다. 무기고 왼편에 설치된 5번 감시 카메라 영상에는 총구에서 세 차례에 걸쳐 불꽃이 번쩍거리는 장면이 담겨 있었다. 그러나 그와 동시에 숲에서 눈보라가 몰아치며 초소 주변을 뿌옇게 뒤덮었다. 눈보라가 사그라들자 영상에는 엄경도가 간이 통문 쪽과 초소를 번갈아 보며 서성이고 있었고, 이어서 눈길을 헤치며 신속 대응팀이 초소로 달려오는 모습이 보였다. 팀장은 이리저리 손짓했고, 팀원들이 사방으로 흩어져 수색을 시작했다.

「중대장님.」

엄경도는 패드에서 시선을 거두며 중대장을 보았다. 중대장은 접시 위에 흩어져 있는 아몬드 부스러기를 손가락으로 쓸어 모으고 있었다. 엄경도는 마른 세수를 하고선 입을 열었다.

「제가 목격한 건 김 병장이 아닙니다.」

중대장은 접시 위의 아몬드 부스러기를 손가락으로 찍어 입에 넣다 말고 엄경도를 멍하게 바라보더니 열이 오르는지 창문을 열고 돌아와서 자리에 앉았다. 그러고는 잠시 생각에 잠겨 있다가 지난가을 부대 인근 야산에서 매복 훈련 중에 겪었던 얘기를 꺼냈다.

「정말 이상했지. 꼭 사람 머리처럼 보이더군. 그런데 거기서 희미한 빛이 뿜어져 나오는 거야. 이리저리 휘적거리는 게 꼭 유령 같더만. 뭔가 싶어서 진지에서 나와 확인해 봤지. 그게 뭐였는지 알아?」

드르륵드르륵, 창문 너머로 넉가래를 미는 소리가 울렸고, 그와 동시에 멀리서 누군가 고함치는 소리가 엄경도의 귓속을 파고들었다.

「비닐이더군. 나뭇가지에 비닐이 걸려 있던 거였어. 무슨 말인지 알겠어, 엄경도?」

엄경도는 반사적으로 허리를 곧추세웠다.

「나도 안다. 김 병장이 문제가 많긴 하지. 하지만 이런 식으로 해선 너한테도 좋을 게 없어.」

「하지만 제가 본 건 분명 김 병장이 아니었습니다.」

중대장은 끙, 하고 짧은 신음을 내뱉었다.

「이걸 보고도 그런 얘기가 나와?」

중대장은 손가락으로 패드를 두드리며 목소리를 높였다.

「여기에 너와 김 병장 외에 누가 있는지 똑바로 보

란 말이야.」

누군가 머릿속에 검은 물감을 풀어 놓은 듯 엄경도는 암담했다. 어째서 자신이 목격한 녀석이 감시 카메라에 잡히지 않은 건지 이해할 수 없었다.

보급 창고 처마에선 눈이 녹으면서 물이 뚝뚝 떨어지고 있었다. 여기저기서 넉가래를 미는 소리가 들렸다. 엄경도는 보급 창고 진입로에 쌓여 있는 눈을 치우고 담배를 꺼내었다. 위병소 쪽에서 최 이병이 외발 수레를 끌며 창고 쪽으로 다가오는 모습이 보였다.

엄경도가 인사를 하지 말라고 채 손짓하기도 전에 최 이병은 오른손을 힘차게 치켜들며 경례 구호를 외쳤다. 그와 동시에 수레에 실려 있던 자루가 와르르 쏟아졌다. 최 이병 어깨의 노란 견장엔 거뭇거뭇한 때가 묻어 얼룩덜룩했다. 최 이병을 보자 미련스러우면서도 묘한 연민이 일었다. 그 시기엔 누구나 허둥대기 마련이었다. 시간이 지나면 자연스럽게 적응할 텐데 고참들은 다그치고 또 다그쳐서 사람을 주눅 들게 만들었다.

연극을 하다가 입대했다는 최 이병은 두 달 전에 부대로 왔는데 주의력이 부족하고 행동이 굼떠서 행정

보급관이 시키는 허드렛일만 도맡곤 했다. 그런 탓에 함께 어울릴 일이 적어 엄경도와 같은 중대원이었음에도 불구하고 서로 데면데면했다.

사실 최 이병은 요주의 병사였는데 자대에 배치된 지 한 달도 채 지나지 않아서 울타리를 넘은 적이 있었다. 저녁 점호를 앞두고 있을 때까지 최 이병이 사라진 사실을 아는 이는 아무도 없었다. 그날 저녁, 상황실에 탈영 사실을 알린 건 바로 최 이병 자신이었다. 걷다 보니 자기도 모르게 낯선 도시에 와 있더라는 거였다. 다행히 상부에 보고되지는 않았지만 그날 이후 중대장은 최 이병을 대할 때면 핏대를 세웠다. 그런가 하면 며칠 전 사격 훈련 때 오발 사고를 낸 것도 모자라 당황한 나머지 사선을 통제하고 있던 중대장에게 총구를 돌려 부대원 모두를 긴장시킨 일도 있었다. 부대원들은 그런 최 이병이 오갈 때마다 괴물이 나타났다고 키득거렸다.

「그거 뭐야?」

엄경도는 자루를 가리켰다.

「숯입니다.」

행정 보급관이 창고에 가져다 놓으라고 시킨 일이었다. 엄경도는 넉가래를 내려놓고 자루를 들어 수레에 실었다.

「또 쏟아진다. 잘 잡고 있어.」

최 이병은 수레 손잡이를 꽉 움켜쥐었다.

엄경도는 최 이병에게 건네받은 자루를 창고 구석에 차곡차곡 쌓았다. 탄띠와 헬멧 따위가 쌓여 있는 선반 아래에 소주 한 상자가 판초로 덮여 있었다. 간부들은 이따금 창고 뒤편 공터에 모여 조촐한 파티를 열곤 했다.

사격장 주위에는 유독 꿩이 많았다. 엄경도는 사격장에서 풀숲에 대가리를 처박고 있거나 푸드덕거리며 날아오르는 꿩을 몇 차례 본 적이 있었다. 더러 사슴이나 고라니가 사로까지 내려오기도 했다. 중대장은 눈이 밝고 사격 솜씨가 좋았다. 중대장의 총구에 불꽃이 번쩍일 때마다 옆에 있는 간부들은 너 나 할 것 없이 나이스, 하고 외쳤다. 그런 날엔 어김없이 작은 트럭이 사격장으로 올라갔고, 보급 창고 뒤편 공터에는 불이 지펴졌다.

엄경도는 담배를 한 개비 꺼내어 최 이병에게 내밀었다. 최 이병은 행보관님이 빨리 오라고 했습니다, 하고선 서둘러 수레를 끌고 왔던 길로 돌아갔다. 엄경도는 최 이병이 멀어지는 뒷모습을 보고선 창고 뒤편으로 가서 담배를 꺼내어 물었다.

족구장으로 쓰이는 공터 가장자리에 외따로 서 있는 미루나무 아래에는 재가 수북이 쌓여 있었는데 눈에 뒤덮여 마치 하얀 봉분처럼 보였다. 창고 벽에는 포개어 놓은 녹슨 철조망 옆으로 드럼통을 잘라 만든 화로가 세워져 있었다. 엄경도는 장갑을 벗어 드럼통 위의 눈을 툭툭 털어 내고 기대어서 담배에 불을 붙였다. 푸르스름한 담배 연기는 바람에 쓸려 이내 사라졌다. 비스듬히 쏟아진 햇살이 눈부셨지만 좀체 냉기가 가시질 않았다. 서쪽 하늘에 기러기 떼가 줄지어 날아가고 있었다. 별안간 눈꺼풀이 무거워졌다. 언제나 잠이 부족했다. 엄경도는 담배를 끄고 야전 상의 주머니에 손을 넣었다. 차가운 금속성이 느껴졌다. 엄경도는 탄창을 꺼내었다. 새벽에 본 것 그대로였다.

근무 시간 내내 초소에는 오가는 이가 드물어 대체로 허송했고, 한겨울 새벽 추위는 더더욱 잠을 부추겼다. 초소에서의 시간은 더디게 흘렀다. 할 건 생각밖에 없었다. 휴가 때 할 일을 계획하다가 느닷없이 어린 시절 집 근처 개울에서 놀다가 빠져서 죽을 뻔한 일이나 중학교 때 초콜릿을 훔치다가 상점 주인에게

걸렸던 일이 떠오르기도 했다. 그러다가 어느새 배시시 웃고 있는 미고의 얼굴이 눈앞에 아른거렸고, 자기도 모르게 까무룩 잠이 들어 휘청거렸다. 늘 그렇듯 들쑥날쑥한 생각과 생각, 그 끝엔 언제나 미고가 있었다.

「미친 거 아냐!」

별안간 날 선 목소리가 귓등을 할퀴었다. 초소 구석 어둠 속에서 김 병장의 두 눈이 희번덕거렸다. 김 병장은 엄경도가 잠든 걸 귀신같이 알아차렸다.

「죄송합니다.」

엄경도는 뒷덜미를 한 손으로 꾹꾹 눌렀다. 긴긴 꿈을 꾼 것 같기도 한데 오 분도 채 흐르지 않았다.

「비켜 인마!」

김 병장은 으레 그래왔듯 엄경도의 뒤통수를 휘갈기고선 고가 초소 아래로 내려가더니 숲속으로 사라졌다. 까닭 모를 우울감이 온몸을 휘감았다. 근데 무슨 꿈을 꾸었더라? 사랑해, 사랑한다고……. 불현듯 미고의 앙다문 입술과 싸늘한 눈빛이 떠올랐다. 왜 진심은 말하면 말할수록 더 외로워지는 걸까. 어쩌면 솔직하다는 건 외로워지는 것과 같은 말인지도 모른다.

사오 분쯤 지났을 때, 김 병장은 볼일을 보고 초소로 돌아왔다. 김 병장은 자신을 훤히 식별할 수 있음에도 불구하고 수하를 했다며 엄경도에게 으름장을 놓았다. 하지만 엄경도는 근무 수칙을 따랐을 뿐이었다. 수칙을 어긴 건 김 병장이었다. 심지어 녀석이 나타났을 때조차 김 병장은 아무런 대응을 하지 않았다.

녀석의 투명한 머리통 안에선 먹물을 푼 것처럼 무언가 꿀렁거리고 있었다.

「김 병장님!」

엄경도는 다급하게 소리쳤지만 김 병장은 꿈쩍도 않았다.

녀석은 어기적어기적 초소 위로 올라오려고 했다. 엄경도는 흐느적거리는 녀석의 몸짓이 무엇을 의미하는지 파악할 수 없었다. 한 걸음씩 다가올 때마다 녀석의 덩치는 더 부푼 것처럼 보였다. 만약 그게 녀석 나름대로 어떤 호감을 표출하려는 행위였다면 당연히 공포탄을 발사하지 않았을 것이다. 엄경도는 연거푸 방아쇠를 당겼다. 순간 녀석이 움찔거리는 듯싶었다. 하지만 엄경도가 들고 있는 건 빈총이나 다름없었다. 바로 앞 탄약고에는 온갖 탄약이 가득 쌓여 있었지만 영내 초소 근무자에게 실탄은 주어지지 않았다. 화가 난 듯 녀석의 둥그런 얼굴이 비눗방울처럼 부풀어 올랐다. 엄경도는 알 수 없는 적의를 느낀 동시에 그 적의의 본질이 무엇인지 몰라 두려웠다. 하지만 녀석과 대치한 시간은 그다지 길지 않았다. 눈보라가 몰아쳤고 거짓말처럼 녀석은 숲속으로 잽싸게 모습을 감췄다. 엄경도는 허둥지둥 상황실에 보고했다. 그때까지만 해도 녀석이 간이 통문 쪽으로 달아난 줄 알았다. 적어도 중대장실에서 영상을 보기 전까지는 그렇다고 확신했다.

신속 대응팀이 막사로 복귀하고 얼마 지나지 않았을 즈음 다음, 근무자가 초소로 오고 있었다. 어느덧 하늘은 푸르스름한 빛을 띠었고 눈발이 가늘어졌다. 엄경도는 초소 후방에 위치한 간이 통문 열쇠와 탄약고와 무기고 출입문 열쇠, 그리고 출입 일지 등을 인계하고 얼떨떨한 기분에 사로잡힌 채 초소에서 내려왔다. 김 병장은 초소에서 내려오자마자 어깨를 부르르 떨며 발걸음을 재촉했다. 탄약고를 지나 막사로 향하는 소로로 접어들었을 때였다. 소로 양쪽 수풀엔 눈이 수북하게 쌓여 있었고, 좁다란 길에는 발자국이 어지러이 찍혀 있었다. 뒤뚱뒤뚱 앞장서 걷던 김 병장은 갑자기 돌아섰다.

「미친 새끼!」

김 병장은 엄경도의 정강이를 힘껏 걷어찼다. 엄경도는 비명과 함께 그 자리에 고꾸라졌다. 김 병장은 분이 삭지 않은 얼굴을 한 채 씩씩거리며 발걸음을 옮겼다. 주춤거리며 일어서던 엄경도는 눈 덮인 수풀이 움푹 파인 걸 보았다. 그곳에 탄창 하나가 떨어져 있었다. 신속 대응팀이 떨어뜨린 게 틀림없었다. 엄경도는 김 병장의 뒷모습을 힐끗 보고선 허리를 숙였다. 그건 의외로 묵직했다. 탄창에는 스무 발의 실탄이 채워져 있었다.

어디선가 왁자지껄한 소리가 들렸다. 엄경도는 서둘러 주머니에 탄창을 넣었다. 만약 실탄이 분실된 사실이 보고되었다면 이미 부대가 발칵 뒤집어져 대대적인 수색 작업에 들어갔을 터였다. 하지만 여태 잠잠한 걸 보면 아직 분실한 걸 모르거나 어느 누군가는 남몰래 마음을 졸이며 탄창을 찾으러 부대 곳곳을 배회하고 있을지도 몰랐다.

창고 건너편에선 서울 상공에 출몰한 미상의 비행물체 이야기로 떠들썩했다. 간간이 김 병장의 목소리가 들렸다.「누가 보낸 건지 뻔한 거 아냐.」김 병장은 정기 휴가를 계획하고 있는 듯했는데 뭔지 모르겠지만 자신이 다 책임지겠다고 떵떵거렸고, 가끔씩 야유와 함께 저속하고 거친 말들이 오갔다. 그들의 얘기를 엿듣고 있으니 어쩐지 이방인이 된 듯했다. 엄경도는 창고 모퉁이에 서서 멀어지는 무리를 바라보았다. 그들은 제설 장비를 바닥에 질질 끌며 막사 쪽을 향해 터덜터덜 걸어갔다.

엄경도는 창고 반대편으로 돌아 나와 먼 하늘을 바라보았다. 먹물 같은 구름이 뭉쳤다가 흩어지길 반복하며 빠른 속도로 지나갔다.

막사로 복귀한 엄경도가 중대장실 문을 두드릴까 고민하지 않은 건 아니었다. 시간이 흐를수록 호주머니가 무겁게 느껴졌다. 실탄을 은닉한 사실이 밝혀지면 엄벌을 면하기 어려웠다. 하지만 정작 엄경도가 중대장실 문을 두드린 건 점심 무렵에 중대장의 호출을 받고 나서였다.

초소 근무자에게 공포탄을 발사해 위해를 끼친 건 처벌을 피하기 어려운 사안으로 심의 결과 상병 진급은 늦춰졌고, 휴가도 기약 없이 미루어졌다며.

엄경도는 부동자세로 중대장의 얘기를 들었다.

「알겠어?」

중대장은 서류철을 덮으며 물었다.

엄경도는 마른침을 삼켰다. 그 모든 건 엄경도가 보급 창고 앞에서 눈을 치우는 사이에 결정된 일이었다. 이상하게도 중대장의 얼굴이 설면했다.

「알겠냐고?」

「네.」

엄경도는 기묘하게 부풀어 오르던 녀석의 머리통이 눈앞에 아른거렸다. 어디선가 사각거리는 소리가 들렸다. 엄경도는 책상 위에 놓여 있는 모래시계를 멍하니 내려다보았다.

「더 할 얘기 있어?」

「없습니다.」

엄경도는 경례를 하고선 중대장실을 나왔다. 만약 자신이 먼저 실탄이 든 탄창을 습득했다고 보고했다면 상황은 달라졌을까. 실탄을 분실한 어느 누군가는 책임을 피하기 어렵겠지만 적어도 자신에게 내려질 처분이 달라지지 않았을까. 하지만 이미 내려진 결정이 뒤집힐 리 없었다. 어차피 탄창을 분실한 사실이 알려지게 되면 모든 부대원이 소집될 게 뻔했다. 그 때 발길이 닿지 않는 풀숲에 슬그머니 던져 놓은들 들킬 일은 없을 것이다.

제설 작업은 늦은 오후까지 이어졌다. 중앙 도로와 연병장 제설 작업을 끝낸 부대원들은 툴툴거리며 각 훈련장으로 흩어져 넉가래를 밀고 다녔다. 심상치 않은 뉴스가 들려온 건 부대원들이 제설 장비를 들고 하나둘씩 막사로 복귀할 무렵이었다. 서울 상공에 출몰한 비행 물체와 똑같은 형태의 비행 물체가 이번에는 인천이나 대전은 물론 전국 각지에서 목격되었다는 것이다.

일과를 마친 부대원들은 너 나 할 것 없이 스마트폰을 켰다. 인터넷에는 외계인이 침공한 거다, 정찰용 드론이다 등 온갖 추측과 함께 음모론으로 술렁였다. 천문학자나 군사 전문가도 나타나 한마디씩 거들었다. 하지만 설마 무슨 일이 생기겠어? 대체로 그런 반응이었다. 부대 내 분위기도 다를 바 없었다. 저녁 시간이 되자 부대원들은 젖은 전투화를 말리거나 세탁실에서 빨래를 하는 등 저마다 정비를 하느라 분주했다. 아니나 다를까 하루 이틀 지나자 비행 물체의 출몰은 보고타에서 갓 태어난 어느 아기의 머리에 뿔이 달렸다거나 델리의 한 동물원에 갇혀 있던 코끼리가 두 귀를 팔랑거리며 5미터 높이의 울타리를 날아올라 탈주극을 벌였다는 해외 토픽처럼 치부되었다.

일주일이 지나는 동안 예상치 못한 폭설이 두 차례 더 쏟아졌고, 그때마다 부대원들은 투덜거리며 넉가래를 밀고 다녔다. 한편 부대 밖은 딴판이었다. 서울 이남 지역은 폭설은커녕 개나리가 필 정도로 온화하더니 느닷없는 폭우로 인해 하천이 범람해 크고 작은 도시 곳곳이 침수됐다는 소식이 들렸다. 이해할 수 없는 사건과 사고 소식도 끊이지 않았다. 마닐라로 가려던 민항기가 엔진 이상으로 항공 모함에 불시착하려다가 격추당했고, 폭우로 무너진 교도소 담장을 넘으려던 수십 명의 죄수가 벼락을 맞아 즉사하기도 했다. 엄경도는 뭔가 이상했다. 분명 무슨 일이 벌어졌고, 무슨 일이 벌어지고 있었다. 하지만 아무 일도 없던 것처럼, 그리고 아무런 일이 벌어지지 않을 것처럼 세상은 굴러갔다. 하물며 실탄이 든 탄창 하나를 분실한 것쯤은 눈요깃거리조차 되지 않는 듯했다.

이른 새벽, 엄경도는 가느다란 눈발을 맞으며 고가초소에 올랐다. 정확하게 열흘 만이었다. 배려인지 아니면 우려 때문인지 모르겠지만 엄경도의 근무 파트너는 최 이병으로 바뀌었다. 일과 시간에는 그렇다고 쳐도 그동안 최 이병이 저지른 사고를 모르지 않은 터라 함께 초소에 오르는 게 적잖이 부담스럽긴 했다.

싸락눈이 뒤섞인 바람이 불 때마다 어둠에 잠긴 숲이 괴이한 비명을 지르며 꿈틀거리는 것 같았다. 방한 마스크를 착용했지만 시도 때도 없이 휘몰아치는 칼바람 앞에선 무용지물이었다. 마치 날카로운 얼음 조각이 얼굴 속으로 파고들어 할퀴는 듯했다. 엄경도는 시계를 보았다. 누구와 함께하든지 간에 초소에서의 시간은 더디게 흘렀다. 초소에 투입된 지 십 분도 채 지나지 않았는데 온몸이 얼어붙는 듯했고 손발은 면도칼로 벤 듯 시렸다.

「휴가 때 뭐 할 거야?」

엄경도는 발을 동동 구르며 최 이병에게 물었다.

「모르겠습니다.」

최 이병은 방한 장갑을 낀 두툼한 손으로 안경을 고쳐 쓰며 코를 훌쩍였다. 백 일 휴가를 얼마 앞두지 않아 달뜰 만한데 최 이병의 얼굴엔 아무런 동요도 없었다.

「그래도 하고 싶은 게 있을 거 아냐?」

최 이병은 무슨 생각에 잠겨 있는지 탄약고 진입로 가장자리의 꽝꽝 얼어붙은 눈 더미만 내려다보더니 짧은 한숨을 내쉬고는 입을 열었다.

「뭘 해야 할지 모르겠습니다.」

제주에서 나고 자란 최 이병은 아홉 살이 되던 해, 교통사고로 부모를 여의었다. 분명 자신도 함께 차에 타고 있었다고 했다. 그런데 사고 직후 그때껏 살아온 기억이 송두리째 지워졌다며.

「이상하게 어린 시절의 기억이 하나도 없습니다. 마치 좋았던 기억을 부모님이 다 가져가 버린 것같이 하얗습니다.」

아무렇지 않은 척하고 있지만 아무렇지 않은 이는 아무도 없었다. 최 이병은 틈틈이 일해서 모은 돈과 봉급을 보태어 자신을 키워 준 할머니와 함께 살 전셋집을 마련할 계획이었다. 그런데 입대하기 일주일 전에 할머니가 세상을 떠난 것이다. 사락사락 내리던 눈송이는 어느덧 굵어져 있었다.

「그런데 그런 이유로 탈영한 게 아니었습니다.」

최 이병의 입에선 뜻밖의 얘기가 나왔다.

「저도 봤습니다.」

「뭘?」

「엄 일병님이 봤다는 거, 말입니다.」

엄경도는 머리털이 주뼛 서는 듯했다.

「어디서?」

엄경도는 자기도 모르게 소총을 움켜쥐었다. 그때였다. 위병소 경계등 아래에서 눈보라를 뚫고 나타난 긴 그림자가 바닥에 드리우더니 한 무리가 느릿느릿 다가왔다. 엄경도는 소총을 겨누며 수하를 했다. 경계등 아래에 모습을 드러낸 그들은 다름 아닌 신속 대응팀이었다. 여전히 탄창을 분실한 걸 모르고 있는 걸까. 아니면 찾고 있는 걸까. 신속 대응팀은 탄약고 주변을 순찰하며 막사 쪽으로 이동했다. 엄경도는 주위를 한번 둘러보고는 최 이병을 바라보았다.

「어디였다고?」

「처음엔 샤워실에서였습니다.」

최 이병은 뿌연 수증기가 자욱한 샤워실에서 몸을 씻던 중이었다. 샤워기 아래에서 거품을 닦아 내던 최 이병은 섬뜩한 기분이 들어 뒤돌아보니 녀석이 기다란 돌기를 날름거리며 다가왔다고 한다.

「그래서 어떻게 했어?」

「달아났습니다.」

엄경도는 가슴이 걷잡을 수 없이 쿵쾅거렸다.

「그런데 하나가 아니었습니다.」

한 녀석은 욕조에 들어가 팔다리를 허우적거리고

있었고, 또 다른 녀석은 탈의실 의자에 걸터앉아 혀를 날름거리고 있었다고 했다. 시간이 흐를수록 녀석들이 출몰하는 빈도는 점점 잦아졌는데, 사열대나 부대원들의 왕래가 잦은 매점에서도 녀석들을 볼 수 있었다며.

그런데 의아했다. 녀석들이 활개를 치고 다니는데 다른 사람들은 왜 보지 못하는 걸까. 어찌 됐든 엄경도는 자신이 목격한 걸 입증해 줄 우군을 만났다는 사실에 묘한 안도감을 느꼈다.

「중대장님에게 보고했어?」

「제가 왜 중대장님을 쏘려고 했겠습니까.」

엄경도는 혼란스러웠다.

「설마?」

「하지만 똑똑히 봤습니다.」

최 이병은 온몸을 부르르 떨었다. 눈발은 더욱 굵어져 있었다. 엄경도는 호주머니에 있던 손난로를 꺼내어 최 이병에게 건넸다.

「괜찮습니다.」

엄경도는 최 이병의 방한복 주머니에 손난로를 넣어 주었다.

「가슴 쪽에 대고 있으면 한결 나아.」

바로 그때였다. 막사 쪽에서 사이렌이 울렸다. 그와 동시에 초소에 있던 유선 송수신기가 딸깍거렸다. 감시 카메라에 탄약고 쪽으로 접근 중인 거동 수상자가 포착되었다며 경계를 강화하라는 지시가 전달되었다.

「내가 가볼게.」

엄경도는 최 이병에게 주위를 잘 살펴보라고 지시하고선 초소에서 내려가 탄약고 출입문으로 향했다. 탄약고 주위에는 어떤 움직임도 없었다. 탄약고 울타리를 한 바퀴 돌고 초소로 돌아올 무렵, 엄경도는 별안간 요의를 느꼈다.

「별일 없지?」

엄경도는 고가 초소에 우두커니 서 있는 최 이병에게 소리쳤다.

「네.」

최 이병은 짧게 대답하고선 막사 쪽을 바라보았다.

엄경도는 볼일을 보기 위해 초소 뒤 숲으로 재빨리 들어가 바지춤을 내렸다. 이내 발치에서 뿌연 김이 피어올랐다. 그러니까 샤워실에서 봤단 말이지. 엄경도는 경계등 불빛이 닿지 않는 깜깜한 숲속을 바라보며 혼잣말을 중얼거렸다. 어디선가 새의 기괴한 울음소리가 들렸다. 엄경도는 서둘러 바지춤을 여미고 초소를 향해 발걸음을 돌렸다. 그리고 초소 계단으로 올라서던 순간 머리 위에서 철커덩, 하며 금속이 긁히는 소리가 들렸다.

초소 위에 있던 최 이병은 엄경도를 향해 총구를 겨누었다.

「뭐야?」

엄경도는 파르르 떨고 있는 최 이병의 두 눈을 올려다보았다. 최 이병의 방탄 헬멧은 하얀 눈으로 뒤덮여 있었다.

「야! 나라고!」

최 이병은 아무런 대꾸 없이 막사 쪽을 힐끗거렸다. 막사 쪽에서 한 무리의 녀석들이 눈길을 헤집고 허겁지겁 달려오는 중이었다. 엄경도는 뭔가 잘못되었다는 걸 직감했다. 숲속에서 스르륵 눈 더미가 쏟아져 내리는 소리가 들렸다. 그와 동시에 최 이병의 총구에서 불꽃이 뿜어져 나왔다. 숲속에서 새들이 푸드덕거리며 일제히 날아올랐다.

간이 통문으로 빠져나온 엄경도는 고개를 넘으며 자꾸만 뒤를 돌아보았다. 아무도 오간 흔적이 없는 눈 덮인 고갯길엔 자신이 달려온 발자국만 남아 있었다. 어떻게 해야 하나……. 언제부턴가 똑같은 질문이 머릿속에 맴돌았다. 엄경도는 다시 부대로 돌아갈까 싶다가도 자신에게 총구를 겨누던 최 이병의 눈빛이 떠올라 혼란만 더해졌다. 결국 최 이병도 한통속이었나? 모든 게 그 비행 물체 때문인지도 모른다. 이따금 먼 곳에서 총성이 울렸다. 만약 녀석들이 부대를 점령했다면 상급 부대에서도 아마 상황을 파악하고 있을 터였다. 그렇다면 증원 부대가 투입되어 부대 인근을 차단하고 진압 작전에 들어갔을 것이다. 엄경도는 공포탄이 든 탄창을 제거하고 실탄이 든 탄창을 소총에 결합했다.

얼마나 달렸을까, 허벅지에서 경련이 일었다. 바람에 나뭇가지가 부러지는 소리가 들릴 때마다 엄경도는 무의식적으로 자세를 낮추고 소총을 치켜들었다. 엄경도는 고개를 넘기 직전 부대가 있는 방향을 다시 한번 뒤돌아보았다. 어느덧 푸르스름한 어둠은 걷히고 나뭇가지 사이로 힘없는 햇살이 내비쳤다. 엄경도는 숨을 크게 들이마시고는 고개 너머 마을을 향해 힘껏 내달렸다. 그곳에서 차를 구해 도시로 나갈 계획이었다. 하지만 마을에 다다랐을 때 엄경도는 이전에 느껴 보지 못한 고립감을 느꼈다.

풀숲에 숨어 있던 엄경도는 축사에서 내려오는 소형 트럭을 멈춰 세웠다가 까무러쳤다. 운전석 차장이 열리자마자 곧바로 축축한 혀가 뻗어 나와 엄경도의 목을 휘감아 당겼다. 엄경도는 허공을 향해 연거푸 방아쇠를 당겼다. 그러자 놀란 녀석은 헐레벌떡 운전석에서 튕겨져 나왔다.

엄경도는 트럭을 몰고 마을을 벗어나 도로로 나오기 직전 똑똑히 보았다. 텅 빈 것처럼 고요하던 마을 어귀에 녀석들이 하나둘씩 모습을 드러냈다. 엄경도는 곧장 서울 쪽으로 방향을 틀었다. 산간벽지까지 녀석들의 손아귀에 넘어갔다면 서울이라고 무사할 리 없었다. 하지만 해야 할 일이 있었다. 엄경도는 휴대폰을 꺼내었다.

「괜찮아?」

미고는 아무런 말이 없었다.

「내 말 잘 들어.」

엄경도는 자신이 목격한 사실을 미고에게 털어놨다.

「난 네가 무슨 얘기를 하는지 하나도 못 알아듣겠어.」

「믿기 힘들다는 거 알아. 하지만 사실이야.」

「경도야.」 미고는 숨을 고르더니 덧붙였다. 「자

수해.」

엄경도는 머릿속이 하얘지는 것을 느꼈다.

「그럼 모든 게 끝이야.」

「아니. 그럼 모든 게 해결될 거야.」

「제발, 한 번만 내 얘길 믿어 줘.」

저편에서는 아무런 대답이 없었다.

어쩌면 거짓으로 꾸며진 세계가 더 편안하고 아름다운지 모르겠다. 엄경도는 문득 그런 생각이 들었다. 두통에 시달리다가도 창밖으로 해가 떠오르는 풍경을 바라보고 있으면 어쩐지 조금씩 회복되는 듯한 느낌이 들기도 하지 않던가.

서울 외곽 도시에 다다랐을 때 거리는 거짓말처럼 한적했다. 라디오 뉴스에서는 무장한 탈영병이 도주 중이라는 속보가 나왔다. 이어서 한 논객이 탈영병을 괴물로 만든 원인에 대해 진행자와 대화를 주고받았다. 어쩐지 녀석들이 짜놓은 각본 같았다. 엄경도는 피식 헛웃음을 터트리며 멀리 서울 쪽 하늘을 바라보았다. 구름 위에서 거뭇한 비행 물체가 선회하며 푸르스름한 빛을 내뿜고 있었다.

작은 아파트 단지를 지나 상점이 늘어선 갓길에 엄경도는 트럭을 멈춰 세웠다. 교차로 건너편 검문소 앞에는 차들이 줄지어 서 있었다. 엄경도는 맥도날드나 스타벅스와 같은 간판을 보자 왠지 모를 위안을 느꼈다. 유리창 너머로 초조해 보이는 사람들의 얼굴이 간간이 스쳤다. 그들의 얼굴을 보자 언뜻 또 다른 희망이 느껴지는 듯했다. 엄경도는 탄창에 남은 탄을 헤아려 보고 트럭에서 내렸다. 그와 동시에 교차로 좌우측에서 기다렸다는 듯이 녀석들이 우르르 몰려나왔다. 녀석들 사이에 섞여 있는 낯익은 얼굴들이 보였다. 엄경도는 방아쇠에 손가락을 걸었다. 이상하게 최 이병의 모습이 자꾸만 눈앞에 아른거렸다. 겁에 질린 채 자신을 내려다보던 그 눈빛이.

인터뷰

결별을 마주하는, 무르춤한 순간들

박인성(문학평론가)

박인성 인터뷰를 시작하면서 우선 도재경이라는 소설가와 이번 소설집을 소개할 수 있는 키워드를 통해서, 출간의 소감과 감회를 묻고 싶습니다. 만약 세 가지 키워드를 통해 소설가로서의 자신과 이번 작품집을 소개한다면 어떻게 대답할 수 있을까요?

도재경 첫 번째 키워드는 〈경계〉입니다. 평소 진실과 거짓, 현실과 비현실, 외면과 내면 등 다양한 경계에 대해 곧잘 생각하는데요. 우리는 매 순간 어떤 선택의 기로에 놓여 있습니다. 지금의 〈나〉는 수많은 우연을 거쳐 여기에 있으며, 그 연장선에서 볼 때 우리는 늘 경계에서 방황하는 존재라고 생각합니다. 소설을 쓸 때도 마찬가지고요. 작가는 하나의 이야기를 쓰기 전부터 이미 어떠한 경계에서 방황하고 있으며, 치밀하게 설계해서 집필에 돌입하더라도 순간순간 무언가를 선택하기 위해 애씁니다. 우리는 경계에서 갈등하는 존재이자 무언가를 선택하기 위해 애쓰는 존재로 경계라는 키워드를 선택했습니다.

두 번째 키워드는 〈결별〉입니다. 언제나 만남보다 이별하는 게 제겐 더 어려운 과제입니다. 살면서 만남보다 이별을 더 많이 겪는 것 같아요. 만남보다 이별이 지속되는 경우가 압도적으로 우세하더라고요. 누군가를 만나서 함께하는 시간보다 이별하고 누군가를 생각하는 시간이 훨씬 많잖아요. 이별의 상태는 우리 삶에 꽤 많은 시간을 차지합니다. 만남은 단발적이고 찰나적이지만 이별은 지속적이고 항구적입니다. 이별의 모습도 다양합니다. 만남만큼 이별도 잘 가꾸어야 합니다. 삶의 종말이 있다는 걸 알기 때문에 더 열심히 살아가듯 이별 또한 언젠가는 다가올 것을 알기에 만남에 더 충실해야 하는 게 아닐까요.

마지막으로 〈사랑〉입니다. 사랑은 모든 것의 근간을 이루는 중요한 요소라고 생각합니다. 사랑에 대한 다양한 담론이 존재하고, 수많은 선배 작가들이 소설에서 다룬 사랑에 대한 문제의식 또한 만만치 않습니다. 어찌 보면 사랑은 예술과 꽤 닮은 점이 많은 것 같습니다. 사랑에 어떠한 목적이 들러붙으면 불순해지기 마련이잖아요. 그렇다면 가장 순수한 상태의 사랑은 무엇일까. 그건 맹목과 비슷한 그 무엇은 아닐까요. 예술도 그런 점에서 비슷하다고 생각합니다. 쓸모를 갖게 되는 순간 예술로서의 가치는 훼손되기 마련입니다. 예를 들어 사람들이 벽보를 예술 작품으로 보지 않는 까닭은 벽보는 그 나름의 목적이 반영되어 있기 때문일 것입니다. 예술은 무용함을 드러냅니다. 그런데 무용함은 역설적이게도 예술의 가치와 존재 이유를 보여 줍니다. 어찌 보면 문학, 그리고 사랑도 비슷한 측면이 있는 것 같은데요. 순수한 사랑이 가지는 문제의식은 몇몇 이야기를 통해 함께 생각해 보고 싶었습니다.

박인성　말씀한 것처럼 문학의 무용함, 무쓸모의 쓸모에 대한 이야기도 많이 존재했습니다만, 반대로 요즘에는 문학의 쓸모, 구체적인 목적에 대해서도 새로운 목소리들이 출현하고 있습니다. 반대의 관점이긴 하지만 소설가로서 생각하는 문학의 쓸모에 대해서 말해 줄 수도 있을까요?

도재경　문학이 세상을 변화시킬 수 있는가에 대해서 생각해 보면, 오늘날 워낙 다양한 매체가 존재하고 그만큼 허공에 맴도는 말들이 많기에 회의적인 반응을 들은 적도 많았습니다. 반면 오늘날 문학 역시 다양한 방식으로 많은 목소리를 낼 수 있고, 다른 매체와 달리 문학만이 표현할 수 있는 언어적 특수성으로 독자의 호응을 충분히 이끌어 낼 수 있다고 생각합니다. 제가 주제적으로 그리는 순수한 문학에 대한 이념과는 별개로, 문학의 다양한 유용함을 발견해야 한다는 점에는 동의합니다.

박인성　먼저 포괄적인 질문을 먼저 하고 각각의 작품에 대한 질문으로 이어 가겠습니다. 첫 번째 질문은 전체 소설집이 취하고 있는 소재적 접근의 특징에 대하여 묻고 싶습니다. 「그가 나무 인형이라는 진실에 대하여」와 「방독면을 쓴 바나나」, 「태리」에서는 판타지적인 소재들이, 그리고 「마인드 컨트롤」과 「푸른 먼지」, 「BMNT」에서는 SF 등의 장르 소설에서 보일 법한 소재들을 끌어오고 있습니다. 하지만 엄밀한 의미에서 장르 서사라고 말하기는 어렵다고 생각합니다. 해당 소설들은 여전히 서술자가 바라보는 리얼리즘으로 구성된 현실의 축에 장르적인 터치로 인지적인 혼란을 일으키는 방식으로 우리의 현실 감각을 교란하는 것 같습니다. 현실 자체가 가진 동화나 판타지, 그리고 SF적 요소를 환기한다는 생각도 들었는데, 이처럼 설정을 다양하게 활용함으로써 어떤 효과를 의도했을까요?

도재경 앞서 말씀드린 〈경계〉라는 문제에 대해 고민하다 보니 소설 양식에 있어서도 그러한 결과물이 나온 게 아닐까 생각하는데요. 겉으로 표현은 잘 안 하지만 평소 틀에 얽매인 상황을 무척 답답하게 느끼는 편입니다. 아마 소설에도 그런 심리가 적잖이 반영된 것 같습니다. 아시다시피 소설은 잡식성이 강합니다. 어떠한 것이든 끌어와 서사에 복무시킬 수 있으며, 이는 소설만의 독특한 매력이기도 합니다. 소설가가 끌어올 수 있는 모든 요소는 도구이자 기획이며 변주의 가능성을 제고한다고 생각합니다. 저의 경우 기존에 구축된 서사 양식을 그대로 따르기보다 이질적인 요소를 접목시키는 방식이 더 흥미로운데요. 일테면 리얼리즘 서사가 갖추고 있는 전형을 이런저런 변주를 통해 새로운 이야기를 해보고 싶었습니다.

우리 행성은 자기 유사성이 발견되는 하나의 거대한 유기체 같아 보이지만 그 세부를 들여다보면 무수한 빈틈이 자리하고 있습니다. 우리의 세계는 표면적으로 획일성을 추구하는 듯 보이지만 매우 복합적으로 얽혀 있고, 믿을 수 없는 일(사건)이 끊임없이 벌어집니다. 누군가의 사소한 말 한마디, 그리고 누군가의 변변치 않은 의사 결정이 우리가 함께하는 이 세계를 망쳐 놓을 수도 있습니다. 어째서 그런 끔찍한 일이 생길 수 있지? 때로 무엇이 현실이고 무엇이 비현실인지 분간이 안 됩니다. 현실에는 언제나 비현실이 함께 뒤섞여 있습니다. 우리는 긍정적인 의미에서든 부정적인 의미해서든 비현실적 순간에 늘 노출되어 있는 존재입니다.

〈나〉라는 존재도 별반 다르지 않습니다. 제 안에 자리한 수많은 정체성을 생각해 봅니다. 어느 게 진짜 나인지, 그리고 내 의식을 이루는 중추는 무엇인지, 과연 그런 게 있긴 한 건지. 이러한 의문들이 알게 모르게 소설에 반영되는 듯합니다. 물론 이러한 의문들은 리얼리즘의 자장 안에서 충분히 이야기될 수 있겠지만 이질적인 접촉을 통해 새로운 지점을 찾아보려고 했습니다.

박인성　저는 이 소설집을 읽으면서, 장소와 공간성, 그리고 세계에 대한 이질적인 이해가 두드러진다고 생각했습니다. 춘천은 물론이고 프랑스, 우크라이나, 사람의 내면세계를 버추얼화된 공간으로 인식하는 방식에 있어서도 그렇습니다. 그러한 인식 이면에는 현실에서 살아가는 사람들의 이질적인 정체성과 자기 인식의 모호함이 있습니다. 〈잘못 도착했다는 감각〉, 정위치가 아닌 곳에서 살아가는 비틀어진 좌표 감각이야말로 이 소설집의 중요한 소재라고 생각합니다. 이러한 공간 감각에 대해서 특별히 생각한 바가 있을까요? 혹은 스스로 어떠한 관점에서 공간을 주목하여 묘사하는지도 궁금합니다.

도재경　우선 〈잘못 도착했다는 감각〉을 포착해주신 건 대단히 정확하다고 생각합니다. 그러한 감각이야말로 제가 소설을 통해서 표현하고자 했던 공간의 모습이었던 것 같습니다. 특별한 경우를 제외하고는 자신이 살고 있는 도시에서 길을 잃을 일은 거의 없습니다. 그런데 처음 가보는 지역이라면 사정이 달라집니다. 끊임없이 자신의 위치를 되짚어 봐야 합니다. 그럼에도 불구하고 전혀 엉뚱한 곳에 들어서 있는 경우가 있습니다. 내가 서 있는 위치를 정확하게 알기 위해서, 그리고 내가 나갈 방향을 알기 위해서는 두 개 이상의 지표가 필요합니다. 다시 말해 대상과의 관계를 파악해 현재의 위치를 확인하게 됩니다. 내가 어디에 서 있는지, 어디를 향해 걷고 있는지 반추하는 행위는 소설이라는 문학 양식이 존재하는 이유이기도 합니다.

시간이라는 관념은 우리 의식의 작동 방식에 따라 편차가 생기지만 통상적으로 공간은 그 상태 그대로 보존된다고 여깁니다. 소설을 쓰면서 이 둘은 상호 보완적인 관계라는 사실을 새삼 확인합니다. 현실의 어떠한 공간을 책상 앞에 앉아 묘사하려고 할 때 왜곡은 필연적입니다. 구글 맵이나 영상을 참고할 때도 있습니다. 그렇다고 해서 그 공간을 적확하게 표현할 수 있는 건 아닙니다. 그 공간은 엄연히 실재하지만 주관적으로 감각합니다. 우리는 공간에 저마다의 의미를 부여하기 때문입니다. 누군가에게는 빤한 공간일지 몰라도 누군가에게는 사랑하는 사람과 함께했던 소중한 공간일 수도 있습니다. 즉 공간은 그 자체로 우리의 현실 인식을 반영하는 매개물입니다. 이게 비틀리면 혼란을 겪을 수밖에 없습니다.

박인성 자연스럽게 이 소설에서 공간에 대한 이야기는 통로에 대한 이야기로 연결됩니다. 현재 위치에서 정확하게 자기 정체성을 획득할 수 없는 사람들은 다른 탈출구를 꿈꾸기 마련입니다. 엽편 소설 「노르웨이와 카트만두 사이」는 현실의 대안적 공간을 환상적으로 묘사합니다. 소설에서 선배에 의해 언급되는 카트만두는 〈모든 것이 다 해결되는 마법의 도시〉이지만, 이 세상과는 다른 세상이자 온전히 소통할 수 없는 저편의 세계이기도 합니다. 반면에 「방독면을 쓴 바나나」에서 올렉산드르는 벽화를 통해서 〈다른 세계로 이어진 일종의 허브〉를 열어 주는 힘을 가지고 있습니다. 그는 고려인 4.5세이며 한국어와 문화를 공부하지만, 그렇다고 한국인 정체성에 동일시를 수행하는 것은 아닙니다. 그런 그가 우크라이나 키이우를 오갈 수 있도록 통로를 만드는 벽화를 그린다고 했을 때, 통로를 연대가 아니라 전략이라고 설명합니다. 이는 우크라이나의 정세적 문제와 전쟁으로부터 생존을 위한 통로이기도 하지만, 온전히 뿌리내릴 수 없는 정체성에 대한 숨구멍이라는 생각도 듭니다. 저는 소설집을 읽으며 언제나 문학과 소설이란 현실에 대한 탈출구라는 생각이 들었는데요. 도재경 작가가 생각하는 통로라는 소재가 가진 소설적 전략이란 어떤 것일까요?

도재경 여행을 좋아하지만 이런저런 여건 때문에 여행을 많이 하진 못했어요. 여행 경력이 미천하다 보니 소설을 쓰면서 가보지 못한 공간에 대해 자주 상상하곤 합니다. 일테면 그 도시의 냄새는 어떻고, 공기의 질감을 어떨지, 그리고 출근길 풍경이나 한밤중의 불빛 등 온갖 것을 마음대로 머릿속으로 그려 봅니다. 그러다 보면 그곳에 너무 가보고 싶어지곤 해요. 사람 살아가는 모습이 대체로 비슷하다고 하지만 도무지 좁혀지지 않은 문화적 격차 같은 것도 있잖아요. 그런 것들도 느껴 보고 싶어집니다. 여건이 되어서 낯선 지역에 가볼 수 있다면 이러한 갈증을 해소할 수도 있겠지요. 저에게 다른 지역과의 연결 통로는 바로 상상인데요. 뭐랄까, 소설의 공간을 재현하는 것은 가보지 못한 낯선 지역을 상상하는 행위와 비슷한 것 같습니다. 상상의 공간이든 실재하는 공간이든 책상 앞에 있는 사람에게 미지의 공간이라는 사실은 동일하니까요. 어떠한 공간을 상상하는 행위 자체가 바로 문학적인 의미에서의 통로가 아닌가 싶습니다.

올렉산드르가 그린 통로는 지엽적인 차원에서 보면 기만의 전략으로 소설 속 세계에 혼선을 기대할 수 있을지도 모릅니다. 한편 우리는 올렉산드르가 살고 있는 지역에서 벌어지고 있는 상황을 목도하며 저마다 엄중한 목소리를 냅니다. 지금, 그리고 여기에 대한 문제는 이제 전지구적 차원에서 얘기됩니다. 비록 물리적으로 떨어져 있더라도 우리가 사는 세상은 촘촘하게 얽혀 있는 동시에 다양한 통로로 연결되어 있습니다. 그로 인해 우리는 다른 지역에서 벌어지고 있는 일을 분명 인지하고 감각하고 있어요. 그건 우리가 들숨과 날숨을 주고받는 인류 공동체로서 공존하고 있음을 인식하는 감각일 것입니다. 그러한 세계를 보여 주는 장치로 고민한 산물이 바로 통로입니다.

박인성　공간과 통로 이야기를 하게 되면 정체성에 대한 이야기를 하지 않을 수 없다고 생각합니다. 「그가 나무 인형이라는 진실에 대하여」와 「방독면을 쓴 바나나」는 공통적으로 경계에 속한 인물들의 정체성에 대한 이야기가 환기됩니다. 피노키오와 같은 나무 인형으로 자신을 느끼는 민제의 근본적인 소외는 생부모로부터 자신을 알아봐 주지 않는 자기 뿌리에 대한 인정 욕구와 그에 대한 불가능성이기도 합니다. 정체성identity이라는 것이 근본적으로 신원 확인identification임을 고려할 때, 민제는 결국 한국인으로서 온전히 정체성을 갖출 수 없기에, 프랑스에서 만들어진 나무 인형 같은 정체성만을 가진 것처럼 보입니다. 하지만 동시에 그것이 민제에게는 진실이기도 합니다. 민제가 거짓말을 할 수 없다는 건 결국 거짓 정체성, 혹은 허구적인 정체성을 가진 사람에게 있어서 진실과 거짓이란 어떤 위상을 가지는지 생각해 보게 만듭니다. 이 소설의 주제와도 맞닿아 있는 지점이라고 생각하는 질문인데, 과연 우리의 삶에서 정체성이란 진실과 거짓처럼 딱 잘라 설명할 수 있는 것일까요? 아니라면 정체성이란 우리에게 있어서 어떤 진실이나 거짓이라고 할 수 있을까요?

도재경 질문을 들으면서 〈빌리 밀리건〉이 떠올랐습니다. 다중 인격, 다중 정체성을 가진 실존 인물입니다. 이 사람의 본연의 모습은 무엇일까요? 다양한 범죄를 저질렀지만 정신 질환자라는 이유로 무죄를 선고받았던 인물이기도 합니다. 그의 스물네 개에 달하는 인격들 가운데 대표성을 가진 인격은 무엇이고,

가짜 인격은 무엇일까요? 이 소설을 쓰기 전 처음 설정했던 소재는 거짓과 거짓말에 대한 것이었습니다. 그러한 소재가 나는 나 자신을 무엇으로 설명할 수 있을까, 나를 대표적으로 보여 주는 것은 무엇일까, 라는 질문으로 이어졌습니다.

그러한 질문을 두고 생각을 전개해 나가다 보니 피노키오의 역설이 떠올랐습니다. 피노키오가 〈내 코는 길어질 거야〉라고 말한다면, 코가 길어져도 문제고 길어지지 않아도 문제입니다. 따라서 그 말이 과연 거짓말인지 참말인지 확정할 수 없으며 논리의 무한 순환이 이어집니다. 마찬가지로 「그가 나무 인형이라는 진실에 대하여」에서 민제는 자신을 나무 인형으로 말한 것이 정답인지 아닌지는 알 수 없으며, 민제의 정체성에 대한 질문 역시 확정된 답을 내놓을 수 없겠지요. 자신의 정체성을 규정하려는 시도는 언제나 근본적인 모순에 빠지는 측면이 있습니다. 나에 대한 규정만큼이나, 타인에 대한 인식과 타인의 정체성을 이해하는 과정 역시 마찬가지라고 생각합니다. 우리의 정체성이 우리가 가지고 있는 신분과 일치한다면 모든 것이 편하겠지만, 사실 인간 존재는 자신에게 주어진 신분만으로 결정되는 것은 아니기 때문이지요. 그러한 지점에서 이 소설은 저 자신에게도 여러 가지 질문을 던져 주었습니다.

박인성 표제작이기도 한 「춘천 사람은 파인애플을 좋아해」는 주인공과 사별한 아내 〈민아〉의 아버지인 〈장인〉과의 마지막 만남을 그리고 있습니다. 외계인과 유에프오의 존재를 믿으며 춘천 산언저리에서 외계의 신호를 포착하려 시도하는 장인의 삶은 서울에 사는 지극히 표준적인 〈나〉와 상당한 거리감이 있습니다. 이 소설은 이처럼 격차가 있는 인물들이 공통의 상실을 공유하면서, 이해를 넘어선 연결의 감각을 만들어 냅니다. 사실 장인의 존재 자체가 나에게는 외계인 같은 존재이지만 동시에 함께 살아가는 존재임으로, 장인이 외계인에 대한 확신을 가지고 살아가는 것 역시 대단히 일상적인 믿음에 가까운 것입니다. 장인이 〈파인 갭〉이라고 이름 붙인 나무처럼, 어떤 표준으로부터 멀리 떨어져 나온 삶을 바라보는 〈좋은 격차〉가 존재하는 것 같습니다. 장인이 임신 중인 아내를 위해서 사 온 파인애플이 그렇습니다. 진짜 파인애플은 아니지만, 통조림 파인애플 사이의 갭 같은 것이라고 생각합니다. 소설의 묘사뿐만 아니라

이러한 표준적이지 않은 삶과 함께 공존하기에 좋은 거리감이란 어떤 감각이라고 말할 수 있을까요?

도재경 제가 우매한 탓에 실제로도 자주 미지의 존재에 대해서 상상하는 편입니다. 소설 속 〈장인〉이야말로 어쩌면 저 자신에 가장 가까운 캐릭터인데요. 그렇기 때문에 소설을 쓰면서 더더욱 거리를 두려고 했던 인물이기도 합니다. 저 스스로 거리라는 소재를 은연중에 반영했던 것 같은데, 그래서인지 말씀한 내용에 기본적으로 공감이 갔습니다.

공존하기에 좋은 거리감에 답변을 드리자면, 오해를 유발할 것 같은 답변이지만 아이러니하게도 저는 결국 이별한 상태야말로 공존을 위한 가장 적절한 거리감이라고 생각합니다. 우리는 온전히 상대방을 이해하기 어렵습니다. 이해에는 늘 오해가 내포되어 있습니다. 이를 알기 위해서는 적절한 거리가 유지되어야 합니다. 상대방과 거리가 너무 좁혀지거나 멀어진다면 관계에도 문제가 발생하는 것 같습니다. 앞서 말씀드렸듯이 저는 만남보다는 결별 상태가 더 보편적이고 일반적이라고 생각하는데, 이는 결별을 단순히 상실이나 결핍으로 여기는 것과는 다른 상태입니다. 일반적으로 문학에서 애도라는 키워드로 다뤄지는 결별이나 상실에 대한 태도로는 환원되지 않는, 일상에서 찾아볼 수 있는 결별의 지속성을 저 나름대로 소설적인 거리감으로 구현해 보고자 했습니다.

박인성 「마인드 컨트롤」과 「푸른 먼지」는 소재적으로 공통적인 측면이 있다고 생각합니다. 사람의 마음과 신체를 우리 의식과는 별개의 독립적인 존재나 실체로서 바라보는 관점인데요, 일반적인 의미에서의 정신 분석적인 무의식을 설명하는 것과는 다소 다른 접근법을 보여 줍니다. 달리 말하자면, 회복이나 치유에 대한 이야기가 아니라 오히려 불화와 내적 투쟁에 대한 이야기입니다. 우리 현재는 과거와의 끊임없는 불화와 해결되지 않는 삶의 투쟁을 그려 내는 것처럼 보입니다. 「마인드 컨트롤」에서 자신의 내면에 스스로 불을 지르는 또 다른 자신이 등장하고, 「푸른 먼지」에서는 딸의 신체를 좀먹는 암세포이지만, 외부의 자극에 대하여 인정 욕구를 드러내는 동시에 자신의 본성을 배신할 수 있는 이질적인 존재에게는 저마다의 삶의 투쟁적인 태도가 존재합니다. 우리의 통제할 수 없는 자기 자신의 일부와 대화하려는 소설들의 통합적인 태도가 아니라, 이러한 불화와 몰이해에 집중한 이유에 대하여 듣고 싶습니다.

도재경 어려운 질문이네요. (웃음) 인간의 내면에 과학만으로는 설명하고 규정할 수 없는 미지성이 존재하고, 이를 소설적으로 구현하고자 시도했던 것 같습니다. 「푸른 먼지」의 경우 한창훈 선생님께서 소스를 주셨는데, 집필하는 내내 어려움이 많았던 기억이 납니다. 암세포를 독립적인 인격체로 다루고 있는 만큼 자칫 소설로 인해 실제 투병하는 분들에게 상처가 되지 않을까 염려되었습니다. 과학과 의학 기술의 발전으로 언젠가는 암이 극복될 날도 오겠지만 소설을 통해 질문을 던지고 싶었던 부분은 그러한 암 극복기가 아니었습니다. 오히려 우리가 문명을 이루고 온갖 과학과 기술을 발전시켜 온 과정에서 놓친 것들에 대한 이야기를 다뤄 보고 싶었습니다.

「마인드 컨트롤」의 경우 소방관을 테마로 한 앤솔러지에 우연히 참여하게 되었는데, 테마가 다소 획일적인 듯해서 조금 낯선 지점을 찾아보다가 우리 안에 있는 〈화〉라는 감정을 불로 비유해서 써보는 어떨까, 라고 고민한 끝에 만들어진 소설입니다. 우리 내면의 상태를 그림으로 그리면 어떤 풍경일까, 예를 들면 사랑에 빠졌을 때 내 마음속은 어떤 풍경일까, 그런 상상을 하면서 자기 안에서 통제되지 않는 감정, 그리고 온전히 하나로 통합될 수 없는 내면의 존재를 생각하며 이야기로 확장해 보았습니다. 그러다 보니 여러 경험적 요소나 무의식까지도 반영된 것 같고요.

박인성 「마인드 컨트롤」과 「푸른 먼지」를 SF로 말할 수는 없지만, 그럼에도 불구하고 기술적 매개물에 대한 장치들이 돋보이는 작품들입니다. 〈아무리 과학이 발달해도 명쾌하게 밝혀낼 수 없는 영역이 있다면, 그건 바로 우리 자신일지도 모르겠다〉라는 「마인드 컨트롤」의 서술처럼, 인간은 근본적으로 과학의 대상이라기보다 문학의 대상일지도 모릅니다. 이러한 반과학적이고 소재적인 상상력을 소설에서 활용하게 된 기획이나 의도가 궁금합니다.

도재경 오늘날 우리는 과학 문명을 적극적으로 수용하고 수단으로 활용합니다. 언젠가 포스트휴먼 시대가 도래할 것이라는 전망 앞에 우려의 시각도 만만치 않은 것 같은데요. 저의 경우 과학 문명에 대하여 특별히 회의적인 시선을 가지고 있는 것은 아닙니다. 과학 기술이 삶을 편의적으로 만들어 줄 것이라는 기대가 있습니다. 그럼에도 불구하고 인간의 존엄성이나 고유성에 대한 이해는 계속해서 논의가 필요한 부분이라고 생각합니다. 희망 사항일지 모르지만 과학이 설명할 수 없는 것이 있다면 그것은 곧 우리 자신일지 모른다는 인식은 앞으로도 계속 유지되면 좋겠습니다.

최근에는 AI가 쓴 소설도 출간되고 있습니다. 어쩌면 독자들에게는 좋은 소식일지도 모르겠지만 문학적 차원에서 다른 문제를 생각해 보게 됩니다. AI가 작동하는 메커니즘을 정확하게 이해할 수는 없지만 AI의 창작물이 삶에 대한 고차원적인 통찰이나 사유를 문학적 형식으로 고도화하는 데 있어서 인간의 창작물을 따라오는 데에는 근본적으로 한계가 있을 것으로 생각합니다. 무엇보다도 AI는 육체를 가지지 않기 때문에 죽음과 상실이라는 개념을 이해하기는 어려울 것이기 때문입니다. 소설에서는 독자와 작가 사이, 등장인물과 독자 사이 등등 다양한 경로로 소통이 이루어지게 됩니다. 이것이 가능한 이유는 삶과 삶의 여러 속성, 그리고 상실이나 죽음 등에 대한 여러 공감대가 우리에게 형성되어 있기 때문이죠. 이 사람도 이렇게 힘든 순간이 있었구나, 그러면서 고개를 끄덕이거나 눈물을 떨구기도 합니다. 위로를 받기도 하고, 위로를 건네기도 합니다. 소설에는 어떤 치유의 힘이 있습니다.

박인성 「태리」 역시 흥미로운 작품입니다. 이 소설의 내용은 소설가 손녀의 입장에서 할머니의 삶에 대한 취재를 수행하며, 실종된 할아버지의 이상한 일화들을 재발견하는 과정입니다. 전쟁으로 피난하는 와중에서 끊임없이 미래를 알고 있듯이 아내를 인도하는 할아버지의 기이한 삶의 흔적은 타임 루프물, 요즘식으로는 〈회귀물〉의 소재처럼 보입니다. 이러한 설정을 활용하는 것도 흥미롭지만, 동시에 일반적인 장르 문법과는 다른 방향으로 흘러가는 전개 역시 흥미롭습니다. 이 소설에서 할아버지는 할머니를 지키고 미래의 가족을 지키는 방향으로 향할 뿐, 역사나 미래를 자기 본위로 고치기 위한 것은 아닙니다. 이 소설에서의 타임 루프는 반대로 바꿀 수 없는 것들은 어떻게도 바꿀 수 없다는 사실로 강조됩니다. 할아버지는 편의적인 대안으로서의 삶이 아니라, 스스로에게 확신을 줄 수 있는 삶으로 귀결되는 것 같습니다. 회귀물이 가진 〈리셋 증후군〉과는 완전히 다른 의미에서, 삶을 〈다시 시작〉하는 것은 할머니로부터 손녀에게 전승되는 이야기적인 전달 과정에 있는 것처럼 보이기도 합니다. 저는 소설이란 근본적으로 이렇게 자기 삶을 다시 쓰는 과정처럼 느껴지는데요. 삶을 다시 살거나, 다시 쓴다는 것에 대해서는 어떻게 생각하고 소설을 쓰셨는지 궁금합니다.

도재경 이 소설을 쓰기 전 먼저 고민했던 것은 화자의 직업입니다. 다행히 소설가라는 직업을 선택하는 데까지는 오래 걸리지 않았습니다. 소설가라는 화자가 이야기를 이끌어 가는 것이 가장 적합하고 더 선명한 서사적 의미를 발생한다고 예상했습니다.

소설은 결국 사후의 이야기입니다. 소설가가 하나의 이야기를 전개하는 동안 그 소설의 내용을 이루는 현장에는 있을 수 없습니다. 책상 앞을 지키고 있어야 하는 게 소설가의 운명이죠. 기억이나 상상 등 다양한 표현 도구를 수집하면서 현장을 응시해야 합니다. 단순히 보는 게 아니라 여러 각도에서 똑바로 보아야 합니다. 그런 측면에서 이 소설의 화자는 제게 고마운 존재입니다. 이러한 과정을 저를 대신해 수행해 주었으니까요.

우리는 각성하는 존재인데 왜 같은 실수를 반복할까요? 무언가 끊임없이 반복되고 있다는 불길한 느낌이 들 때가 있습니다. 더 이상 외면하지 말고 이야기해야 하는 게 아닐까. 이 소설을 쓰면서 이야기의 본질은 무엇인지 스스로에게 수없이 질문했습니다. 이야기는 우리를 위로하고 치유합니다. 이야기에는 우리의 삶을 지속시키는 힘이 있습니다.

〈나〉라는 인간은 이야기의 숙주에 불과한 게 아닌가, 라고 이따금 생각 들곤 합니다. 인류가 지구상에 태동하던 순간부터 이야기가 출현했듯이, 지구 종말의 순간까지도 이야기는 남아 있을 것입니다. 우리는 끊임없이 이야기를 합니다. 심지어 자기 자신과도 이야기를 주고받으며, 꿈에서도 이야기를 나눕니다. 그 마지막 이야기는 누가 하게 될까요?

박인성　이쯤에서, 포괄적으로 소설집에 등장하는 가족이라는 소재에 대하여 말해 보면 좋을 것 같습니다. 제가 느끼기에 소설집 전체에서 반복적으로 등장하는 가족의 존재는 멜로드라마적인 주체인 것 같습니다. 수난과 시련, 아픔과 상실을 공유하는 공동체로서의 가족이며 세대를 넘어서 그 연속성을 받아들이는 과정처럼 보이기도 합니다. 「태리」는 물론, 「춘천 사람은 파인애플을 좋아해」와 「푸른 먼지」에서도 그렇습니다. 도재경 작가에게 가족이란 어떤 존재이며, 또한 어떤 방식으로 연결되는 공동체라고 생각하는지 궁금합니다.

도재경 이 지점에서 가족에 대한 질문은 참 적절하다고 생각하는데요. (웃음) 개인적인 이야기이지만 애지중지 저를 키워 준 가족은 다들 세상을 떠났습니다. 비교적 어린 시절에 객지 생활을 시작한 탓인지 저에게 가족은 한 울타리 안에서 함께하는 존재라기보다는 마음속으로 항상 그리워하는 대상이었어요. 대개 전화 통화로 안부를 주고받았습니다. 긴 이별, 짧은 만남, 늘 그런 식이었죠. 하지만 헤어져 있는 상태가 길다고 해서 함께 있지 않다고 생각하진 않았습니다. 마음속으로 늘 함께 지내고 있으니까요. 사별 후에도 비슷한 마음 상태인 걸 알았습니다. 영영 작별한 게 아니라 마음으로 늘 함께하고 있다고 감각합니다. 그러니까 제게 가족은 헤어져 있는 상태로 관계가 지속되어 온 조금 독특한 공동체입니다. 어느 에세이에 쓰긴 했는데, 하루빨리 하늘나라에도 기지국이 건설되어 어머니와 통화할 수 있으면 좋겠네요. 책이 나왔다는 소식을 전해 드리고 싶거든요.

박인성　소설집의 마지막 작품인 「BMNT」는 제목부터 평범하지 않습니다. 군사 용어로서 Beginning Morning Nautical Twilight의 머리글자 BMNT는, 해뜨기 전의 항해박명 시각을 의미합니다. 저는 새삼 이 표현을 찾아보고 〈개와 늑대의 시간〉이 떠오르기도 했는데, 소설의 주인공 엄경도가 초소 경계 중에 함께 근무를 서던 김 병장에게서 미지의 침입자이자 괴물의 모습을 겹쳐 보는 것 역시 불분명한 인지 감각에 있다고 생각합니다. 동시에 이러한 감각이 BMNT라는 군사 용어로 표현되어야 하는 이유는 단순히 일출 시간이 중요한 것이 아니라, 군대이기 때문에 관측되고 또 의미화되는 독특한 시간성이기 때문이라고 생각합니다. 이 규율적이고 구조적으로 폭력적인 공간이 우리에게 일상화되었기에, 사람이 사람을 괴물로 보게 되는 순간이란 어쩌면 군대의 일상일지도 모릅니다. 마찬가지로 이 소설에서도 〈서울 상공에 미상의 비행 물체〉가 등장하는데, 앞서 다른 소설들에서도 그러했듯이 사실 이 또한 일상화된 비일상의 모습이야말로 주인공들로 하여금 근본적인 긴장감을 만들어 내는 원인인 것 같습니다. 이 소설에서처럼 누군가를 괴물로서 발견하게 되는 인지적인 착란은 어떻게 우리의 삶에서 구체화되는 것일까요?

도재경 이 소설은 군대라는 특수한 집단을 다루고 있지만, 저는 우리가 살고 있는 세계도 군대와 별반 다르지 않다고 생각합니다. 김 병장이 진짜 괴물인지 아닌지에 대한 사실이 중요한 게 아니라, 주인공 엄경도가 무엇을 보고 있으며, 어떠한 환경에 노출되어 있는지를 드러내 보이면서 이야기를 끌고 가고 싶었습니다. 우리는 누구에게나 괴이한 존재로 비추어질 가능성이 있다고 생각합니다. 실제로 우리는 인지적인 착란을 곧잘 경험합니다. 그러한 착란 속에서 사실에 대한 확신을 가지기란 요원한 일입니다. 현기증 나는 뉴스를 과도하게 접한 탓인지 우리는 더러 무감해지기도 합니다. 현실의 다양한 해석적 가능성을 고려하지 않고 자기 입맛대로 진실을 왜곡하는 사람들을 보며 혀를 차기도 하고요. 지난 몇 년 동안 우리 주변에서 끔찍한 참사들이 벌어진 적이 있습니다. 진상을 밝히자며 팩트를 논하지만 결국 본질을 방기한 끔찍한 괴물을 목도한 바 있습니다. 자연스럽게 저 자신도 되돌아보게 됩니다. 타인에게 비추어지는 〈나〉의 모습도 혹시 그러하지는 않을지 우려하며 조심스럽게 이야기로 발전하게 되었습니다.

박인성 번외적인 질문일 수도 있겠지만 유독 눈에 들어오는 표현이 있는데, 여러 소설에서 공통적으로 〈무르춤하다〉는 말이 여러 번 나옵니다. 국어사전에서 이 말은 〈뜻밖의 사실에 놀라 뒤로 물러서려는 듯이 하여 행동을 갑자기 멈추다〉라는 의미를 가졌는데, 저는 이 소설집을 대변하는 하나의 삶의 태도가 〈무르춤한 것〉 같습니다. 삶에서 보편적으로 찾을 수 있는 무르춤한 순간들이 있다면 어떤 순간들일까요? 소설가로서 사람들의 어떠한 순간의 모습들에서 무르춤함에 대한 인식을 가장 많이 발견했을까요?

도재경 질문을 받자마자 무르춤해지네요. (웃음) 누구나 살면서 무르춤한 경우를 더러 접할 텐데요. 이 단어가 언제부터 저에게 자리 잡혔는지는 모르겠지만, 저 역시 일상에서 그런 순간을 이따금 경험하다 보니 체화된 단어가 아닌가 싶습니다. 일테면 황당하거나 어처구니없는 순간을 말할 수 있어요.

예를 들면 몇 해 전 어느 날 저녁, 거리를 걷다가 서쪽 하늘 위로 붉은색 긴 꼬리를 그리며 올라가는 미상의 물체를 목격했는데 이내 부채꼴 모양의 빛 기둥이 퍼지더군요. 난생처음 보는 장면이었습니다. 이게 대체 무슨 일인지, 수십 광년 떨어진 어느 행성에 사는 손님들이 드디어 방문한 건가, 아니면 북에서 화학탄이라도 쏜 건가. 주위를 둘러보니 거리의 어느 누구도 빛 기둥을 눈여겨보지 않는 것 같았습니다. 설마 내 눈에만 보이는 건가? 정말 별별 생각이 다 들었습니다. 혹시나 싶어 스마트폰을 켰는데, 그때껏 그 물체와 관련된 어떠한 뉴스도 올라오지 않더군요. 실제로는 서해상 어딘가에서 로켓 발사 실험을 한 거였는데 인터넷 속보가 뜨기 전까지 아무런 정보를 얻을 수 없었기에 그야말로 무르춤해지더군요. 기이한 풍경이 눈앞에 펼쳐졌는데 막상 주변 사람들이 아무도 그것에 대해 주목하지 않자 소외당한 듯 묘한 기분이 들었습니다. 이처럼 현실과 비일상의 경계가 형성되는 순간이나 의미의 공백 상황에 놓였을 때 특히 무르춤해지는 것 같은데요. 예를 들어 사랑하는 사람과 헤어져 느끼게 되는 무르춤한 순간이 있을 테고, 사랑하는 사람과의 사별은 말할 것도 없고요. 우리는 현실이 비현실 같고 비현실이 현실 같은 혼란스러운 충격에 사로잡혀 도무지 받아들이기 힘든 상황을 가끔 겪습니다. 소설이 결국 사후의 이야기라면, 시간이 흐른 후 그러한 순간을 복기할 때 삶의 소중한 의미를 재발견할 수 있다고 생각합니다.

박인성　이 인터뷰가 도재경 작가의 이번 소설집에 대하여 독자들에게 좋은 길라잡이가 될 것이라고 생각합니다. 마지막으로 앞으로 계획 중인 작업들에 대하여 말해 주세요. 어떤 주제나 소재를 다루고 싶은지, 그리고 작가로서 어떤 전망을 세우고 있는지 궁금합니다.

도재경　내년에 장편 소설을 출간할 계획을 갖고 있습니다. 단편 소설은 당분간 〈경계〉라는 키워드에 대해서 좀 더 밀도 있는 작업을 전개해 나갈 예정입니다. 이와 관련된 이야기가 이번 소설집에 몇 편 실려 있긴 하지만 이 소재에 대해 하지 못한 이야기가 아직 많이 남아 있습니다. 다양한 형식을 통해 낯설게 재현해 보고자 노력하려고 합니다. 작가로서는 문학이 우리 일상에서 이바지할 수 있는 지점, 특히 소설과 일상의 관계에 대하여 좀 더 주목해 활동하려고 합니다. 독자와 소설과의 관계, 독자와 작가와의 관계 등 문학으로 이어진 관계에 대하여 좀 더 천착해 보고 싶습니다. 앞서 제가 예술의 무용에 대하여 말씀드리긴 했지만 오늘날 급변하는 환경 속에서 소설이 마냥 무용하지만은 않습니다. 급변하기 때문에 소설이 더욱 필요하다고 생각합니다. 앞서 말씀드렸듯이 소설은 위로와 치유의 힘을 가지고 있으니까요.

소설은 생동성을 지니고 있는데 그 때문인지 생물 같다는 느낌이 들곤 합니다. 때로 소설에도 귀가 있다고 생각합니다. 독자의 이야기에 귀를 기울이는 소설은 어떤 모습일까. 잘 쓰기 위해서는 잘 들어야 합니다. 일방적으로 나의 이야기만 하는 게 아니라 누군가의 이야기를 들어 주는 소설을 쓰자고 저 자신과 약속합니다. 소설은 어떤 힘든 순간에도 제 곁을 지켜 준 든든한 친구 같은 존재입니다. 저도 어느 누군가에게 그런 친구가 되어 주고 싶습니다. 여러 이야기를 들어 주셔서 감사합니다.

수록 작품 발표 지면

그가 나무 인형이라는 진실에 대하여 『동리목월』 2021년 가을 호
춘천 사람은 파인애플을 좋아해 테마 소설집 『여행 시절』 수록
마인드 컨트롤 테마 소설집 『소방관을 부탁해』 수록
방독면을 쓴 바나나 『스토리코스모스』 2022년 3월 호
노르웨이와 카트만두 사이 『웹진문화다』 2019년 6월 호
푸른 먼지 『에픽』 2021년 7/8월 호
태리 『문장 웹진』 2022년 10월 호
BMNT 『작가들』 2023년 가을 호

춘천 사람은 파인애플을 좋아해

발행일 **2024년 12월 1일 초판 1쇄**

지은이 **도재경**
발행인 **홍예빈**
발행처 **주식회사 열린책들**

경기도 파주시 문발로 253 파주출판도시
전화 **031-955-4000** 팩스 **031-955-4004**
홈페이지 **www.openbooks.co.kr** 이메일 **literature@openbooks.co.kr**

ISBN 978-89-329-2483-0 03810

* 이 도서는 2024년도 한국문화예술위원회 아르코문학창작기금(문학 창작산실)사업에 선정되어 발간되었습니다.